김택근의

묵언

김택근

시인이다. 1983년 박두진 시인 추천으로 잡지《현대문학》에 시를 발표하며 시인으로 등단했다. 응축된 문장과 감정선을 파고드는 문체가 특색이다. 동국대학교 국문학과를 졸업했다.

언론인이다. 경향신문에서 종합편집장, 문화부장, 논설위원 등을 역임했다. 파격과 정곡을 찌르는 신문 편집자로, 예리하면서 따뜻한 시선을 담은 칼럼 필자로서 시대를 말해왔다.

작가다. 김대중 전 대통령이 직접 요청해『김대중 자서전』을 썼고,『성철 평전』『용성 평전』도 집필했다. 도법 스님과 함께 걸은 국토순례 기록인『사람의 길―생명평화 순례기』처럼 평화와 생태의 중요함을 강조한 글을 다수 썼다.『몽실언니』로 유명한 은둔 동화작가 권정생 선생을 처음 인터뷰했고, 그 인연으로『강아지똥별―별이 된 사람 권정생』이라는 동화책을 내기도 했다. 그 밖에 동화책『벌거벗은 수박도둑』, 에세이집『뿔난 그리움』등이 있다.

정읍시 신태인읍 출신이다.

김택근의 묵언

© 김택근, 2024. Printed in Seoul, Korea

초판 1쇄 펴낸날	2024년 11월 21일
초판 3쇄 펴낸날	2024년 12월 20일
지은이	김택근
펴낸이	한성봉
편집	최창문·이종석·오시경·권지연·이동현·김선형
콘텐츠제작	안상준
디자인	최세정
마케팅	박신용·오주형·박민지·이예지
경영지원	국지연·송인경
펴낸곳	도서출판 동아시아
등록	1998년 3월 5일 제1998-000243호
주소	서울 중구 필동로8길 73 [예장동 1-42] 동아시아빌딩
페이스북	www.facebook.com/dongasiabooks
전자우편	dongasiabook@naver.com
블로그	blog.naver.com/dongasiabook
인스타그램	www.instargram.com/dongasiabook
전화	02) 757-9724, 5
팩스	02) 757-9726
ISBN	978-89-6262-636-0 03810

만든 사람들

총괄 진행	김선형
편집	서영찬·전인수
크로스 교열	안상준
디자인	페이퍼컷 장상호

김택근 의

黙言

묵언

동아시아

일러두기

1   이 책은 저자가 《경향신문》, 《주간경향》, 《월간불광》 등에 기고한 칼럼을 엮은 것이다.
2   단행본은 『』, 단편은 「」, 신문은 《》, 시·노래·영화·그림 등은 〈 〉로 구분했다.
3   독자의 이해를 돕기 위해 한글만으로 뜻을 이해하기 힘든 용어의 경우에는 원어나 한자
    를 병기했다.
4   본문의 주석은 모두 편집자 주다.

스러질 것들과 함께 우는 쓸쓸한 가을바람

김택근의 글은 바람이다. 거짓과 불의를 송두리째 뒤흔드는 성난 태풍이고, 상처 입은 것들을 다독이는 다정한 봄바람이며, 곧 스러질 것들과 함께 우는 쓸쓸한 가을바람이다. 무엇보다 그의 글은 정직하다. 무소불위의 권력이라 해도 고달픈 노동으로부터 비롯된다는 것을, 그리하여 사람이라면 먹고사는 일의 위대함을 잊지 말아야 한다는 것을, 김택근의 글은 잘 벼린 칼처럼 우리 마음에 새기게 한다. 참을 수 없이 가벼워진 세상에서 그의 깊고 진한 사랑은 한사코 낮은 것을, 겨우겨우 사는 것을 향한다. 김택근이 사랑해 마지않던 권정생이 그랬다. 겨우겨우 사는 것, 그게 제일이라고.

정지아(소설가)

감정을 절제하며 거짓을 베는 산문정신

밝음 사라지고 어둠 짙은 암울한 시대에 사적인 하루의 즐거움이라면 향내 진한 커피 한 잔, 논지 바르고 정연한 사설 한 편, 그리고 자신만의 독특한 문체로 문·사·철을 넘나드는 칼럼을 읽는 재미다.

법치가 망치로, 상식이 몰상식으로 통용되고 언론쓰레기·법비法匪·관구官狗·학기學妓·뉴라이트의 사적史賊 들이 칼춤을 추는 시대에 그래도 깨어 있는 식자들이 있기에 질식을 면한 것이 아닐까 싶다.

김택근 선생이 《경향신문》에 연재해 온 칼럼을 단행본으로 엮은 『김택근의 묵언』은 시대를 꿰는 예리한 시각, 명징한 논리, 강개한 정서, 산뜻한 수사로 잘 짜인 한 필의 비단과 같은 책이다.

부드러운 문장에도 서릿발이 담기고 다양한 소재라도 아귀가 맞는다. 이런 글은 어휘의 선택과 배열, 언어에 대한 분별력이 있음으로써 가능하다. 저자가 오랫동안 문학에서 마음을 도야하고 언론에서 정론을 실천하고, 철학에서 사고력을 키웠기에 가능할 것이다.

형이하학적 속물들이 설치고, 헛된 말과 삿된 글이 범람하는 오늘에 『김택근의 묵언』은 알곡과 쭉정이를 비교하는 역할까지 하게 되었다. 감정을 절제하면서 거짓을 베고, 진실을 찾으며, 묻혀가는 참 인물들을 조명하는 등의 필력은 우리 국문학사의 남명 조식, 연암 박지원, 청장관 이덕무, 창강 김택영, 가람 이병기로 이어지는 산문정신의 맥락을 승계한다.

심장이 뜨겁고 영혼이 맑은 사람만이 쓸 수 있는, 지극히 글맛이 나는 『김택근의 묵언』을 곁에 두고 한 편 한 편 읽으면 세사를 보는 눈이 밝아지고 메마른 서정에 갈증을 풀어주는 맑은 샘물이 될 것이다. 그리고 잔잔한 울림이 오래오래 남을 것이다.

세상을 속이고 이름을 훔치는 기세도명欺世盜名의 세태에서 김택근 선생의 개성을 살리고 창의적인 글쓰기를 계속하길 기원한다. '추수문장불염진秋水文章不染塵'—가을 물 같은 문장은 티끌에 물들지 않는다.

김삼웅(평전작가·전 독립기념관장)

한국인으로 살아가려면 그의 묵언과 부딪힐 것

김택근 시인의 『김택근의 묵언』은 삶의 소용돌이 속에서 나왔기 때문에 날카롭고 따뜻하고 명쾌하고 서늘하다. 나는 그의 글을 읽으면서 눈보라 속에 잎 피는 나무 옆에 황야에 분계선에 다시 서 있는 느낌을 받았다. 지상에서 한국인으로 꿈꾸면서 살아가려면 누구나 어느 순간 그의 묵언과 강렬하게 부딪힐 것이다. 고독하고 고통스럽겠지만 생생하게 이 땅에 다시 살기 시작할 것이다.

신대철(시인)

부럽게 훔쳐보고 감미롭게 전율했다

이 책은 필사 책이다.

한 번 읽고 말 책이 아니다. 한 문장 한 문장 곱씹으며 필사筆寫해야 할 책이다. 나는 오래전부터 김택근의 문장을 부럽게 훔쳐봤다. 읽고 또 읽었다. 베끼고 흉내 냈다. 이 책 역시 명문장으로 가득하다. 가슴에 쏙쏙 들어와 박히는 문장투성이다.

김택근은 김대중 전 대통령의 필사筆士다. 8년 동안 그의 책을 쓰고 다듬었다. 김 대통령의 글을 쓰고, 그의 가르침을 받아본 처지에서 그가 얼마나 글에 엄격한지 잘 안다. 그런 그가 자신의 자서전 집필을 김택근에게 맡겼다. 더 무슨 말이 필요하겠는가.

김택근은 혼으로 쓰는 사람이다. 이 책에 담긴 어느 글 하나 대충 쓴 게 없다. 필사의 안간힘으로, 혼신을 다해 썼다. "혼자 산다는 것은 시간이 혼자에게만 쏟아짐이다"로 시작하는 〈지금 누가 홀로 울고 있다〉란 글은 "내가 누군가를 버림은 나 또한 누군가에게 버림을 받음이다"란 말로 맺는다. 읽는 내내 서슴없이 공감하고 감미롭게 전율했다.

강원국(전 청와대 연설비서관, 『대통령의 글쓰기』 저자)

물기 어린 시대를 건너며

간혹 유년의 별밤이 떠오른다. 저녁을 먹고 평상에서 이웃들과 이야
기꽃을 피웠다. 어른들은 세상 이야기를 나누고 아이들은 팔베개를
하고 밤하늘을 보았다. 어른들은 논밭일로 고단했지만 서로의 생각
을 맞춰보며 크게 웃었다. 그 웃음소리가 아직도 귓전을 맴돈다. 평상
에서 어머니의 부채바람을 쐬다 보면 스르르 잠이 밀려왔다. 평범했
던 유년의 삽화다.

평상은 그대로인데 아이들 몸집은 계속 불었다. 어느 날 보니 자식
들을 품에 끌어안을 수가 없었다. 아버지가 자식에게 떠날 때가 왔다
고 말했다. "들밥은 애비 에미가 많이 먹었다. 멀리멀리 가거라. 너만
은 괭이를 잡지 마라. 펜대를 쥐고 살아라."

부모는 자식들을 위해 소도 팔고 논밭도 팔았다. 그렇게 우리는 고
향을 등지고 도시인이 되었다. 그런데 문득문득 스스로에게 묻는다.

"부모의 바람대로 잘 살고 있는가. 빛나는 도시인이 되었는가." 스스로에게 답한다. "평상의 어른들처럼 속기俗氣 없는 웃음을 터뜨린 적이 없구나. 도대체 잘 산다는 기준이 무엇인지도 알 수가 없구나."

수천 년 동안 이어져 왔던 농촌공동체가 우리 시대에 붕괴되기 시작했다. 젊음을 부릴 공간을 찾아 도시로 몰려갔다. 젊음의 대이동이었다. 취직하러, 공부하러, 또 누구는 무작정 기차를 탔다. 당시 '무작정 상경'은 사회문제였다. 갈 곳이 없는 청소년들이 가방 하나 들고 거리를 배회했다. 경찰은 그들을 대뜸 알아보고 고향으로 돌려보냈다. 하지만 거의가 중도에서 내려 다시 서울로 진입했다. 성공해서 돌아오겠다며 부모에게 큰절을 올렸으니 다시 돌아갈 순 없었다.

늦은 밤 매장의 셔터 내리는 소리에 몸서리를 쳤다. 흡사 비명처럼 들렸다. 셔터가 내려진 거리를 지나면 고독이 엄습했다. '나는 갇혀 있구나. 이 도시에는 나 혼자뿐이구나.' 빌딩숲을 헤매다 막다른 골목에서 하늘을 올려다보면 별이 보였다. 창백했다.

빈손뿐인 청춘들이 서울에서 가장 쉽게, 가장 많이 들어간 곳이 공장이었다. 대개 그만그만한 일터에서 같은 일을 반복했다. 단순노동이라서 기계나 다름없었다. 귀한 자식들이 공돌이, 공순이라 불렸다. 서울 생활이 고달플수록 고향이 그리웠다. 밤이면 머리를 고향 쪽으로 두고 새우잠을 잤다. 우리 누나, 형들은 그렇게 야위어 갔다. 어찌 그들을 잊을 수가 있는가.

도시는 날마다 부풀어 올랐다. 서울은 만원이었다. 가진 것이 없는 자들은 바늘 하나 꽂을 수 없었다. 결국 산을 깎아 잠자리를 마련했다. 여기저기 달동네가 생겨났다. 너나없이 '생존경쟁'이라는 말을 입에 달고 살았다. 뒤처지면 그대로 인생 낙오자였다. 이른바 추격사회였다. 무엇이든 사력을 다해 추격했다. 어떻게든 높이 올라가면, 많이 벌면 대접을 받았다. 권력과 돈으로 서열이 정해졌다. 모든 가치가 경제에 매몰되었다. 세상은 가진 자들의 것이었다.

풍진 세상에도 하나둘 도시에 뿌리를 내렸다. 앞서가지는 못했더라도 주어진 삶에 최선을 다했다. 사랑하고 결혼하고 아들딸이 태어났다. 목덜미가 하얀 도시의 아이들이었다. 그 자식들은 배곯지 않았다.

어느날 주위를 살펴보니 여기저기서 어디 있는 줄도 몰랐던 '인간의 권리'를 꺼내 들었다. 민주화의 여정이 시작되었다. 이제 막 부모가 되어 세상일을 살피던 사람들은 흔들렸다. '어떻게 이룬 생의 기반인데 이게 흔들리면 안 되지, 그렇다고 아이들에게 이런 불공정한 세상을 물려줘서는 안 되지.'

나라 안팎에 산업화와 민주화를 단시일 내에 이뤄낸 민족이라는 찬사가 쌓여 있다. 그렇다면 그 단시일 내에 가난을 추방하고 독재정권을 물리치기 위해 얼마나 큰 시련과 고통을 겪었겠는가. 그 '단시일'은 얼마나 잔인했던가. 우리 현대사의 압축성장 속에는 민초들의 피눈물이 고여 있다. 그러나 요란한 자부심과 찬란한 외피는 그 피눈물을 기억하지 않는다.

그들의 고단함은 여기서 끝나지 않았다. 다시 새 시대의 조류에 떠밀리고 있다. 수천 년 내려온 관습의 삶을 버리지 못하면서도 조석으로 달라지는 혁명적 변화에 적응해야 한다. 부모에게 재래식 효도를 하지 못함이 죄송하고, 자식들에게는 현대식 부모가 될 수 없음이 미안하다. 위에서 눌리고 아래서 치받히고 있다. 여전히 무엇인가에 끼인 채 살아가는 사람들, 그들이 어떻게 흘러왔는지 추적하고 싶었다. 우리는 우리를 너무 모른다. 그래서 우리 얘기를 나누고 싶다.

비운의 한반도에서 전쟁이 없는 시대를 살았다. 행운이다. 어쩌면 전쟁을 치르지 않고 생을 마칠 수도 있겠다. 그럼에도 무수한 폭력에 시달렸다. 학교, 마을, 거리, 직장에서 폭력은 흔했다. 폭력은 반드시 희생 대상이 있다. 폭력은 또 삽시간에 전염된다. 무서운 돌림병이다.

철이 들면서, 나이를 먹으면서 우리 주변에는 수많은 폭력이 존재하고 있음을 알았다. 그것들의 실체를 벗겨보고 싶었다. 정의롭거나 의협심이 강해서가 아니다. 폭력이 어디서 비롯되었는지 알고 싶었다. 왜 당해야 하는지는 알아야 했다. 우리 세대는 어릴 때부터 폭력에 시달렸다. 국민학교 교실에서도 폭력은 빈발했다. 교사가 한 아이를 내리면 나른 아이노 공포에 떨었다. 교실은 삽시간에 얼어붙었다.

폭력은 그렇게 순식간에 전염되었다. 교실의 공포는 사라지지 않고 따라다녔다. 어릴적 내 안에 들어온 폭력은 평생 지워지지 않았다.

내재된 폭력성은 주머니에 든 송곳처럼 어느 순간 밖으로 튀어나온다. 맞고 자란 아이가 남을 때린다. 폭력에 감염되었기 때문이다. 욕망이 길을 잃으면 폭력을 동원하고 싶어 한다. 폭력의 위력을 목격했기 때문이다. 또 자신이 휘두른 폭력에 대해서는 나름의 의미를 부여한다. 폭력을 경험한 사람이 폭력에 대한 유혹을 끊기는 참으로 어렵다.

우리 시대는 박정희와 전두환이라는 독재자가 곧 폭력이었다. 폭군들은 폭력에 그럴듯한 명분을 붙이고 그 폭력 뒤에 숨어서 폭력을 조장했다. 그렇게 국가폭력이 난무했다. 국민은 독재정권이 연출하는 무대에서 주어진 삶을 또박또박 살아내야 했다. 새마을 모자를 써야 했고, 머리를 잘라야 했고, 짧은 치마를 입어야 했다. 국가폭력의 살기가 자욱하던 시절에 나는 이런 시를 썼다.

"오伍와 열列이 반듯한 사람들이 풍경화 속으로 걸어 들어간다/ 두 팔 내려 그을린 마음 받쳐 들고 간격 좁히는 우리들/ 꿈 묻을 하늘 한 조각 없는 이 땅의 나무들" __시 〈봄꿈〉 일부

"살아 있는 것들은 수상해. 숫자로 묶어. 아니 숫자 속에 박아. 생각에도 일련번호를 매겨. 보라구 저 잘난 척을. 숫자가 거꾸로 섰잖아.

저놈들 '제 잘난 맛'을 탁탁 토막 내어 고유넘버를 붙여. 거봐, 보기 좋
지. 세상에 숫자만큼 분명한 건 없지. 깔끔하잖아. 이제야 질서가 잡혔
군. 지저분한 건 딱 질색이야. 당신들 행복하지? 그치? 아 참 행복에
붙일 좋은 번호 없을까?" __시〈점호-숫자들의 세상〉

우리는 '조국 근대화'와 '정의사회 건설' 같은 구호에 마냥 나부껴
야 했다. 그것들은 국가 폭력의 다른 명칭이었다. 아픈 시절이었다.
세상에 순수한 폭력은 없다. 욕망의 그림자가 폭력화하지 않으려면
참회를 해야 한다. 하지만 우리 사회는 참회하지 않았다. 모두가 공
명共鳴하는, 과거를 씻기는 거대한 의식을 치르지 않았다. 공적인 반
성을 하지 않았다. 그래서 지금도 국가와 직장, 심지어 종교마저 폭력
을 품고 있다. 일제강점기, 한국전쟁, 미 군정, 독재 정권의 폭력이 남
아 있다. 돈과 권력은 물론이고 학연, 지연이란 폭력이 도사리고 있
다. 그 폭력의 실체를 발가벗기고 폭력 유발자들을 고발하고 싶었다.

2004년 봄 그분을 만났다. 대통령직에서 물러난 김대중, 그에게는
잔인한 시간이 기다리고 있었다. 국민의정부를 이끌었던 김대중은
병이 깊어 신장혈액 투석으로 연명하고 있었다. 그때 『김대중 자서
전』 집필을 맡아달라는 의뢰가 왔다. 많이 망설였다. 아무리 생각해
도 파란만장한 김대중의 삶을 담아내기에는 부족했다. 우선 그런 긴

글을 써본 적이 없었다. 그럼에도 자꾸 빠져들어 갔다. 결국 김대중을 향해 질문을 던지기 시작했다.

김대중은 일제강점기, 해방, 군정, 분단의 시대를 살았다. 독재 정권과 죽음으로 맞섰고 다섯 번의 죽을 고비를 넘겼다. 하지만 정적들과 언론은 용공분자, 거짓말쟁이라고 매도했다. 김대중은 빛을 받을수록, 높이 오를수록 자신에게 엄격해야 했다. 이런 얘기도 했다. "국민은 나를 버려도 나는 국민을 버릴 수 없다. 국민은 나의 근원이요, 삶의 이유이기 때문이다." 버림을 받으면서도 국민을 사랑하고 기구한 자신의 운명도 사랑했다. 질풍노도의 삶이었지만 돌아서면 참으로 쓸쓸했던 사람이었다. 그의 삶을 정리하며 나도 쓸쓸했다.

김대중은 약속대로 정치 보복을 하지 않았다. 자신을 죽이려 했던 무리를 용서했다. 어디서 초인적인 용서의 힘이 솟아났을까. 복수의 유혹을 뿌리친 사랑의 힘이 생겨났을까. 김대중은 남을 용서함은 자신이 선하고 의롭기 때문이 아니라 자신도 용서받아야 할 죄인이기 때문이라고 했다. 그는 진정 삶이 무엇인지를 알고 있는 현자였다.

잊히지 않는 두 가지 일화가 있다. 그가 세상을 뜬 후 서재에서 발견한 일기장에 이런 대목이 있다.

"금년 여름은 덥고 길다. 23일이 처서인데 더위는 조금도 후퇴하지 않는다. 서울도 계속 30도의 무더위다. 이런 때 지하실 단칸방에서

온 가족이 겹쳐 자는 서민들은 얼마나 힘들 것인가. 미안한 생각이 크다." __2006년 8월 27일 일기

　　김대중은 서민의 애환을 깊이 알고 있었다. 그래서 정치인은 심산 유곡에 피어 있는 백합꽃이 아니라 진흙탕 속에서 피어나는 연꽃이 되어야 한다고 했다. 현실을 외면하는 자는 진정한 정치인이 아니라고 했다. 그는 당면한 현안을 외면하지 않았다.

　　막 출범한 이명박 정권이 폭주를 거듭하며 천신만고 끝에 쟁취한 민주주의를 허물 때였다. 김대중은 자서전 마무리를 부탁하는 자리(2009년 7월 9일로 기억)에서 이런 말을 했다.

　　"지금이 꿈만 같습니다. 지난 50년 동안 얼마나 희생이 컸습니까. 사람들은 날 보고 퇴임한 전직 대통령은 가만있으라고 그러는데 어찌 그럴 수 있습니까. 민주주의가 저렇게 후퇴하는데 내가 어찌 가만있겠습니까. 지하에 있는 의사, 열사 들이 뭐라 하겠습니까. 아무도 없으면 나라도 나서야지요. 비록 힘이 없고 병든 몸이지만, 나는 죽을 때까지 싸울 것이요."

　　그날 김대중이 울었다. 나는 그 눈물을 지금도 받쳐 들고 있다. 김대중은 자신의 정치적 이해를 따져서 현실정치에 끼어드는 노회한

정치인이 아니었다. 그의 심장은 여전히 뜨거웠다. 생의 끄트머리에서도 민주주의를 외치고 있었다. 영원히 행동하는 양심이었다.

말년의 김대중을 곁에서 지켜봤다. 얼굴이 맑고 표정도 편해 보였다. 정치인 김대중, 그의 생은 생각할수록 아름답다. 주어진 생을 남김없이 태워서 평화를 만들고 그 속에 들었다. 우리 시대의 슬픈 영웅, 그의 삶과 사상의 진면목을 알리고 싶었다. 때로는 안타깝고 안쓰러워서, 때로는 고마워서 김대중에 관한 몇 편의 칼럼을 썼다.

책 제목은 《경향신문》에 연재한 칼럼 〈김택근의 묵언〉을 그대로 가져왔다. '묵언'과 더불어 20여 년 동안 발표한 산문을 추려서 실었다. 부디 시대의 난민들에게 평화가 있기를!

黙言

차
례

추천사 • 005

프롤로그
물기 어린 시대를 건너며 • 010

1부 — 네 죽음을 기억하라

사람 김민기 • 026
어른 김장하가 있어 우리가 되었다 • 030
논을 팔다 • 034
'워낭 소리' 끊긴 곳에서 우리는 • 038
퇴출 간이역 • 042
큰 어린이, 권정생 • 044
미나리와 애틀랜타 누님 • 047
고향 그리고 느티나무 • 051
'효'가 무엇인지 묻지 않는다 • 054
『아버지의 해방일지』가 가리키는 곳 • 058
역사박물관 앞 플라타너스 • 062
돌며 흘러야 붙박이별이다 • 066
박수근의 그림 • 069
억울한 죽음의 어머니 • 072
간도에는 지금도 죽은 자들이 살고 있다 • 076
푸른 눈의 증언 • 080
좋은 정치인은 갑자기 솟아날 수 없다 • 083
네 죽음을 기억하라 • 087
비평의 횡포 • 091
정 • 094

2부 — 이름도 병이 든다

먹방이 슬프다 · 100

지금 누가 홀로 울고 있다 · 104

그대 명당을 찾는가 · 107

이름도 병이 든다 · 111

신태인 100년 · 115

김치를 위하여 · 119

봄날 살처분 · 123

무당과 함께 사라질 것인가 · 125

부처님을 팔지 마라 · 129

폭력과 정의로운 복수 · 133

손의 자비 · 137

무명씨, 내 땅의 말로는 부를 수 없는 그대 · 140

봄비 · 144

부처의 미소 · 147

3부 — 말이 모든 것을 말한다

전라도 놈 김 과장 · 152

지식의 편싸움 · 156

남과 북은 다시 '괴뢰'가 될 것인가 · 160

하늘엔 제비, 땅에는 제비꽃 · 164

기후 악당들 · 167

새만금 갯벌의 저주 · 171

빛의 습격 · 175

하루살이의 특별한 하루 · 178

도시의 술꾼들 ・182

걷는다는 것 ・184

도둑맞은 가난 ・186

더는 악업을 짓지 말라 ・190

당신의 지식은 건강한가 ・194

말이 모든 것을 말한다 ・198

풀뿌리민주주의 뿌리가 썩고 있다 ・202

민주화 역사의 기생충이 될 것인가 ・206

백기완 선생께서 묻고 있다 ・210

문명의 충돌 ・214

가을과 겨울 사이 ・216

4부 — 그러므로 나는 당신입니다

봄날은 간다 ・220

하나의 달이 천 강에 ・224

달동네에서 달을 본 적 있는가 ・228

무덤을 박차고 나온 사람들 ・232

중도주의, 정하룡의 마지막 당부 ・236

당신들이 바다를 아는가 ・240

서해 끝에 격렬비열도가 있다 ・244

지구 멸망이 아니다 ・248

석유동물 시대의 종말 ・252

소나무야 소나무야 ・256

박경리의 '생명' ・259

나무에는 영혼이 있다 ・261

교회 문을 열어라 · 265

평화를 원한다면 내가 먼저 평화가 되자 · 269

지휘자 김성진의 '경계 허물기' · 273

선승의 통곡 '시간의 사슬 끊기' · 277

그러므로 나는 당신입니다 · 281

빈자일등 · 285

검은 옷을 입은 백의민족 · 287

5부 — 김대중의 마지막 눈물

김대중을 '3김'으로 묶지 말라 · 292

김대중 그리고 임동원 · 295

성공한 대통령이 있었다 · 299

국민의정부 정권 재창출 · 303

김대중의 마지막 눈물 · 307

김대중 100년 · 311

에필로그 — 김택근을 만나다

"취재가 깊어야 형용사를 자를 수 있어" · 316

1

네 죽음을 기억하라

사람 김민기

김민기* 선생이 떠났다. 독재시대를 건너온 자들은 하던 일을 멈추었다. 누군가에게 부음을 전하려 했건만 받을 사람이 떠오르지 않았다. 어깨동무를 하고 구호를 외쳤던 무명의 청춘들은 어디에서 늙어갈까. 언제 어디에서 자신의 젊음을 벗었을까. 먼 하늘을 보다가 '아침 이슬' 맺혀 있는 젊은 날의 어디쯤에 내렸다.

1970년대는 살기殺氣가, 1980년대는 광기狂氣가 사회 구석구석에 스며 있었다. 20세기에 청춘을 묻었건만 기억하면 아직도 최루탄 냄새가 났다. 여기저기서 김민기의 죽음을 '아침 이슬'로 씻기었다. 잿

---

* 김민기(1951~2024)는 전북 익산 태생으로 어릴 때부터 음악과 미술에 재능을 보였다. 서울대 미대 시절부터 음악 활동을 시작, 〈아침 이슬〉〈상록수〉〈아하 누가 그렇게〉〈늙은 군인의 노래〉 등 많은 명곡을 작곡했다. 군사독재 정권에서 대학가 저항가요로 많이 불려져 한동안 금지곡 목록에 오르기도 했다. 대학로에 '학전'이라는 소극장을 열고 〈지하철 1호선〉 등 일그러진 시대를 그려낸 연극들을 무대에 올려 많은 사랑을 받았다.

빛 하늘 아래 희뿌연 거리에서 〈아침 이슬〉을 부른 자들은 이제 흰머리에 등이 굽었다. 정연했던 논리에도 검버섯이 피었다. 용케 살아 있구나. 많이 흘러왔구나. 그런데 우리는 누구인가. 어디를 가려다가 멈춰 서 있는가. 왜 이리 남루한가.

김민기는 전설이었다. 그에 대한 소문에는 광휘가 묻어 있었다. 맨손으로 민주화를 외쳤던 시위대에 김민기의 노래는 연대의 무기였다. 하지만 너무도 서정적이었다. 독재를 타도하기에는 노랫말이 고왔다. 그럴수록 곡을 만든 김민기는 강철 같은 투사여야 했다. 모습을 감춰버렸기에 오히려 저항의 상징이 되었고, 그의 노래에 물든 젊은 가슴에 신비로운 전사로 각인되었다.

이윽고 김민기가 세상에 모습을 드러냈다. 한데 그는 물샐틈없는 투사가 아니었다. 절세의 저항가수라는 금관 앞에서 어쩔 줄 몰라 했다. "제 노래는 젊은 날의 일기 같은 것이었어요." 자신의 노래가 과대 포장되어 유통되었다며 송구하다고 했다. 그렇게 고백하고 김민기는 작은 마을로 내려왔다.

그곳에는 사람이 살고 있었다. 화가인 김민기가 그리고 싶은 풍경이 펼쳐져 있었다. 세찬 바람이 불어오면 벌판으로 달려가 바람을 안아보았다. 어두운 비 내려오면 두 눈에 빗물을 담았다. 그렇게 다시 소년이 되었다. 일생 소년으로 살았던 권정생** 선생도, 선생이 섬겼던 예수님도 사람을 찾아 헤매지 않았던가.

김민기의 노래를 부를 때는 기교를 부리거나 포효하면 안 된다. 과한 애드리브(즉흥연주)도 삼가야 한다. 노랫말이 가난하고 음들이 격하게 출렁거리지 않기 때문이다. 김민기의 노래는 슬프지만 슬픔을 빠져나와 담백하다. 〈서울로 가는 길〉처럼 시대의 아픔을 따뜻한 가슴으로 품었다가 풀어낸 모두의 이야기들이다. 늙으신 부모님을 두고 고향을 등지는 일이 얼마나 막막하고 두려웠는가. 당시 젊은이들은 그렇게 눈물을 뿌리며 고향을 떠나왔다. 그 아픔을 천연덕스럽게 옮겨놓고 있다. "앞서가는 누렁아 왜 따라나서는 거냐. 돌아가 우리부모 보살펴 드리렴." 이렇듯 가슴 저미는 구체적인 슬픔이 들어 있지만 노래는 단조가 아니다. 김민기의 노래에서는 절규와 분노 같은 것은 찾아볼 수 없다.

김민기는 자신을 속이지 않으려고 노력했다. 세상을 바꾸려는 거대한 계획을 세우지 않았다. 세상 속에 들어가 사람이 되고 싶어 했다. 하늘과 땅 사이에 작은 오두막 하나 짓고 작은 일을 하고 싶어 했다. 투쟁 속에도 절망, 희망, 휴식, 연민이 들어 있어야 한다고 했다. 그래서 세상을 편 가르는 어떤 행위에도 가담하지 않았다.

** 권정생(1937~2007)은 동화작가이며 동시, 동요도 다수 창작했다. 가난과 병약함 속에서 살았지만 평생 고고함을 잃지 않았다. 소외받고 낮은 곳을 따뜻하게 껴안았다. 그가 쓴 동화에는 그런 시선이 녹아 있다. 『몽실 언니』는 2012년 100만 부를 돌파했지만 결코 자신을 드러내 보이지 않았다. 자그마한 시골 오두막에서 검소하게 살다가 조용히 떠났다. 1969년작 『강아지똥』은 지금도 사랑받는 동화책이다.

그가 쑥스러워할 것을 알면서도 남은 자들이 그를 찾는다. 물론 어디든 조용하고 경건하다. 하지만 유족들도 그를 닮았나 보다. 고인의 뜻에 따라 어떤 추모공연이나 추모사업도 원하지 않는다고 밝혔다. 추모하지 않음이 진정한 추모인 사람, 생전에 명예와 미움을 태워버린 사람, 김민기. 작가 서해성은 그의 넋이 너무 아름다워서 영전에 꽃을 올릴 수가 없었다고 했다. 그러고 보니 노래가 될 수 없는 문자로 이렇듯 그를 기리는 일이 허허롭다.

그는 하늘에서만 빛나지 않을 것이다. 가난한 마을에 불이 켜지면 별들의 노랫소리를 담아 내려올 것이다. 모든 잘난 것들이 사라진 마을에는 또 다른 김민기가 살고 있을 것이다. 그곳에 내려 두리번거릴 것이다. 주막을 발견하면 어떤 속기俗氣도 묻어 있지 않은 미소를 지을 것이다.

우리 삶도 떠내려가고 있다. 노을 뒤편의 어둠이 보인다. 노래 한 곡 받쳐 들고 우리도 머지않아 어딘가에 내려야 한다. 무엇을 받들고 무엇을 버려야 김민기 마을에 들 수 있을까.

어른 김장하가 있어 우리가 되었다

다큐멘터리 〈어른 김장하〉를 봤다. 설 연휴의 세상은 얼어붙었지만 화면은 따스했다. 남녘에서 올라온 봄바람 같았다. 김장하 선생은 경남 사천과 진주에서 60년 동안 한약방을 운영하여 큰돈을 벌었다. 그 돈을 아낌없이 나누었다. 우선 수없이 많은 학생들에게 장학금을 주었다. 고등학교를 세우고 학교가 번듯하게 솟아오르자 국가에 헌납했다. 시민주로 출범한 지역신문을 매달 지원했다. 경상국립대와 여러 문화예술단체를 후원했다. 환경운동연합, 가정법률상담소 등 시민사회단체를 도왔다. 신분 타파와 차별 철폐를 외쳤던 형평운동기념사업회는 직접 회장을 맡았다. 의미 있다고 여기는 모임에는 조용히 찾아가 뒷좌석에 앉았다.

선생은 반세기 동안 일절 인터뷰를 하지 않았다. 누구에게도 도와준 일을 얘기하지 않았다. 그래서 오른손이 한 일을 왼손이 몰랐다.

지난해 5월 한약방 문을 닫은 선생은 이제 다 나눠주었기에 '가진 것 없는', 놀아보지 않아 '놀 줄 모르는' 평범한 노인이 되었다. 그저 좋아하는 산을 '사부작사부작 꼼지락꼼지락' 오를 뿐이다. 그의 삶을 추적한 김주완 기자는 감동했다. "줬으면 그만이지, 아무런 보답도 보상도 반대급부나 심지어 고맙다는 인사치레도 바라지 않았다. 불교에서 말하는 무주상보시, 그 삶을 실천해 온 분이다." 무주상보시無住相布施, 누구에게 베풀어도 그 흔적이 마음에 남아 있지 않은 최상의 경지를 말한다. 누구나 남을 도우면 희열을 느낀다. 하지만 깨달은 사람은 남을 도왔다는 사실까지 잊어버린다. 이런 일화가 있다. 청담 스님*의 딸 비구니 묘엄이 탁발을 나갔다. 찬 바람이 가슴팍을 파고드는 동짓달이었다. 서른 집 대문을 여닫고 나서야 걸망이 묵직했다. 탁발을 마치고 돌아오는데 다리 밑에서 걸인들이 먹을 것을 달라 했다. 묘엄은 탁발한 쌀을 모두 퍼주었다. 또 한참을 걷다 보니 여인이 어린 아들과 함께 떨고 있었다. 묘엄은 여인에게 속옷을 벗어주었다. 찬 바람에 온몸이 시렸지만 기분은 날아갈 듯했다. 묘엄은 청담에게 보시를 자랑스럽게 얘기했다. 묵묵히 얘기를 듣던 청담이 말했다. "기쁜

---

* 청담 스님(1902~1971)은 경남 진주 태생으로 1926년 고성 옥천사에 입산한 후 수행자의 삶을 살았다. 수행정진 중 1947년 성철 스님 등과 함께한 봉암사 결사라는 불교 정화 운동에 나섰다. '부처님 법대로' 살자는 게 핵심이다. 신도들이 불전에 올린 시줏물 외엔 받지 않고, 날마다 2시간씩 노동하며 직접 물을 긷고 땔감을 마련하는 등 탁발 행각을 마다하지 않았다고 한다.

마음이 있으면 진정한 보시가 아니다. 도와주었다는 생각도 없어야 하거늘 어찌 기뻐하느냐."

남을 돕고 그 흔적을 지운다는 것은 참으로 어렵다. 김장하 선생은 자신을 철저히 다스렸기에 가능했을 것이다. 그래서 비로소 노년에 자유와 평화를 얻었을 것이다. 선생은 '김장하 장학생'이 성공해서 은혜를 갚겠다고 하면 정색을 하고 물리쳤다. 그럴 작정이라면 이 사회에 갚으라고 했다. 장학금을 받고도 특별한 인물이 못 되어 죄송하다는 사람에게는 등을 토닥였다. "무얼 바란 게 아니다. 우리 사회는 평범한 사람들이 지탱하고 있는 거다."

이렇듯 가슴 따뜻한 얘기를 접하면 동화작가 권정생 선생이 떠오른다. 선생은 평생 병고에 시달리면서도 남을 위해 살았다. 진실한 삶과 진정한 사랑을 작품으로 남기고 하늘로 떠났다. 권정생의 삶을 추적했던 필자는 선생이 남긴 일화 중에서 몇 장면은 품고 다닌다. 그중에서도 작은 마을교회 종지기로 일하며 새벽종을 치는 모습과 그때 하늘에 올렸던 선생의 기도는 잊을 수가 없다. 그가 문명文名을 날리기 전의 일이다.

"새벽하늘에 반짝이는 별의 수만큼 나의 바람은 한없이 많다. 종 줄을 한 번 한 번 잡아당기면서 하느님께 기도드리듯 쏟아지는 나의 바람들. 불치병을 가진 아랫마을 그 애의 건강을, 이 새벽에도 혼자 외롭게 주무시는 핏골산 밑 할머니의 앞날을, 통일이 와야만 할아버지를 뵐 수 있다는 윗마을 승국이 형제의 소원을, 그러고는 어서어서 예수님이 오시는 그날이 와서 전쟁이 없어지고, 주림이 없어지고, 슬픔과 괴로움이 없어지고, 사막에도 샘이 솟고, 무서운 사자와 어린애가 함께 뒹굴고, 독사의 굴에 어린이가 손을 넣어 장난치고, 다시는 헤어짐도 죽음도 없는 그런 나라가 오기를…." __권정생〈새벽종을 치면서〉

권정생 선생의 기도는 하늘에 닿았을 것이다. 당신도 별이 되어 가난하고 약한 자들의 기도와 눈물 속에 내릴 것이다. 이렇듯 남을 위한 기도가 모여서 우리는 '우리'가 되었다. 우리 곁에는 아직 알려지지 않은 수많은 권정생, 김장하가 있을 것이다. 지상에 남아 있는 또 다른 권정생이 일어나 새벽종을 치고, 그 종소리에 잠을 깬 김장하가 한약방 문을 열 것이다. 이 글이 김장하 선생 노년의 평화를 깨뜨렸는지도 모르겠다. 그렇다면 죄송한 일이다.

논을 팔다

어머니는 전화에 대고 논 임자가 나타났으니 "가만히 다녀가라"라고 했다. 어머니 말대로 '가만히' 논을 팔러 고향에 갔다. 아버지가 물려준 어머니 명의의 논이었다.

기차 역을 빠져나오니 읍내에 어둠이 내리기 시작했다. 천천히 걸었다. 노인들만 남아 있는 마을은 한 집 건너 빈집이었다. 빈집들은 한기를 내뿜고 있었다. 사위가 조용했다. 개도 짖지 않았다. 마을에 또 새 길이 생겼다. 동쪽을 향해 뻗었는데, 길의 시작과 끝을 가늠할 수 없었다. 크고 작은 길들은 마을을 이리저리 토막 냈다. 길이 마을을 칭칭 감아 숨 쉬기가 불편해 보였다. 언덕에 올라 읍내를 내려다봤다. 교회 십자가만큼의 높이로 떠 있는 초승달이 씩씩했다. 하지만 초승달이 할 일은 별로 없어 보였다. 몇 해 전 문을 연 어린이집은 뜰에 잡초가 무성했다. 아이 울음이 끊긴 농촌에 어린이집을 세운, 미련한

이는 어디로 갔을까.

가게에 들러 소주를 샀다. 텅 빈 고향집 마당에 서서 하늘을 보니 별빛이 슬프다. 어머니의 방은 세상에서 가장 외딴 곳이다. 수천 년 농경사회의 마지막 난민, 우리네 어머니들. 시대의 어디에도 내리지 못하고, 점점 밀려나 세상의 한 점에 갇혀 있다.

노모와 소주를 마셨다. 어머니는 말이 없었다. 표정도 없었다. 이미 많은 표정들이 얼굴에서 빠져나갔기 때문일 것이다. 잠옷이 마땅찮아 어머니 몸뻬를 입었다. 머리 흰 자식, 어머니가 웃었다.

어릴 때, 이맘때쯤이면 우리 집 마당은 그득했다. 볏가리가 하늘을 가렸다. 들녘의 삭풍이 넘어와도 끄떡없었다. 얼마나 든든했던가. 그 포만감은 지금도 잊을 수 없다. 윤기가 흐르는 하얀 쌀밥, 그것이 곧 살림살이의 윤기였다. 집안이 기울면, 버티다 버티다 최후에 논을 팔았다. 논은 마지막 자존심이었다. 아버지들은 자기네 논두렁에서 담배를 태울 때가 가장 느긋했다. 논 없는 사람들은 떠도는 놉에 불과했다. 논에서 모든 것이 나왔다. 그럼에도 아버지들은 서둘러 일제히 세상을 떠났고, 이제 어머니들만 남아 아직도 그 논에 갇혀 있다. 어머니에게 아직도 논은 지아비요, 자식이었다.

아침이 왔다. 약속한 읍사무소에 어머니랑 함께 갔다. 입구에 '나락 투쟁' 격문이 붙어 있었다. 벼를 논에 가둬서 키운 이래 이처럼 쌀이 애물로 변한 적이 있었던가. 읍사무소 안에서 논 사는 사람 내외가 기다리고 있었다. 인근에 성실하기로 소문난 60대 부부였다. 인사를 나누고 논을 사고파는 데 필요한 서류를 뗐다. 다시 법무사 사무실을 가기 위해 택시를 불렀다. 택시기사는 초등학교 동창이었다. 30리 길을 달리면서도 동창은 내게 아무것도 묻지 않았다. 그러나 '가만히' 묻고 있었다. 왜 논을 파느냐고. 동창생은 논 사는 사람을 향해 실없이 물었다. "태풍이 안 온 것은 아마 처음이지요?"

법무사 사무실에서도 어머니는 말이 없었다. 논 사는 사람 부인이 어머니 손을 꼬옥 잡았다. "어쩐대요. 아이고 어쩌야 쓴대요. 그 논이 어떤 논인디…." 그래도 어머니는 덤덤하다. 마지막으로 어머니 도장을 찍었다. 다시 도장을 드렸더니 혼잣말처럼 얘기한다. "이제는 도장 찍을 일 없을 턴디…."

논 사는 사람이 '논 산 사람'이 되는 데는 두 시간 남짓 걸렸다. 어머니가 말했다. "논은 참 잘 샀어. 내 논이라 내가 알지만, 그 논은 여태 말썽 한 번 안 피웠거든." 논 산 사람이 받아 말했다. "뭐 다 끝났으니 말씀드리는데, 그 논이 다 좋은데 물을 끌어오기가 사납네요." 이렇게 신경전도 끝이 났다. 어머니의 논은 팔렸다. 나는 돈을 받아 챙겼다.

논 산 사람은 어머니를 읍내에서 제일 큰 식당으로 모셨다. "노인 양반인게 이 집서 제일 좋은 쇠고기로, 제일 연한 놈으로 주시오. 돈은 생각허지 말고 제일 좋은 놈으로 주시오." 그의 부인이 어머니에게 소주를 권하며 말했다. "참말로 서운허시겄어요. 참말로 어째야 쓴대요." 그러자 어머니가 소주를 삼켰다. 그리고 말했다.

"아니여, 시원허고만. 참말이여."

'워낭 소리' 끊긴 곳에서 우리는

경북 봉화 하눌마을에는 평생 땅 속에 힘을 풀었던 농부가 살고 있다. 그리고 농부가 30년 동안을 부려온 소가 있었다. 농부 나이 여든, 소는 마흔이었다. 소 또한 평생 논밭을 갈고 달구지를 끌었다. 늙은 농부 귓가에는 언제나 워낭(소의 턱 밑에 달린 작은 종) 소리가 맴돌았다. 가는귀를 먹었지만 워낭 소리만은 크게 들렸다. 워낭 소리가 요란하면 소에게 무슨 일이 있음이니 이는 소통의 도구였다. 노인과 소는 힘을 합쳐 농사를 짓고 9남매를 키웠다. 장성한 자식들은 도시로 나갔고 소만이 노부부 곁에 남았다. 노인은 소 먹일 꼴이 오염될까 봐 논밭에 농약도 치지 않았다. 새참을 먹을 때는 막걸리도 나눠 마셨다.

어느 날 소가 쓰러졌다. 평균 수명이 15년인데 40년을 살았으니 죽음이 다가오고 있었다. 수의사도 자연수명이 다 됐다고 했다. 그러나 노인은 믿지 않았다. 다시 일어난 소는 노인을 태우고 집과 논밭을 오갔다. 한쪽 다리가 불편한 노인과 다리에 힘이 빠진 소, 둘은 절뚝거리며 느릿느릿 오고 갔다. 시간도 함께 풀어졌는지 죽음도 느릿느릿 다가왔다. 하지만 세월은 저 홀로 흐르지 않고 외딴 산골에도 스며들어 시나브로 기운을 뺏어 갔다. 소는 간신히 달구지를 끌었고, 그 위의 노인은 꾸벅꾸벅 졸았다. 어느덧 모습도 표정도 노인과 소는 닮아 있었다. 쇠잔하여 앙상했다. 노인과 소는 특히 눈이 무척 닮았다. 속기가 빠져나간 무욕의 눈에서는 신성神性이 어른거렸다.

다시 소가 쓰러졌다. 수의사는 노인에게 마음의 준비를 하라고 일렀다. 노인은 소에게서 코뚜레를 풀고 워낭을 떼어 냈다. 그 손길이 성자와 같았다. 사실 코뚜레와 워낭은 평생 노인도 지니고 있었다. 노인의 코뚜레는 자식이었고 워낭은 위태로운 하루하루였으니 삶 자체였다. 죽음 앞에 노인은 덤덤했고 소 또한 그랬다. 소가 그 큰 눈을 감자 노인이 말했다. "좋은 데 가거래이." 모든 것을 쏟아낸 소는 가벼웠다. 포클레인에 매달린 주검이 겨우 송아지만 했다. 노인도 결국 그렇게 떠날 것이다. 소는 제 힘을 모두 풀었던 땅속에 묻혔다. 절대 평화였다. '차가 오면 미리 알고 피했던, 장에 갔다 달구지 위에서 잠이 들었는데 저 혼자 집을 찾아왔던' 소에 대한 자랑도 함께 묻혔다. 우람했던 지난날은 간 곳이 없고, 처마에 매달아 둔 워낭 소리가 처연했다.

다큐멘터리 〈워낭소리〉*는 이렇게 끝이 난다. 영화가 끝났지만 관객들은 늙은 소처럼 일어서지 못했다. 영화 속 농부는 울지 않았지만(울음을 담지 않았는지 모르지만) 관객은 울어야 했다. 엔딩 크레디트가 다 올라갔지만 영화관 측은 한참 동안 불을 켜지 않았다. 관객이 눈물을 닦을 때까지. 어둠 속에서 워낭 소리는 계속 들려왔다. 자식 걱정이 코뚜레가 되어 논밭에 묶여 있던 우리 시대 아버지들, 그들은 그렇게 홀연 떠나갔다.

사람과 소의 교감과 동행은 흔했다. 농사를 지으려면 당연했다. 하지만 이제 지상에서 아주 특별한 일로 남아 있다. 소들은 워낭 대신 일제히 번호표를 달았다. 사람의 친구가 아닌, 들녘의 일꾼이 아닌, 그저 인간의 먹이로 사육되고 있다. 이름을 부르며 키웠던 가축들도 오간 데 없다. 워낭 소리가 사라진 들녘은 기계소리로 뒤덮였다. 땅은 스스로는 농작물을 키워낼 힘이 없다. 농약과 비료에 의존하여 농작물을 생산해 낼 뿐이다. 이로써 몇천 년을 이어온 우경牛耕의 시대는 끝이 났다. 저 노인은 마지막 남은 우리 시대의 아버지다.

워낭 소리가 낭랑했던 시대와 기계음이 낭자한 시대에는 서로 다른 인류가 살고 있는지 모른다. 부리는 소와 먹는 소 사이에 우리가 있다. 마른 일소와 살찐 육우 사이에 우리가 있다. 배가 움푹 패었던

---

* 2009년 극장 개봉한 다큐멘터리 영화로 300만 명에 육박하는 관객을 모았다. 감독은 이충렬.

아버지와 뱃살이 오른 젊은이들 사이에 우리가 있다. 만져보면 우리도 배가 나왔다.

　몇천 년을 이어온 것들이 우리 시대에 사라지는데 우리는 과연 누구인가. 사람과 소가 함께 그 힘을 땅에 풀어 생명을 피워 올리던 그 위대한 시간들에, 그 싱싱한 육체노동에 삼가 노래를 바친다. 그것이 비록 만가挽歌일지라도.

퇴출 간이역

열차 시간에 맞춰 사람들은 모였다 흩어졌다. 먼 길을 걸어온 사람들이 더 먼 길로 떠나갔다. 간이역은 없는 듯 서 있다가 이별의 시간에만 솟아올랐다. 기적은 늘 목이 멨다. 누구는 공부하러, 누구는 돈 벌러, 누구는 원수를 갚으러… 누구는 빚에 쫓겨, 누구는 사랑에 쫓겨, 누구는 일에 쫓겨 기차를 탔다. 기차를 탄다는 것은 한 세상을 버리고 다른 세상 속으로 들어가는 일이었다. 떠난다는 것은 두려움이었다. 그러기에 멀어지는 고향은 눈물이었다.

바쁜 것들, 잘난 것들 다 먼저 보내고 완행열차는 제 시간보다 늦게 도착했다. 그러면 만남과 이별의 순간도 늦게 왔다. 제 시간을 벗어나는 만남과 이별. 울음도 인사말도 때를 놓친다. 간이역은 그래서 때를 놓친 사람들을 서성거리게 만들었다. 그래도 이별과 만남은 '기어이' 찾아왔다. 기차가 도착할 때까지는 대합실에 시간이 멎어 있었다. 기적 소리가 철길에서 사라진 후에야 시간이 흘렀다. 간이역을 세상의 출구로 알고 떠났던 사람들은 어디에선가 내려 둥지를 틀었다. 주먹 쥐고 두려움에 떨면서 떠나갔던 사람들은 이내 다시 돌아왔다. 돈을 많이 벌거나 출세를 한 사람은 낮에 내렸고, 마음이 궁핍하거나 옷이 남루한 사람들은 밤에 내렸다.

이제 간이역은 이름마저 잊혀간다. 사랑하는 사람의 얼굴을 떠올리며 하루 종일 열차를 기다렸던 그 간절함은 어디로 옮겨 갔을까. 기억되려고, 잊히지 않으려고 대합실보다 역 이름을 더 크게 달고 있는 모습이 안쓰럽기만 하다. 하지만 손님이 없는 것을 어찌할 것인가. 역무원도 없는 간이역에서는 흡사 시골길에서 버스를 기다리듯 승객이 완행열차를 기다렸다. 열차는 아무도 태우지 못하고 홀로 떠나는 경우가 많아졌다.

열차가 서지 않는 간이역. '세상의 출구'에서 '추억의 입구'로 변해버린 간이역. 이제 무엇이 우리를 추억 속에 내려줄 것인가. 열차는 서지 않아도 간이역은 그대로 보존했으면 좋겠다. 이제는 설렘과 격정이 지워진 채 그리움으로 서 있는 간이역. 존재하는 것만으로도 우리는 그곳에 모일 수 있다.

큰 어린이, 권정생

동화작가 권정생. 어느 12월 눈 내리는 날, 이화령을 넘어 그를 찾아
갔다. 안동군 일직리 조탑동. 그의 집은 마을이 끝나는 지점에 산과
붙어 있었다. 한 평 남짓 크기의 방은 그 누구와도 동거할 수 없었다.
벽에는 초상화 하나만 걸려 있었다. 농민의 세상을 꿈꾸었던 전봉준
이었다. 그는 폐결핵, 신장결핵, 늑막염을 한꺼번에 앓고 있었다. 나
이보다 훨씬 늙어 있었다. 이미 한국전쟁이 터지고 정처없이 떠돌던
열아홉 살 때 폐병에 걸렸다. 마을 친구 열댓 명은 폐병으로 땅에 묻
혔다. 너무나 배가 고팠다. 스물여덟 살 되던 해에 집을 나와 구걸로
연명했다. 허드렛일은 안 해본 것이 없었다. 저녁이면 자살을 결심했
고 아침이 오면 그래도 살아보자고 스스로를 달랬다.

　매일 아팠다. 교회 종지기를 하며 글을 썼다. 그의 동화는 슬프다.
앉은뱅이 아줌마, 매 맞는 할미 소, 미쳐버린 어머니, 잡혀 죽는 양, 다

리 저는 소녀, 못생긴 할머니…. 주인공들은 한결같이 약하고 불쌍하고 기구하다. 그러나 거기에는 분노와 복수심이 없다. 그는 전쟁을 겪으며 동심으로 '잔인한 세상'을 지켜봤고, 그후 한 번도 어른 흉내를 내지 않았다. 구박받고 천대받는 아이에 머물렀다. 그가 세상에 태어나 따스함을 기억한다면 오직 어머니 품이었다. 그에게 소망 같은 게 있느냐고 물었다. 그는 한참을 생각하더니 "죽음"이라고 말했다. 그가 죽어서 가고 싶은 세상은 어디일까. 먼저 간 어머니가 사시는 그 나라는 어디일까.

"어머니 사시는 거기엔 전쟁이 없을까/ 무서운 포탄이 없을까/ 총칼 든 군대들이 없을까/ 모든 걸 빼앗기만 하는 임금도 없을까/ 정말 울지 않아도 되는 것일까/ 아아, 거기엔 배고프지 않았으면/ 너무 많이 고달프지 않았으면/ 너무 많이 슬프지 않았으면/ 부자가 없어 그래서 가난도 없었으면" __권정생 〈어머니 사시는 그 나라에는〉

권정생은 푸른 5월에 세상을 떠났다. 그는 우리 곁에 없지만 그가 남긴 책들은 여전히 동심을 적시고 있다. 평생 아무것도 소유하지 않았고, 모든 인세는 자신의 책을 읽어준 아이들의 것이니 아이들을 위해 써달라고 유언했다. 세상에서 제일 큰 어린이, 권정생은 아마 어머니를 만났을 것이다. 하지만 해마다 권정생의 5월은 찾아오는데 아이

들은 그 속에서 밝고 건강한가. 아이들 세상이 아니라서, 선생은 아직
도 아플 것이다.

미나리와 애틀랜타 누님

영화 〈미나리〉는 1980년대 미국으로 이민 간 한인들의 이야기다. 일 가족이 트레일러하우스(이동식 주택)로 이사하며 영화는 시작된다. 많은 이들이 영화의 작품성을 논하지만 나는 우리 누님과 매형이 생각나서 영화 속으로 빨려 들어갔다. 아메리칸드림을 좇아 떠났지만 꿈이 조금씩 작아져 결국 한국인으로 살아가는 사람들을 보며 내내 쓸쓸했다.

1975년 초겨울, 누님은 매형을 따라 영화 속 부부보다 일찍 미국으로 떠났다. 당시에는 생소했던 조지아주 애틀랜타였다. 누님은 '춥고 슬픈 날'로 기억한다. 한국은 가난한 나라, 미국은 이름대로 아름다운 나라였다. 미제美製는 단연 향기로웠다. 누님은 갓 돌이 지난 아기를 친정어머니에게 맡겼다. 당시 김포국제공항은 늘 눈물에 젖어 있었고, 이민을 떠나는 젊은이들은 〈공항의 이별〉* 노랫말처럼 이 땅에 하고 싶은 말을 못 하고 떠났다. 언제 돌아올지 몰랐다. 입술을 깨물고, 주먹을 쥐고, 끝내 돌아서서 눈물을 훔쳤다. 그렇게 하늘 멀리 사라져 갔다.

누님은 영화 속 가족처럼 바퀴가 달린 트레일러하우스에서 살았다. 날마다 부모와 형제들이 그리웠을 것이다. 두고 온 아기가 보고 싶었을 것이다. 고향 하늘이 어디인지 몰라 머리를 서쪽으로 향한 채 잠을 청했을 것이다. 부부는 온갖 허드렛일을 하며 돈을 벌었다. 고향에 두고 온 것들을 잊기 위해서도 더 열심히 일했을 것이다.

누님은 식구들 목소리가 듣고 싶었다. 고향집에는 전화기가 없어 길 건너 신태인중학교로 전화를 했다. 국제전화란 말에 놀란 교장선생은 허겁지겁 교장실을 나와 철조망 너머 우리 집을 향해 미국 딸한테서 전화가 왔다고 외쳤다. 어머니도 놀라서 뛰쳐나왔다. 교장선생은 학교 정문은 너무 멀다며 철조망에 난 개구멍을 더 넓혀주었다. 국제전화는 감이 멀었다. 어머니는 교장실에서 악을 쓰고 눈물을 쏟았다.

험한 손으로 손녀를 키웠다. 자식들 키울 때는 병원에 얼씬도 안 했

---

* 가수 문주란이 1972년 발표한 대중가요. 노랫말의 첫 소절이 이렇다. "하고 싶은 말들이 쌓였는데도/ 한마디 말 못 하고 헤어지는 당신이." 연인 혹은 가족 간 이별을 노래한다. 당시엔 간호사, 광부 등이 외화벌이를 위해 해외로 떠났고, 먹고살기 위해 이민을 가는 가정이 드물지 않았다.

지만 손녀는 달랐다. 아프면 한밤중이건 새벽이건 택시를 불러 큰 병원이 있는 정읍으로 달려갔다. "자식이라면 어찌 되든 그냥 키우지만 손자는 참말로 조심스럽네." 손녀가 어디서 맞고 오거나 얼굴에 손톱 자국이라도 나 있으면 그날은 마을이 뒤집어졌다.

매형과 누님은 때때로 돈을 부쳐 왔다. 미국에서 오는 편지봉투는 크고 빳빳했다. 그 안에 편지와 함께 수표(우편환)가 들어 있었다. 어머니는 수표를 한동안 서랍에 넣어두었다가 우체국에 가져가 환전을 했다. 그 돈은 보기만 해도 아깝고, 쓸 때는 더 아까웠다. 몇 푼은 아껴서 이웃들에게 막걸리를 대접했다. 사람들이 고맙다고 말하면 딸이 사는 술이라며 웃었다.

손녀는 할머니 품에서 별 탈 없이 자랐다. 야위고 등이 굽은 마을에서 손녀의 웃음은 희고 맑아 잡귀신을 몰아냈다. 하지만 이별은 예고돼 있었다. 누님이 한국에 나와 일곱 살 딸을 데려갔다. 공항에서 작은 배낭을 멘 손녀가 인사를 했다. "할머니 안녕히 계세요." 손녀는 그렇게 하늘 멀리 사라졌다. 할머니는 참았던 눈물을 쏟았다. "참말로 못 먹여서 미안하다. 미국서는 잘 먹고 잘 크거라."

미국으로 간 손녀는 대학을 나와 초등학교 교사가 되었다. 어느 날 결혼 소식을 전해 왔다. 식구들이 어머니를 모시고 애틀랜타로 날아갔다. 신랑은 미소가 큼지막한 중국 청년이었다. 미국식 결혼식은 오래 걸렸다. 야외 결혼식을 치르고 이어서 실내 파티가 벌어졌다. 손녀는 맨 먼저 할머니에게 다가가 춤을 청했다. 한국에서 온 자그마한 할머니, 파티에서 유일하게 한복을 차려입은 동양인. 둘은 오래 춤을 췄다. 하객 모두가 할머니와 손녀를 에워싸고 박수를 쳤다. 여기저기서 눈물을 훔쳤다. 왜 자꾸 눈물이 나왔는지 지금 생각해도 알 수가 없다.

영화 속의 할머니는 이렇게 말한다. "미나리는 어디에 있어도 알아서 잘 자라지." 어디에 있든 잘 살아보자는 다짐처럼 들렸다. 매형과 누님도 오래전에 큰 집을 마련하고 슈퍼마켓도 샀다. 둘째 딸은 약사로 일하고 있다. 노년생활은 풍족한 편이다. 그럼에도 누님은 여전히 한국말을 하고, 한국 드라마를 보며, 미국 속의 한국에 살고 있다.

가난한 나라의 입을 줄여준 사람들. 슬퍼할 겨를도 없던 사람들. 가난을 벗어났어도 여전히 허전한 사람들. 모국의 무관심에도 한국만을 바라보는 사람들. 그리고 서서히 잊혀가는 사람들. 이제 누가 저들을 기억할 것인가. 삼가 치열한 삶에 두 손을 모은다.

고향 그리고 느티나무

추석이면 고향에 간다. 길이 막혀도, 형편이 궁해도 집을 나선다. 나이가 들었건만 고향은 생각만으로도 가슴이 설렌다. 고향 생각을 하면 마을을 지키는 당산목 느티나무가 떠오른다. 오래된 마을에는 오래된 느티나무가 있었다. '느티나무는 귀신을 쫓는다'는 속설이 있다. 그래서 마을 입구나 고갯마루에 심었다. 추석날 보름달이 느티나무에 걸려 있는 풍경은 마을이 풍요롭고 평화롭다는 징표처럼 보였다.

하지만 설레며 찾아간 고향은 옛 모습이 아니다. 아버지는 일찍 세상을 뜨고 어머니들도 하나둘 떠나간다. 빈집이 늘어나고 아기 울음마저 끊긴 곳이 많다. 마을에는 풍문마저 떠돌지 않는다. 그저 고요할 뿐이다. 마을은 쇠락하여 그 이름마저 희미해졌다. 다만 느티나무만이 그대로 서 있다.

느티나무 아래는 쉼터요, 굿판이요, 의견을 모으던 회의장이요, 마을재판이 열렸던 간이법정이었다. 느티나무는 아이 울음소리, 싸우는 소리, 송아지 울음소리, 상여 나가는 소리, 기도 소리, 불효자 울음소리를 들으며 몸집을 불렸다. 마을 주민들의 태어남과 떠남을 지켜봤다. 그렇다 보니 느티나무마다 이야기가 서려 있다. 그 이야기는 세월이 흐르면 전설이 되고 달빛을 받으면 설화가 되었을 것이다.

느티나무는 그 자태가 우람하지만 사람을 주눅 들게 하지 않는다. 바라보면 마음이 편안해진다. 500~600년은 족히 살고, 어떤 나무는 천 년 넘게 세상을 굽어보고 있다. 이 땅에 천 년을 산 느티나무가 있다면 고려의 햇빛을 받고 태어나 조선의 바람을 맞고 오늘에 이르렀을 것이다. 이렇듯 온갖 풍상을 이기고 살아남았지만 요즘 가장 큰 위기를 맞고 있다.

생명평화순례단*과 함께 고을을 찾아가 빌어먹는 탁발순례에 동참한 적이 있었다. 그때 이 땅의 많은 느티나무를 볼 수 있었다. 쇠락한 마을에 서 있는 느티나무는 한눈에 봐도 건강하지 못했다. 자태가 우람했지만 왠지 기운이 없어 보였다. 사람이 살지 않는 집은 급히 주저

---

* 도법 스님이 앞장서고, 다양한 시민들이 뒤따르며 2004년 3월 1일 지리산 노고단에서 출발, 5년 동안 전국 곳곳을 누빈 탁발 대장정. 개발주의, 물질만능주의에 맞서 잃어가는 생명평화의 중요성을 일깨웠다. 당시 경향신문 기자였던 김택근도 때때로 순렛길에 동참했고, 길에서 들은 현장의 생생한 목소리를 지면에 보도했다.

않는다. 집은 기둥이 지탱하는 것이 아니라 집식구들이 떠받치고 있는 셈이다. 사람 냄새가 지워지면 지붕 위에 풀이 난다. 느티나무 또한 사람들 사이에서 사람들과 교감하며 살아왔다. 울 안의 감나무가 주인이 떠나면 열매를 맺지 않듯이 아마 느티나무도 그럴 것이다. 마을 사람들의 기를 받아야 비로소 늠름할 것이다.

사람들의 섬김과 보살핌을 받던 느티나무가 우리 시대에 인간에게 외면을 당하고 있다. 주민들이 도시로 떠나고 마을이 무너져 내리기 때문이다. 이제 느티나무는 홀로 외로움을 이기지 못하고 야위어 가고 있다.

느티나무 아래에 펼쳐졌던 공동체의 삶이 스러지고 있다. 그럼에도 고향의 느티나무는 우리들을 기다리고 있다. 사람들은 떠나고 홀로 고향이 되어 있다. 느티나무를 향해 안녕과 복을 빌던 사람들은 어느 하늘 아래에서 고향을 그리며 살아갈까. 느티나무가 그 무성한 잎들을 흔들며 사람들에게 그늘을 내어주고 너털웃음을 터뜨릴 그날이 올까. 고향은 자꾸 말라가는데 떠난 사람들이 돌아올까.

고향에 가거든 느티나무에 기대어 보시라. 느티나무에게 말을 걸어보시라. 느티나무 아래서 옛 벗들과 막걸리 한잔하시라. 좀 여유가 있다면 느티나무에 걸린 보름달을 보고 오시라. 느티나무에 소원 하나 걸어놓고 오시라.

'효'가 무엇인지 묻지 않는다

"꽃을 드렸습니다. 불효자의 꽃을 받고도 어머니는 그저 웃습니다. 어머니는 나보다 더 나를 잘 알고, 나보다 더 나를 사랑하십니다. 하지만 자식은 머리로 이해할 뿐 가슴으로 느끼지 못합니다. 시대가 어머니들을 버렸습니다. 아버지들은 먼저 세상을 뜨고, 홀로 남은 어머니들은 쫓겨다닙니다. 시대의 난민들입니다. 남편을 먼저 보내고 지아비 무덤과 고향을 지키다가 결국 새끼들을 따라나서야 합니다. 어머니는 자식 집 작은 방에 갇혀 있습니다. 밤마다 생각은 천 리 길을 달려갈 것입니다. 평생을 살아온 마을, 앉으나 서나 정겨운 이웃, 손때 묻어 더 번쩍거렸던 장독대, 눈물마저 거름이 됐던 텃밭. 하지만 다시는 돌아갈 수 없습니다. 어머니는 아이가 되어 달을 보며 눈물지을 것입니다."

지난해 어버이날 사회관계망서비스(SNS)에 올린 글이다. 다시 어버이날이 돌아왔다. 어머니는 지금 요양병원에 계신다. 설 쇠고 며칠 후 낙상하여 고관절이 골절되었다. 결국 며느리와 아들이 갈아주는 기저귀를 차야만 했다. 누구의 손길도 마다하고 혼자 죽을힘을 다해 당신의 몸을 씻었건만 이제 움직일 수 없다. "왜 이리 안 죽냐. 무슨 죄가 많길래… 참말로 이런 날이 올지는 몰랐다." 마른 몸에도 욕창이 생겼다. 어머니를 요양병원에 모시기로 했다. 처음에는 완강하게 거부했지만 '병이 우선하면 모셔 오겠다'는 말에 표정을 바꿨다. 그럼에도 어머니는 믿지 않았을 것이다.

익숙한 것과의 결별은 공포다. 시골집을 떠나올 때도 막막하고 두려웠을 것이다. 자식들을 떠나보냈지만 정작 자신이 떠날 때가 올 줄은 몰랐을 것이다. 이웃이 죽거나 도시로 떠나가면 그때마다 가슴이 떨렸을 것이다. 어머니가 아프면 집에도 검버섯이 피었다. 어머니들을 잃은 마을은 여기저기 움푹움푹 꺼졌다. 그렇게 마을공동체가 속절없이 무너졌다. 떠나간 피붙이들이 돌아오지 않을 때부터 예견된 일이었다. 별수 없이 도시로 나와 자식들에게 얹혀살아야 했다. 어머니들은 도시 어딘가에서 더듬더듬 길을 묻고 가만가만 숨을 쉴 것이다. 어머니는 이제 돌아갈 곳이 없다. 그때마다 죽음을 떠올릴 것이다.

고통 없이 홀언 이승의 옷을 벗으면 죽은 자는 물론이고 남은 자에게도 복이다. 누구든 고통 없이 오래 살다가 갑자기 세상을 뜨고 싶어 한다. 옛사람이 이른 다섯 가지 복 중에서 마지막은 고종명考終命이다. 제명대로 살다가 편히 죽음을 맞는 것이다. 사랑하는 사람들에게 둘러싸여 마지막 미소를 남기는 것이야말로 최고의 복이다. 하지만 연명 치료가 발달한 요즘은 정든 공간에서 평온한 죽음을 맞기가 어려워졌다.

우리는 오늘도 죽음을 향해 가고 있다. 살아 있는 모두에게 초행길이다. 끝이 얼마나 남았는지 알 수 없다. 100세 시대라지만 부모들은 자신의 늙고 병듦이 자식들에게 짐이라는 생각을 깊이 하고 있다. "자다가 죽는 게 소원이다." 빈말 같지만 빈말이 아니다. 하지만 육신을 고통 없이 벗어나기는 쉬운 일이 아니다. 하늘의 보살핌이 있어야 가능하다. 인간의 죽음이지만 인간의 영역이 아니다. 그래서 슬프다.

노부모를 모시고 한 시대를 건너가는 자식들 또한 힘들다. 무엇보다 죄책감에 시달린다. 고향집에 계시면 유배당한 것 같고, 요양병원에 계시면 시커먼 동굴에 유폐된 것 같다. 논밭을 휘저으며 어떤 복선도 없이 땅에 힘을 풀었던, 부모들의 싱싱했던 시절을 기억한다. 하지만 음흉하고 위험한 도시에 그들을 모셔야 한다. 그러므로 부모들은 말수가 줄어들고 도회지의 노년은 적막하다. 그 적막을 깨는 힘과 지혜가 자식들에게는 부족하다. 별수 없이 불효자가 되어간다. 그런 자식의 마음을 어머니도 헤아린다. 그래서 다시 적막하다.

요양병원에 누워 있는 어머니에게 꽃을 드렸다. 그저 웃는 어머니에게 할 말이 없다. 어머니는 꼭 찬 100세다. 세상 어디에도 머리를 들 수 없는 불효자지만 삼가 지난 세월에 두 손을 모은다. 둘러보면 아무도 효가 무엇인지 묻지 않는다. 효가 존재하되 보이지 않는다. 불효자를 양산하는 시대다. (하늘이 내린 효자들께는 미안하다.) 어디에 계시든(하늘에 계실지라도) 어머니를 떠올리며 눈물짓는 사람들이 많을 것이다. 아주 가까이에 있지만 멀어져 간 어머니들, 시대에 버림받은 박복한 양반들. 거칠고 치열했지만 정직하고 고왔던 삶에 삼가 꽃을 바친다. 이렇듯 푸른 세상, 고향의 녹색 바람이 어머니들을 찾아갔으면 좋겠다.

『아버지의 해방일지』가 가리키는 곳

정지아 소설 『아버지의 해방일지』는 진솔하다. 문체도 담백하다. 가끔 발랄하지만 이내 단정하다. 그래서 비린내도 쉰내도 나지 않는다. 빨치산* 출신 아버지가 죽고 딸이 상을 치르는 3일간의 이야기다. 아버지와 인연을 맺은 다양한 부류의 사람들이 조문을 왔다. 그들과 얽히고설킨 인연은 무겁고 무섭다. 빨치산 아버지 때문에 집안이 몰락하고, 누구는 죽고 또 누구는 출셋길이 막혔다. 딸은 빨치산이란 족쇄를 벗어나려 발버둥 쳤다. 작가는 그런 사연들을 하나씩 풀어놓았다. 어떤 것은 발가벗기고 어떤 것은 기웠다. 내상內傷이 깊었지만 신음 소리를 내지 않는다. 천연덕스럽다. 가슴이 먹먹한데도 웃음이 나

---

* 무장 게릴라 부대를 일컫는 러시아어 '파르티잔'을 한국식으로 발음해 통용된 말. 한국사에선 1948년 여순사건을 거쳐 한국전쟁 이후 수년간 지리산을 무대로 활동한 공산주의 유격대를 가리킨다.

왔다.

'위장 자수'를 했던 빨치산 아버지는 남의 일이라면 자다가도 뛰쳐나갔다. "오죽했으면 글것냐", "긍게 사람이제"를 달고 살았다. 사람을 좋아하고, 작은 것들을 사랑했다. 그럼에도 세상을 건너는 법은 서툴렀다. 목이 잘린, 내장을 쏟고 죽은 동지의 시신을 수습했던 전사였지만 밭일은 두 시간도 하지 못했다. 군인보다, 경찰보다, 미군보다 무서운 존재가 딸이었다. 딸의 질책에 아버지는 허둥거렸다.

세상을 바꿔보겠다던 혁명 전사들이 전국에서 스무 명 남짓 찾아왔다. 전투에서는 살아남았지만 세월 앞에 하나둘 스러져 갔고, 아직 지상에 남은 이들이 떠난 동지를 추모했다. 서로를 다독이지만 현실은 비루하다. 지리산과 백아산은 변함없이 푸르지만 '산속의 사회주의'는 멀어져 갔다. 혁명은 녹이 슬고 전사들은 쓸쓸하다.

소설은 우리 아버지도 떠올리게 했다. 아버지네 집안은 빨치산들에게 짓밟혔다. 외지에 나와 있던 아버지는 살아남았다. 아버지는 살면서 일체의 유흥행위를 하지 않았다. 이런 일이 있었다. 고향집에서 어머니 환갑잔치가 벌어졌다. 초겨울 잔치마당은 흥겨웠다. 먹고 마시고 떠들다가 마침내 노래하고 춤을 추었다. 그럼에도 아버지는 방에만 있었다. 초저녁 추위가 몰려오자 모닥불을 피웠다. 불길이 치솟고 흥이 타올랐다. 할머니 환갑에 맞춰 미국에서 건너온 손녀가 당시 유행하는 마이클 잭슨의 '문 워크' 춤을 추겠다고 벼르고 있을 때였다. 방문이 벌컥 열리며 아버지가 고함을 질렀다. "무슨 짓들이야. 여기가 유곽인가." 환갑잔치는 그걸로 끝이 났다. 마을 사람들은 흩어지고 그날의 주인공은 부엌에 주저앉아 눈물바람을 했다.

아버지는 말이 없었다. 좀체 웃지도 않았다. 노래도 하지 않았다. 깊은 사연이 있는 것만은 분명해 보였지만 그것이 무엇인지 물을 수 없었다. 그러다 사촌형 상가에서 아버지 집안에 대해 충격적인 이야기를 들었다. 빨치산 토벌대원이었던 문상객이 당시를 기억하고 있었다. "싹시골 김 부잣집 손이고만. 그때 그렇게 큰 집이 불타버렸지." 하지만 백아산 자락에서 일어난 싹시골의 비극을 더 이상 확인할 수 없었다. 아버지가 세상에 없었기 때문이다. 생전에 멸문滅門의 참상을 자식들에게 얘기할 수 없었을 것이다. 지금도 담배를 태우며 굽은 허리로 허공을 바라보던 모습을 잊을 수 없다. 작품 속의 빨치산 문상객 중에는 김 부잣집을 불태운 사람이 있을지 모른다.

빨치산 아버지도 우리 아버지처럼 어딘가를 자주 응시했다고 한다. "불도 켜지 않은 베란다에서 하얀 담배연기를 어둠 속으로 피워올리던 아버지의 여윈 등이 불쑥 떠올랐다." 눈길이 멎은 곳에는 누가 있었을까. 아버지들은 어떤 세상을 원했을까. 처음에는 달랐겠지만 끝은 같았을 것이다. '애비들 세상은 험했지만 새끼들만은….' 시절을 잘못 만난 사람들, 살아 있음이 죄가 되었던 사람들.

빨치산 아버지의 장례식장은 이런저런 사람들이 섞여 있어도 '묘하게' 평화로웠다. 이념은 한때 횃불이며 총구였지만 인간의 땅에서는 한 줌의 비료도 되지 못했다. "아버지는 생각했겠지. 우리가 싸워야 할 곳은 산이 아니라고. 사람들이 불빛 아래 옹기종기 모여 밥 먹고 공부하고 사랑하고 싸우기도 하는 저 세상이라고." 그렇게 산을 내려와 사람냄새를 풀풀 풍겼고 죽어서 빨치산도 빨갱이도 아닌 아버지로 돌아왔다.

아버지들은 누군가의 아버지이고 누군가의 자식이다. 용케 살아남아 우리를 남기고 세상을 떠났다. 빨갱이라서 빨간 자식을 낳지 않았다. 죽은 사람은 죽은 사람, 산 자들은 이렇게 모여 있다. 비범한 소설 『아버지의 해방일지』가 가리키는 곳에는 인간이 있다. 눈물 나게 살아 있다.

역사박물관 앞 플라타너스

서울 종로구 신문로 서울역사박물관 앞에는 플라타너스가 열일곱 그
루 서 있다. 아니, 서 있었다. 그런데 지금은 지상에 없다.

　사라진 나무를 회고하건대 키는 인근에서 제일 컸고, 피부는 희었
다. 몸집이 매우 커서 어른이 두 팔로 안지 못했다. 플라타너스는 박
물관을 지키는 상징물 같았다. 생김새도 예사롭지 않았다. 다른 플라
타너스와는 달리 몸통이 비교적 길었고, 가지가 많지 않았다.

　플라타너스가 서 있는 길 건너에는 '해머링 맨'이라는 대형 조형물
이 있다. 종일 망치를 내리치고 있는데, 그 행위가 무엇을 뜻하는지는
모르겠다. 계속 보고 있으면 고단함이 묻어 나온다. 이 조형물은 어느
덧 서울의 명물이다. 하지만 나는 머지않아 박물관 앞 플라타너스들
이 더 유명해질 것이라고 믿었다. 계속 보고 있어도 질리지 않았고,
자태가 자못 의젓했다.

박물관 앞 플라타너스는 특히 겨울철에 영감을 자극했다. 박물관 측은 나무를 세심하게 관리한 듯했다. 엄한 추위에도 하얀 살결은 강건했고, 하늘을 향한 몸짓은 의연했다.

그렇게 잘생기고 기품 있는 플라타너스는 실로 많지 않았다. 그 큰 키로 현대사의 굴곡을 지켜봤을 것이다. 역사박물관과 잘 어울려 보였다. 수령樹齡으로 보더라도 60년은 훨씬 넘게 그 자리를 지켰으니, 근처 경교장에 숨어들어 김구 선생을 쏘았던 안두희의 총성도 들었을 것이다.

어느 날 오후, 박물관 앞 플라타너스가 잘려 나가는 것을 목격했다. 우연이지만 필연처럼 느껴졌다. 전기톱은 플라타너스의 몸을 토막 내었다. 푸른 잎을 달고 허공에서 너풀거리는 가지들 모습은 그대로 절규였다. 가을 한복판에서 나무들이 동강 나 고꾸라졌다. 다가가 살펴보니 나무토막이 마당 한가득이었다. 수액 냄새가 진동했다. 모두 쓰러지고, 세 그루만 남아 있었다. 그리고 그 세 그루마저도 다음 날 일요일에 잘려 나갔다. 역사박물관 앞 플라타너스는 이렇게 가을날 홀연 사라졌다.

박물관 측에 왜 그리됐느냐고 물었다. 플라타너스가 외래종이라 베어 냈다고 했다. 거기에는 우리 나무 금강송을 심어 더 예쁘게 가꾸겠다고 했다. 문화재청의 승인도 받았다고 했다. 물론 나무에게도 출신과 성분은 있을 것이다. 하지만 단지 외래종이라는 이유로 죽임을 당했다면 너무 원통할 일이다. 우리 땅에 뿌리 내리고, 우리 이슬과 바람을 맞고, 우리 하늘을 차지하고 있으면 우리 것 아닌가. 거의 모든 학교 교정에 서 있던 플라타너스, 그 그늘은 어느 나무보다 넉넉했다. 그래서 어떤 나무보다 친근했다.

나무들의 수난은 곳곳에서 목격되었다. 농업협동조합중앙회가 신축 공사를 하면서 서울 중구 충정로의 아름드리 가로수를 베어 넘겼다. 또 서울 명동 가톨릭회관 주차장 앞에 늠름하게 서 있던 은행나무들이 어느날 사라졌다. 순전히 출퇴근길에 목격한 것들이다. 그들은 이런 사실을 아마 다 잊었을 것이다. 그러나 나무는 그렇게 하찮은 생명체가 아닐 것이다. 인간만을 위한 장식품은 아닐 것이다.

나무는 지하, 지상, 천상의 세 세계를 가로지른다. 저 깊숙한 과거의 심연으로부터 현재를 거쳐 영원으로 뻗어 있다. 부족마다 신목神木이 있었고, 성황당마다에는 위엄이 서린 나무가 있었고, 마을마다에는 당산나무가 있었다. 나무 하나 벨 때도 택일擇日하며 제를 지냈다. 그때가 아득히 먼 일이 아니었다. 얼마 되지 않았다.

수목학자 자크 부로스는 역저 『나무의 신화』에서 이렇게 말했다. "동물세포는 변형된 식물세포일 뿐이다. 식물들도 기억형식을 만들어 내는 반사적 감성을 가지고 있고, 그들 역시 만족을 표시하며 두려움을 느끼고 또한 기억능력을 가지고 있다."

이 지구상에 나무보다 아름다운 것이 어디 있는가. 그런 나무에 함부로 톱질하는 것은 살아 있는 것에 배려가 없음이니, 결국 인간의 심성을 잘라 내고 있음이다. 나무의 비명이 다시 살아 있는 것들을 찌르고, 나무들의 두려움은 결국 인간의 것이 될 것이다.

돌며 흘러야 붙박이별이다

"북극성은 붙박이별이다. 이리저리 자리를 옮기지 않는다. 그래서 떠돌아다니는(비록 정한 궤도를 따라서지만) 뭇별에 견줄 때 북극성은 절대絕對가 된다. 북극성은 절대로 자리를 움직이지 않는다. 봄, 여름, 가을, 겨울 한결같이 제자리를 지킨다. 그러나 북극성은 과연 절대한 붙박이별인가? 아니다! 만일 그것이 절대로 한자리에 붙박혀 있다면 자전에 공전으로 빙글빙글 돌아가는 지구에서 볼 때 언제나 같은 자리에 있을 수가 없다. 북극성이 절대한 붙박이별인 까닭은 그것이 절대로 한자리에 붙박혀 있지 않기 때문이다." __이 아무개 『길에서 주운 생각들』

북극성은 지구인들에게 붙박이별이다. 붙박혀 있지 않아서 붙박이별이 되었다. 북극성은 지구와 함께 깜박거리며 지구와 함께 흐르고 있다. 어쩌면 지구를 가장 사랑하는 별인지도 모른다.

우리 마음속에도 북극성이 있다. 언제 어디서나 한자리에서 변함 없이 빛나는 별, 변함없이 빛이 되어주는 사람. 그렇다면 나를 향해 반짝이는 별은 나를 바라보며 끊임없이 움직이고 있을 것이다. 변함 없이 빛을 주는 사람은 내 주변을 쉬지 않고 돌고 있을 것이다.

가끔 아버지를 생각한다. 요즘처럼 봄볕이 기특하거나 가을볕이 고우면 '들녘의 아버지'가 떠오른다. 말이 없어도 말이 되어주던 아 버지. 돌아보면 아버지가 내게는 북극성이었다. 아프거나 두려우면, 또 상황이 급하거나 궁하면 아버지를 찾았다. 아버지는 듬직한 산이 며 드넓은 바다였다. 천둥소리가 집을 흔들고 번개가 하늘을 가르는 여름밤에 마루에 앉아 태연하게 담배를 태우시던 아버지. 모든 것이 꽁꽁 얼어붙은 겨울 새벽에 홀로 일어나 군불을 지피던 아버지. 아무 리 생각해 봐도 돈 나올 데가 없는 형편임에도 새 학기가 되면 어김없 이 등록금을 마련해 주시던 아버지.

그런 아버지가 갑자기 늙었다. 어느 날 살펴보니 아버지 모습이 참 으로 남루했다. 힘을 모두 쏟아내고 힘줄만 남은 손으로 낫질을 하고 있었다. 결국 아버지는 가을걷이를 끝내고 가을 끝에 묻히셨다. 무덤 앞에 엎드리니 아버지 앞의 나는 참으로 작고 초라했다. 나는 아버지 보다 먼저 일어난 적이 없었다. 아버지처럼 일을 해본 적도 없었다. 다시 아버지가 보였다. 아버지는 아버지라는 자리를 지키기 위해 한

시도 멈춰 서지 않았다.

아버지도 천둥 치는 그 밤이 무서웠을 것이다. 그럼에도 자식들이 있기에 무서움을 삼켰을 것이다. 아버지도 우리처럼 누군가를 찾아가 돈 앞에 굽신거리는 게 죽도록 싫었을 것이다. 그럼에도 자식 때문에 비굴했을 것이다. 그렇게 아버지는 북극성이 되었을 것이다.

제자리를 지켰던 아버지는 영원한 북극성이었다. 나는 천둥 치는 무서운 밤에 눈앞의 번개를 보며 태연히 앉아 있을 수 있을까. 지나온 세월도 그렇지만 앞으로도 자식들보다 항상 먼저 일어날 수 있을까. 나는 지금 자식들의 눈높이에서 반짝거리고 있을까. 아이들이 나를 절대絶對로 알고 있을까.

박수근의 그림

경매에 나오는 그림마다 사상 최고의 낙찰가를 기록한다. 회고전을 열면 관람객이 구름처럼 몰려든다. 서민적인 소재를 결코 튀지 않는 화풍으로 담아냈다. '가장 한국적인 서양화가'로 한국인에게 가장 사랑받는 화가, 그가 바로 박수근*이다. 박수근의 그림은 왜 한국적일까. 사람들은 왜 그를 가장 한국적인 서양화가로 꼽을까.

박수근의 그림은 고요하다. 소리가 거세되어 있다. 숨이 막힐 지경이다. 마치 무성영화를 보는 것 같다. 심지어 소리와 율동이 어우러져 흥이 우러나야 하는 '농악'마저 그의 그림 속에서는 적막하기만 하

---

* 박수근(1914~1965)은 빈한한 환경 속에서 독학으로 미술을 공부해 18세 되던 해에 조선미술전람회에 입선했다. 서양 화법에 매이지 않는 독창적 붓질로 서민의 삶과 정서를 묘사했다. 〈빨래터〉〈골목 안〉〈시장〉 등 투속적 정취가 물씬 나는 작품들을 남겨 시대를 뛰어넘어 한국인에게 사랑받는 화가다.

다. 화강암의 바위결같이 투박한 바탕에 빨강, 초록 같은 원색은 보이지 않는다. 그런데 이상하게도 그 속에 무엇인가 들어 있다. 잘남과 못남이 지워진 세계. 서러운 듯하면서 서럽지 않고, 아픈 듯하면서도 아프지 않다.

세운 무릎에 얼굴을 파묻고 있는 소년, 아기를 업고 골목에 서 있는 소녀, 광주리를 이고 가는 여인, 벌거벗은 나무들. 그의 그림에는 아득함이 배경처럼 깔려 있고 정화된 슬픔과 기다림이 들어 있다. 그림은 또 단순하다. 그 자신이 "내가 그리는 인간상은 단순하고 다채롭지 않다. 나는 그들의 가정에 있는 평범한 할아버지와 할머니, 그리고 아이들의 이미지를 가장 즐겨 그린다"라고 말할 정도다. 그가 그린 사람들의 이미지는 착하면서도 순종적이다.

그렇다면 그림 속의 침묵, 그리움, 기다림, 선함, 슬픔 같은 것이 그를 '가장 한국적인 작가'로 각인시켰을까? 그것들이 진정 한국적인 것인가? 하지만 누구도 선뜻 고개를 끄덕일 수는 없을 것이다. 어쩌면 '한국적'이라는 것을 분석하여 정의하려는 것 자체가 어리석은 짓일지도 모른다.

박수근은 그림 속의 사람과 풍경들처럼 무엇인가를 물끄러미 바라보며 조용하게 살았다. 살아서는 한 번도 개인전을 열지 못했다. 평생을 가난하게 살았다. 사랑하는 아내에게 옷가지 하나 제대로 사주지 못한 것이 한이 되었는지 "당신 털 속치마"라는 말을 남기고 숨을 거뒀다. 그림은 그의 독특한 작품에 매료된 미국인들이 주로 사 갔다. 생전에 팔린 가격은 고작 40~60달러. 그가 세상을 뜬 지 수십 년이 지난 지금, 미국에서 다시 한국으로 건너오는 그의 작품 〈빨래터〉는 35억 원이 넘을 것이라고 한다.

억울한 죽음의 어머니

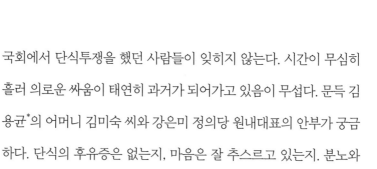

국회에서 단식투쟁을 했던 사람들이 잊히지 않는다. 시간이 무심히 흘러 의로운 싸움이 태연히 과거가 되어가고 있음이 무섭다. 문득 김용균[*]의 어머니 김미숙 씨와 강은미 정의당 원내대표의 안부가 궁금하다. 단식의 후유증은 없는지, 마음은 잘 추스르고 있는지. 분노와 슬픔은 다스릴 수 있겠지만 무력감은 참으로 삭이기 어려울 것이다. 사람을 살리자는 중대재해처벌법에 우리 시대 비참한 죽음이 그대로 들어 있으니 얼마나 기막힌 일인가.

사람의 벽은 해머로도 깨뜨릴 수 없었다. 결국 정치인들은 가진 자

---

[*] 김용균(1994~2018)은 경북 구미시에서 태어났다. 대구 소재 한 전문대를 졸업한 그해 태안화력에 비정규직 발전기술자로 입사했다. 새벽에 홀로 작업장 점검 중 석탄 이송 컨베이어벨트에 몸이 끼어 들어가 숨졌다. 입사 10개월 만이었다. 이후 그의 이름은 한국 사회에서 산업재해와 비정규직 착취의 상징으로 호명되고 있다.

들의 편이었다. 하청 노동자의 죽음은 오로지 개인의 것이었다. 어머니는 아무것도 할 수 없었다. 누더기 법안은 통과되었고, 현장을 지켜보던 기자들도 노트북을 닫았다. 이 땅의 어머니들이 나처럼 울어서는 안 된다고 했지만 변한 것은 없었다. 거대 정당에는 정의가 없었고, 의원들에게는 가슴이 없었다. 어머니는 끝내 탄식을 쏟아냈다. "국회가 사람 목숨을 놓고 정치놀음을 하다가 보여주기식 법안을 만들었다." 어머니는 김용균의 하늘을, 정의당은 법안을 처음 발의한 노회찬의 하늘을 차마 쳐다볼 수 없다.

5인 미만의 사업장에서는 해마다 300명이 사망한다니 오늘 하루도 누군가 죽었을 것이다. 그리고 하청업체 노동자들은 앞으로도 맞아서, 떨어져서, 끼여서, 치여서 죽을 것이다. 저 죽음 뒤에는 누더기 중대재해법이 있고, 그 법 뒤에 의원들이 있다. 박주민 의원이 그리 쉽게 허물어질 줄은 몰랐다. 세월호 침몰사고 때는 억울한 죽음을 죽을 만큼 격렬하게 껴안지 않았는가. 보도에 따르면 자신이 낸 법안이 후퇴하자 "역부족"이라고 했단다. 역부족의 실체가 무엇인지, 목숨보다 중요한 일이 무엇인지 알고 싶다. 그마저도 그만그만한 의원이 되어가고 있음을 본다.

마사회의 구조적 비리로 남편을 잃은 부인이 있다. 고 문중원 기수**의 아내다. 부인의 인터뷰 기사를 보고 한동안 자리를 뜰 수 없었다. 부인은 너무나 억울했다. 남편을 죽음에 이르게 한 사연을 세상에 알려야 했다. 살면서 구호 한 번 외치지 않았지만 거리에서 오체투지를 했고, 서명을 받았고, 청와대 앞 108배를 했다. 헛상여 행진에 단식까지 했다. 가장 믿고 의지했던 경찰에 걷어차일 때에는 별생각을 다 했다.

부인은 천신만고 끝에 국회를 찾아가 집권 여당의 높은 사람을 만났다. 높은 사람 이인영 당시 원내대표는 이렇게 말했다. "지금은 코로나 때문에 정신이 없다. 이것에 대해 검토해 보지 못했다." 코로나19가 창궐하면, 큰일이 있으면 이런 국민의 눈물은 외면해도 되는가. 부인은 광화문광장의 즐비한 천막들 사이에 작은 천막을 쳤다. 없는 집에 들어가 방 한 칸을 내달라는 것처럼 미안했다. 한없이 작아지는 자신을 일으켜 세우며 이런 생각을 했다. '억울한 사람들이 많구나. 그런데도 이렇게 해결이 안 되는구나. 역시 이 나라는 힘 있고, 빽 있는 자들의 것이구나.'

노자는 『도덕경』에서 "큰 나라 다스리기를 작은 물고기 조리하듯 하라治大國 若烹小鮮"라고 했다. 작은 것을 크게 보고 약한 백성들을 정성껏 보살피라 이른 것이다. 작은 생선을 조리하려면 고기 살이 부서지지 않게 불의 세기를 잘 조절하고 함부로 뒤적거리지 말아야 한다.

** 제주 태생으로 한국마사회 소속 경마 기수였다. 39세 되던 해인 2019년 11월 29일 승부 조작 등 마사회의 적폐를 고발하는 유서를 남기고 스스로 목숨을 끊었다.

그러므로 나라를 경영하는 자들은 간교한 정치를 물리쳐서 백성들에게 상처를 입히지 말아야 한다. 한눈을 팔거나 딴짓을 하면 작은 물고기는 형체마저 사라지게 된다.

　문재인 대통령 후보는 광화문광장 옆에 집무실을 내겠다고 공약했다. 작은 물고기를 조리하듯 정성을 다해 나라를 운영해 보겠다는 다짐으로 받아들였다. 더 이상 갈 곳이 없는 광장의 사람들을 만나서 그들의 눈물과 외침을 보고 들을 것이라고 믿었다. 하지만 당선이 되자 돈이 들고 안전에 문제가 있다며 공약은 간단히 폐기됐다. 이유가 왜소해서 더 아쉽다. 배가 불러 뒤뚱거리는 집권 여당의 갈지자 행보에 많은 것들이 짓밟히고 있다. 개혁은 무겁고 심각해서 거론하는 것조차 부담스럽겠지만 그래도 인간에 대한 예의와 도리는 지켜야 하지 않는가. 약한 자의 슬픔과 고통은 그냥 사라지지 않을 것이다. 끝났다고 어찌 끝낼 수가 있는가.

　어머니, 용균이 어머니, 억울한 죽음의 어머니! 힘내세요. 어머니의 사랑과 용기가 사람의 벽을 무너뜨리고 마침내 저 겨울 산을 녹일 것입니다. 우리는 작은 사람들이 아닙니다.

간도에는 지금도 죽은 자들이 살고 있다

대한독립군 총사령관 홍범도 장군 유해가 고국에 돌아왔다. 언론은 영웅의 귀환과 함께 봉오동·청산리 전투의 승전보勝戰譜를 펼쳐 보였다. 언제 들어도 가슴 뛰는 불멸의 순간들. 청산리 대첩이 없었다면 독립전쟁은 참으로 초라했을 것이다. 김좌진, 이시영, 최운산, 이상룡, 지청천, 이범석…. 이들은 간도의 별이다.

옛 기억 속 간도에서는 독립군들이 흙먼지를 일으키며 달렸다. 그 말발굽이 어린 마음을 흔들었다. 조선인 마을은 가난하지만 정갈했다. 자작나무를 태워 저녁을 짓고, 냇내가 가시면 별들이 내려와 반짝였다. 학교에서는 윤동주 시인이 이국 소녀들과 같은 책상에서 글을 읽고 있었다. 이육사 시인이 광야에서 목 놓아 울면 '백마 타고 오는 초인'은 만주벌판을 질러 내려올 것이라 믿었다.

아직도 간도라 하면 많은 이들이 이런 상상을 할 것이다. 상해임시

정부 독립운동은 복잡했지만 간도의 항일전투는 명쾌했다. 비록 마적 떼가 몰려다니고 이리 울음에 밤하늘이 얼어붙어도 그곳에 가고 싶었다. 또 우리가 잃어버린 아련한 것들이 남아 있을 것만 같았다. 그러나 개화기와 일제강점기의 간도를 눈여겨 들여다보면 생각이 달라진다.

간도는 통곡의 땅이었다. 특히 청산리 전투가 벌어진 경신년(1920년)은 지옥이었다. 일본군은 패전의 보복으로 조선 사람들을 무차별 학살했다. 조선말을 하는 사람들은 아무나 죽였다. 간혹 튀어나오는 당시 현장의 사진만 봐도 참혹하기 이를 데 없다. 난징 대학살 훨씬 전에 '간도 대학살(경신참변)'이 있었다. 독립군의 무공武功이 누리를 덮었지만 그로 인해 양민들이 죽어야 했다. 나라 없는 백성이라 주검조차 제대로 세지 못했다. 희생된 수만 명 중에서 겨우 3500명 정도만 확인했을 뿐이다.

간도는 글자 그대로 '사이間에 있는 섬島'이었다. 청나라가 개국을 하며 여진족의 발상지라 해서 봉금령封禁令을 내렸고, 이후 줄곧 청과 조선 사이에 있는 무인지대였다. 1860년대에 대흉년이 들자 굶주린 조선 백성들이 몰래 압록강과 두만강을 건넜다. 조선이 망한 후에는 더 많은 사람들이 건너갔다. 그럼에도 조선 사람에게 간도는 여전히 '사이의 땅'이었다. 나라가 없으니 중·일·러시아 사이에 존재해야 했다. 민족의 한과 눈물이 고여 있는 외로운 섬이었다. 1917년 5월에 발

행된 《매일신보》는 간도에 조선인 30만 명 정도가 거주하고 있으며 조선 팔도의 백성들이 모여 작은 조선, 새 조선을 이루고 있다고 보도했다. 이로 미루어 1920년에는 조선인이 30만 명도 넘게 살고 있었을 것이다.

임시정부 대통령을 지낸 박은식은 『한국독립운동지혈사』에서 외국 신문 기사를 인용하여 간도 학살을 자세하게 기록하고 있다. 역사는 국혼國魂이라며 붓끝에 힘을 주었던 박은식도 그 참상을 서술할 때는 분노와 슬픔을 가누지 못한 것처럼 보인다. 같은 내용들을 반복해서 나열하고, 곳곳에 신음과 탄식이 배어 있다. 아마 떨리는 손으로써 내려간 후 다시는 보지 않았을 것이다. 혈사血史라 칭했으니 끔찍해도 옮겨본다.

"산 채로 땅에 묻기도 하고 불로 태우고 가마솥에 넣어 삶기도 했다. 코를 뚫어 갈빗대를 꿰며 목을 자르고 눈을 도려내고, 껍질을 벗기고 허리를 자르며 사지에 못을 박고 손발을 끊었다.""병사들은 사람들을 구덩이 안으로 들어가 앉게 하고 칼로 마구 찔렀다. 목격자의 말에 의하면, 너무나 힘껏 찔러 칼이 두 동강 났다고 한다."

우리 역사는 간도 대학살을 어떻게 기록하고 있는가. 혹시 '사이의 역사'로 묶어두고 있는 것은 아닌가. 승전의 위대함과 영웅들의 무용담이 바랠까 봐 귀퉁이에 적어놓고 적당히 방치하고 있는 것은 아닌가. 어둠에 묻힌 자들을 일으켜 세워야 제대로 된 역사다. '역사를 잊은 민족에게 내일은 없다'고 했다. 역사의 어두운 골짜기를 살피라는 잠언일 것이다.

죽은 자들은 간도의 어딘가에서 육신은 땅이 되고 이름은 바람이 되었을 것이다. 사무친 원한은 100년이 지났으니 세월에 바스러졌을 것이다. 그럼에도 그들은 고향에 오지 못하고 있다. 청산리 대첩은 간도 대학살과 함께 기억돼야 한다. 홍범도 장군이 돌아왔으면 경신참변의 희생자들도 돌아와야 한다. 이 땅 어디에도 간도의 바람이 내려와 머물 곳이 없다. 지금 우리는 아프가니스탄 난민들을 '특별기여자'로 맞이하여 정성껏 돌보고 있다. 그 따뜻한 가슴이라면 능히 간도의 비극을 품을 수 있다.

푸른 눈의 증언

나라를 잃었어도 봄은 찾아왔다. 남쪽에서 올라온 바람은 언 땅을 녹이고, 서울에서 내려온 3·1 만세 소리는 언 가슴을 녹였다. 100년 전이 땅의 백성들은 민족의 앞날에도 봄이 올 것으로 믿었다. 그해 봄은 온누리가 만세 소리로 뒤덮였다.

1919년 4월 15일, 경기도 화성 제암리에 일본 군인과 헌병들이 나타났다. 저들은 마을을 돌며 주민들에게 교회로 모이라 했다. 사람들은 영문을 모른 채 교회 문턱을 넘었다. 모두 평범한 농민들이었다. 교회는 회개하고 기도하는 신성한 공간이었다. 그래서 아무런 의심 없이 서로의 안부를 묻고 손을 잡았다.

그때였다. 왜놈들이 갑자기 교회 문을 잠갔다. 저들의 총구가 불을 뿜었다. 출구는 없었다. 아기를 품은 엄마가 아기만은 살려달라고 애원했다. 엄마의 절규에도 총알이 박혔다. 그렇게 스물세 명이 숨졌다.

왜놈들은 교회에 불을 지르고 마을을 불태웠다. 시커먼 불길이 들녘을 삼켰다. 이른바 제암리 학살이다.

이 학살극은 시골 마을의 작은 소요 정도로 묻힐 뻔했다. 하지만 만행의 현장을 찾아간 푸른 눈이 있었다. 바로 캐나다 출신 선교사 프랭크 스코필드였다. 그는 제암리 학살사건을 상세하게 취재하여 세계에 알렸다. 또 불타버린 교회에서 유골을 수습하여 제암리 인근의 발안 공동묘지에 묻었다. 그는 결국 강제로 추방당했지만 캐나다에서도 일제의 만행을 알리며 항일투쟁을 계속했다. 광복 이후에도 줄기차게 그날을 증언했다.

해방된 나라에서는 '외국인의 증언'은 당연히 필요 없어야 했다. 그러나 국민이 주인인 민주공화국에서 다시 외국인의 증언으로 진실을 밝혀야 하는 기막힌 일이 벌어졌다. 바로 5·18 민주화운동이다. 1980년 5월, 광주에서 군부독재를 규탄하는 시위가 벌어졌다. 총으로 권력을 찬탈한 군부세력은 무장군인들을 투입했다. 시민을 향해 저들의 총구가 불을 뿜었다. 시민들이 부른 애국가에도 총알이 박혔다. 군사정권은 의로운 시민항쟁을 북한 소행으로 몰아가며 진실을 은폐했다. 광주는 외딴섬이었다.

이때 만행의 현장을 지켜본 푸른 눈이 있었다. 바로 미국인 목사였다. 계엄군의 헬기 사격을 증언한 아널드 피터슨, 광주 참상을 해외 언론에 알린 찰스 베츠 헌틀리가 그들이다. 두 목사가 세상을 떠난 후에도 광주에서 함께 현장을 목격했던 부인들이 진실을 증언하고 있다. 최근 일부 극우세력이 북한 개입설을 퍼뜨리고 여기에 의원 세 명이 동조하자 다시 일어났다. 두 사람은 국회의장에게 서한을 보내 당시를 뜨겁게 증언했다.

"우리는 광주에서 무슨 일이 벌어졌는지 알고 있다. 최근 홀로코스트(집단학살) 자체를 부인하는 사람들이 있지만 이는 역사의 진실을 지워버리려는 것이다. 역사적 진실 앞에서 거짓말을 하는 일이 다시는 없기를 바란다."

이들의 증언이 우리를 부끄럽게 한다. 여전히 외국인의 증언으로 진실에 다가가야 한다는 현실이 얼마나 비통한가. 5·18의 실체를 알고 있는 '검은 눈'들은 수없이 많을 테지만 그들은 진실을 비틀거나 그저 침묵하고만 있다. 비겁하고 추악하다.

초봄의 제암리에서 늦봄의 광주까지, 봄이면 여전히 아프다. 우리는 이러한 야만의 시대를 언제 완전히 건너갈 수 있는가. 진실이 꽃을 피우는 맑은 봄날을 언제 맞이할 것인가.

좋은 정치인은 갑자기 솟아날 수 없다

1990년 새해 3당(민주정의당, 통일민주당, 신민주공화당)이 합당하여 민주자유당이 출범했다. 여소야대 정국을 일거에 뒤집었다. 299석 중 221석을 차지한 공룡정당은 무엇이든 삼켰다. 여야 합의로 통과된 지방자치법을 무력화시키며 지방선거를 연기하려 했다. 야당 총재 김대중은 평생의 바람인 지방자치제가 폐기될 위기에 처하자 단식투쟁을 벌였다. 여당 대표로 변신한 김영삼이 단식현장을 찾아왔다.

"비록 여당에 가담했지만 민주주의를 잊은 적이 없는 사람이오. 후광(김대중의 호), 나를 너무 욕하지 마시오."

"이보시오, 거산(김영삼의 호). 우리가 민주화를 위해 싸웠는데, 민주화란 것이 무엇이오. 바로 의회정치와 지자제가 핵심 아닙니까. 지방자치는 지금이 아니면 영원히 기회를 놓칠 수도 있소. 다수 의석을 가지고 있다 해서 어찌 이를 외면하려 하시오."

김영삼은 고개를 끄덕였다. 양김兩金의 합의로 그렇게 지방자치시대가 열렸다. 지자제는 13일간의 단식투쟁으로 김대중이 쟁취했다. 하지만 여권에 김영삼이 있어서 가능했다. 김영삼은 정치인이 목숨을 건다는 것이 무엇인지를 알고 있었다. 양김시대에 가장 의미 있는, 가장 아름다운 합의였다. 이로써 절차적 민주주의를 완성할 수 있었고, 나아가 수평적 정권교체가 가능해졌다.

역대 대통령 중에서 김영삼과 김대중만이 직업정치인으로 출발해서 대권을 잡았다. 20대에 정계에 투신하여 1954년 나란히 제3대 민의원 선거에 출마했다. 둘은 정치의 외길을 걸었고 뼛속까지 정치인이었다. 변절하여 민주투사의 절개가 훼손되었지만 '호랑이굴로 들어가 호랑이를 잡은' 김영삼의 결단이 없었다면 민주사회는 더디 왔을지도 모른다. 문민정부를 천명하며 군부독재의 잔재를 척결했던 쾌도난마의 순간들을 기억한다.

정치는 아무나 할 수 있지만 아무나 정치인으로 성공할 수는 없다. 나쁜 정치는 민중의 삶을 피폐시키고 역사를 후퇴시킨다. 그래서 정치인은 시대정신과 균형감각을 지녀야 한다. 이는 거저 얻어지는 것이 아니다. 부단히 민심을 살피고 현실을 직시해야 가능하다.

차를 오래 몰다 보면 운전은 머리가 아닌 몸 전체로 한다는 것을 알 수 있다. 정치도 그럴 것이다. 노련한 정치인은 현안을 머리로만 이해하지 않는다. 가슴으로 느낀다. 정치인은 물음에 답을 하기 전에 왜 그런 질문을 했는지 그 배경을 살핀다. 답은 있으되 세상일에는 정답만 있는 게 아니기 때문이다. 그래서 정치인은 최선을 찾되 최선에 이르기 어려우면 차선을 선택한다. 최악의 상황에 직면하면 차악을 모색한다.

정치인 아닌 정치인들이 대선판을 흔들고 있다. 정치 초짜들의 행보가 가관이다. 왜 자신이 대통령이 되어야 하는지도 모른다. 소양과 식견은 날것 그대로여서 비린내가 진동한다. 실언과 망언은 듣는 사람이 민망할 정도다. 이를 나무라면 정치를 처음부터 잘할 수는 없으니 부족한 면은 차차 채워가겠다고 항변한다. 하지만 속성 과외로는 결코 시대정신과 균형감각을 체득할 수 없다. 정치는 여기餘技가 아니다. 국운을 좌우하는 숭고한 기술이다. 그리고 국민은 실험 대상이 아니다.

돌이켜 보면 지난 엄혹한 시절에 정치인 김영삼, 김대중은 이름만으로도 희망이었다. 민주화를 열망하는 국민에게 양김은 '새로운 내일'이었다. 한 시대를 함께 건너갈 좋은 정치인이 존재함은 축복이다. 부패하고 무능한 정치인이 나쁜 정치를 해도 그것들을 바로잡는 일은 역시 정치를 통해야만 가능하다. 그래서 정치를 무조건 증오해서는 안 된다. 정치가 더럽다고, 정치인이 썩었다고 정치판에서 눈을 떼면 더 나쁜 정치인들이 활개를 친다. 좋은 지도자를 원한다면 부드러운 후원자, 매서운 감시자가 돼야 한다.

준비된 정치인은 어느 날 갑자기 솟아나지 않는다. 정치인은 수없이 민심의 검증을 받고 수없이 자기 검열을 하며 몸집을 불리고 맷집을 키워간다. 민심의 한복판에 서본 사람만이 민심이 무섭다는 것을 안다. 그렇다면 요즘 민심을 제대로 판독할 수 있는 정치인은 누구인가. 오래된 정치인은 오래 봐서 식상할지 모른다. 하지만 자세히 보면 낯익어서 안심이 된다. 그들은 정치 초년생들과는 비교할 수 없는 식견을 지니고 있다. 자기 집에 금덩어리를 놔두고 밖으로 나돌며 구걸 행각을 벌여서야 되겠는가.

네 죽음을 기억하라

평론가 이어령, 변호사 한승헌, 소설가 이외수. 그들을 향한 추도사가 아직도 허공을 맴도는데 강수연과 김지하의 부음이 들려왔다. 두 사람은 봄의 끝자락에 묻혔다. 그들이 떠났어도 이팝나무는 흰 웃음을 흩날리고 여기저기 꽃불이 옮겨붙어 대지는 곱다. 저 봄빛은 투명해서 무덤 속까지 비출까. 북망산에도 소쩍새가 울고 있을까. 그들의 치열했던 삶은 죽음을 탄생시키고 그 소임을 마쳤다. 그들은 죽음으로 다시 태어날 것이다.

배우 강수연의 큰 눈에는 도도한 슬픔이 담겨 있었다. 눈물이 가냘프지 않았고, 아름다움은 가볍지 않았다. 그래서 범접하기 어려웠다. 초봄의 '상큼한 도발'과 늦가을의 '처연한 순응'이 깃들어 있었다. 강수연은 그런 자신의 이미지를 잘 읽어내는 배우였다.

우리 젊은 날의 우상들은 세월의 무게를 감당하지 못하고 하나둘

씩 그만그만한 크기로 작아졌다. 더러는 예능 프로그램에 나가 잡담과 기담으로 스스로를 망가뜨렸고, 친근한 아줌마 아저씨가 되어 편하게 살았다. 왕년의 스타들이 그렇게 닳아지는 것을 보면서 그들을 좇던 왕년의 세월이 그냥 억울할 때가 있다. "저런 사람이 내 청춘을 장악하고 있었다니….."

강수연은 달랐다. 월드 스타의 명성을 함부로 팔지 않았고, 영화 밖에서 망가지지 않았다. 지혜롭고 강했다. 칩거 또는 은둔마저 계산된 것이라 여겨질 만큼 자신을 철저히 관리했다. 그래서 듬직했다. 그렇게 그는 한국영화의 자산이 되었고, 우리네 자부심이 되었다. 외국의 기품 있는 여배우 소식을 접할 때마다 은근히 강수연을 떠올렸다. "그래 우리에게도 그런 배우가 있어." 갑자기 우리 곁을 떠났지만 그는 하늘에서 빛나고 있다.

시인 김지하, 한때는 그 이름만 들어도 가슴이 뛰었다. 1970년대 지상은 유신독재의 세상이었지만 지하는 김지하가 지배하고 있었다. 한 시대의 정신이었다. 김지하의 시는 체념과 절망을 베어버렸다. 오적五賊과 손을 잡고 있던 어용지식인들은 〈오적〉이란 시가 발표되자 중천의 해를 쳐다보지 못했다. 이윽고 지상으로 올라온 김지하는 거칠 것이 없었다. 그가 머무는 곳이 저항의 진원지였다. 김지하의 시는 민주주의의 깃발로 펄럭였다. 시를 읽은 이들은 타들어 가는 땅에 희망을 심었다.

어느 날 김지하가 변했다. 노태우 정권 시절 학생과 노동자의 분신 자살이 잇따르자 신문에 〈죽음의 굿판을 걷어치워라〉라는 글을 발표하여 파문을 일으켰다. 또 수구보수진영의 대통령 후보로 나선 독재자의 딸을 옹호하며 그의 당선을 도왔다. 그러자 함께 끌려갔던 벗들의 피 묻은 얼굴이 치 떨리는 노여움으로 김지하를 노려봤다. 공功이 너무도 찬란해서 과過 또한 거대했다. 죽음을 맞은 그에게 공과를 가리는 일은 부질없어 보였다. 민주주의를 향한 투쟁과 업적은 지면에 넘쳐났지만 직접 찾아가 그의 영전에 꽃을 바치는 사람은 드물었다. 작가 서해성은 죽은 지하와 산 지하를 함께 묻을 수밖에 없다고 했다.

"지하는 산 지하, 죽은 지하가 하나가 되어 떠나갔다. 분단과 군사 독재시대는 지하라는 피 끓는 모국어를 얻었고, 여전히 더 억압을 뚫고 가야 했던 울분에 찬 그 시대는 또 지하를 내쳐야 했다. 그는 맨 척후에서 거대한 모국어로 서슴없이 독재와 싸웠고, 끝나지 않은 저항 시대와 그 벗들과 불화했다. 지하를 어떻게 떠나보내야 하나. 그가 모국어의 중심에 등재시킨 저 핏빛 황토의 언덕들이 묻는다."

모두 죽음을 맞이한다. 이는 틀림없는 사실이다. 그러나 그 죽음은 언제 올지 모르고 오로지 나만의 것이다. 죽지 않은 나를 미래 어디쯤에 세워두고 우리는 죽음을 향해 걷거나 뛰어간다. 그래서 시인 딜런

토머스는 "맥박 그것은 제 무덤을 파는 삽질 소리"라고 했다. 허겁지겁 달려가다가 간혹 멈춰 서는 곳이 있다면 바로 장례식장이다. 망자 앞에서 비로소 죽음을 떠올린다.

비평의 횡포

오늘도 세상의 한 귀퉁이에서는 자신의 작품을 선보이며 가슴 두근거리는 작가들이 있다. 그들은 작은 소리에도 화들짝 반응한다. 그들의 여린 가슴과 영혼에 비평은 절대권력을 행사한다.

모든 예술 장르에는 나름의 비평가들이 존재한다. 그들은 작품에 날개를 달아주기도 하지만 가혹한 평으로 날개를 꺾기도 한다. 예술인이 세상에 이름을 얻기까지는 많은 난관이 있다. 대개 작가들은 자신의 작품이 제대로 평가받지 못한다는 생각을 가지고 있다. 특히 한국처럼 인맥과 지연, 학연 등이 얽히고설킨 판에서는 더욱 그러하다. 끼리끼리 알아서 챙기고 공생하는 풍토는 결국 줄 없고 연고 없는 예술인들에게는 절망을 안겨준다.

파트리크 쥐스킨트의 짧은 소설 「깊이에의 강요」는 비평가들의 무책임한 평론이 예술인에게는 얼마나 치명적인 상처를 안겨주는지 생생하게 전해준다. 짧은 소설을 더 짧게 추려본다.

재능이 뛰어나고 출중한 미모를 지닌 여류화가가 전시회를 열었
다. 그러자 어느 평론가가 "그녀 작품은 첫눈에 많은 호감을 일으킨
다. 그러나 애석하게도 깊이가 없다"라고 비평을 썼다. 여류화가는
자신의 모든 작품을 세밀하게 뜯어봤다. 그리고 깊이라는 것을 끝없
이 생각했다. 주변에서도 덩달아 비평에 동조했다. "맞아, 그녀 작품
은 나쁘지는 않은데 깊이가 없다."

마침내 그녀도 자신의 작품에 회의를 품고 자신을 학대하기 시작
했다. "정말 깊이가 없을까"란 스스로에게의 물음은 이내 "맞아, 나
는 깊이가 없어"라는 체념으로 바뀌었다. 젊은 화가는 점점 수렁 속
으로 빠져들었다. 순식간에 영육靈肉이 피폐해 갔다. 알코올과 약물
복용으로 빠르게 늙어갔다. 그녀는 자신이 그린 그림들을 갈기갈기
찢었다. 바람 부는 날, 텔레비전 송신탑에 올라가 뛰어내렸다. 화가는
전나무 숲속에 떨어져 즉사했다. 그러자 대중지 기자들이 몰려가 그
의 죽음과 주검을 샅샅이 살폈다. 그녀에게 깊이가 없다던 평론가는
그의 치열한 삶과 작품에 깊이 있음을 예찬했다. "사명감을 위해 고
집스럽게 조합하는 기교…, 집요하게 파고듦…, 자기 자신에 대한 피
조물의 반항을 읽을 수 있지 않은가?" 여류화가는 죽어서야 그렇게
잠깐 각광을 받았다.

한 예술인이 '깊이가 없는 평론에 상처를 입고, 깊이를 고민하다,

깊이를 찾아 번민하고, 그 깊이에 가위눌려, 깊이 속에 침몰하는' 과
정을 그렸다. 말과 글의 폭력이 인간을 어떻게 파괴하는지를, 또 여론
이라는 것이 얼마나 황당하게 형성되어 유포되는지를 극명하게 보여
준다. 참으로 통렬한 풍자다.

우리 주변에서도 이런 일은 무수히 일어났고, 지금도 일어나고 있
을 것이다. 한 분야에서 절대적 권력을 행사하고 있는 사람의 말과 글
은 그것이 생각 없이 즉흥적으로 생산되었다고 해도 곧 여론으로 둔
갑한다. 그 여론은 검증을 받지 않고 유통된다. 그렇다면 그 권력은
어디에서 나올까. 추종자들의 떠받침에서 나온다. 그래서 대가人家들
의 권력 남용은 그 배후를 따져보면 집단의 횡포나 다름없다.

"사람은 좋은데 작품은 좀 그렇네." "기교는 좋은데 뼈대가 약해."
"그런대로 흉내는 냈는데 치열함이 없구먼."

정

2008년 노벨 문학상을 받은 장 마리 귀스타브 르 클레지오*는 세계 곳곳을 떠돌며 글을 쓰고 있다. 노벨상을 받기 직전 1년 동안은 한국에 머물렀다. 그는 한국어 중 '정'과 '보람'은 영어나 프랑스어로 옮길 수 없다고 했다. 합당한 단어가 없다는 말이다. 그가 정情의 개념을 정확히 파악하고 있음이니 아마 한국에 정이 많이 들었나 보다. 정이라는 것이 우리에게만 면면히 내려오는 우리만의 것이라는 얘기일 것이다.

살펴보면 우리는 온통 정이라는 끈으로 묶여 있다. 굵어도 정만 있

---

* 1940년 프랑스 태생의 소설가. 어린 시절부터 아프리카, 아시아, 미국, 남미 여러 나라를 전전했다. 이국의 체험은 문학세계의 밑거름이 됐다. 그래서 그의 작품은 서구적 가치관에 매이지 않고 범지구적이며 자연과의 교감을 추구한다. 한국에도 두터운 독자층이 있다. 2008년 노벨 문학상을 수상했다.

으면 살고, 정이 들면 곰보자국도 보조개로 보인다. 그놈의 정이 원수지만 막상 정을 끊는 칼은 존재하지 않는다. 타향도 정이 들면 고향이지만 식은 정은 하루에도 천 길 낭떠러지로 떨어진다. 매 끝에도 소금밥에도 정이 붙지만, 정 떨어지면 살을 비벼도 산해진미를 차려놓아도 그저 시들하다. 우리에게 정은 품앗이기에 가는 정이 있어야 오는 정이 있다.

그러고 보면 우리는 온갖 정에 둘러싸여 그 정을 먹고 살아가는지도 모른다. 우리 민족에게는 정에 관한 수많은 격언과 속담 그리고 이야기와 노래가 전해져 내려오고 있다. 아마 우리 민족이 정에 유독 약하기 때문일 것이다. 한국인에게 정은 마음이 굳어 생긴, 소중한 유전자다. 한국인이라는 정체성을 구성하는 핵심요소다.

그럼에도 정이 자꾸 메말라 가고 있다. 차가운 사이버 공간에 익숙한 젊은이들, 이웃을 잃어버린 현대인들이 마땅히 정 줄 곳과 사람을 찾지 못해서일 것이다. 하지만 나라를 빼앗기고 전쟁이 터졌어도 우리는 정 주고 정 받으며 살았다. 우리는 정 많은 민족이기에 다시 인정이 꽃을 피울 것이다. 부디 가진 자에게서 없는 자에게로, 높은 사람에게서 낮은 사람에게로, 강한 사람에게서 약한 사람에게로 정이 흘러넘치기를 바란다.

연말 송년 모임이 잦다. 만나면 반가운 얼굴들, 볼수록 정든 사람들, 그들이 있어 오늘의 나를 있게 한 사람들. 정이란 나에게서 다른 사람에게 흘러가는 것이다. 내가 아닌 우리가 되어야 비로서 정이 흐른다. 오늘이 어렵고 내일이 암울해도 동시대, 같은 공간에 살아 있기에 우리는 만난다.

정은 돌도 녹인다. 한 해의 앙금과 찌꺼기는 송년의 정담으로 녹일 것을 권한다. 정든 우리를 위하여.

黙言

2

이름도 병이 든다

먹방이 슬프다

마을마다 '배고픈 다리'가 있었다. 다리 가운데가 파여서 그리 불렸다. 지금은 사라져 지명으로만 남아 있지만 옛날에는 흔했다. 허기져서 배가 홀쭉해진 사람에게는 움푹 꺼진 다리조차도 배가 고파 보였을 것이다. 배고픈 사람들이 짐을 지고 배고픈 다리를 건너는 광경은 상상만으로도 슬프다.

지금 이 땅의 많은 사람들이 나온 배를 주체하지 못하고 있지만 우리가 허기를 면한 것은 그리 오래되지 않았다. 조선시대만 해도 두 끼만 먹었다. 점심點心은 그야말로 좁쌀 한 움큼이나 미역 몇 조각을 씹어서 '마음에 점을 찍었다'고 한다. 백성들의 굶주림은 일상이었다. 배 터지게 먹는 것이 소원이었다.

고향을 떠나올 때를 회상하면 어머니가 차려준 밥상이 떠오른다. 타향살이는 누구에게나 두려웠다. 먼 길 떠나는 아들을 먹이려 어머니는 새벽보다 먼저 일어나 밥을 했다. 잡곡이 섞이지 않은, 김이 무럭무럭 나는 하얀 쌀밥! 아버지도 드시지 못했던, 귀신에게나 올렸던 순백의 쌀밥! 아들은 목이 메어 몇 술 뜨다가 숟가락을 놓았다. 그러면 어머니는 숟가락을 다시 쥐여주며 말했다. "다 먹어야 한다. 밥이 힘이다. 사는 게 다 밥이여. 밥 굶는 놈이 제일 불쌍하다."

어머니가 차린 밥을 먹는 것은 일종의 의식이었다. 객지에서도 굶지 말라는, 어떤 일이 있어도 다시 만나 밥을 먹자는 다짐이었다. 사랑하는 사람에게 밥 한 끼 먹여 보내는 일은 거룩했다. 밥그릇 속에는 형용 못 할 소중한 것들이 담겨 있었다. "밥 한 끼 못 해 먹였(드렸)다"는 섭섭하고도 서러운 말이었다.

거의 모든 종교는 음식을 앞에 두고 기도를 드린다. 우선 하늘이 내린 축복, 땅의 자비, 농부의 정성에 두 손을 모은다. 양식에 스며 있는 태양과 달과 별, 그리고 바람과 비에게도 고개를 숙인다. 마지막에는 음식이 되어준 생명들에게 경배했다. 동학 2대 교주 최시형은 '이천식천以天食天'을 설했다. 음식이 되어준 생명들도 하늘의 일부인 만큼 음식을 먹는 행위는 바로 하늘로써 하늘을 먹는 셈이다. 하늘인 내가 다른 하늘을 먹어 생명을 얻는다는 것이다.

"'밥을 먹는다'는 지극히 당연하고도 '아무것도 아닌' 일이 나와 이 세계의 신성神聖을 깨닫게 한다. '먹는 나도 하늘님이고, 먹고 있는 존재도 하늘님이라는' 위대한 사유가 내 이 사이에서 톡톡 터지는 생생한 순간을 맞는다. 한 끼 밥을 대하는 태도가 나를 대하는 태도, 내 삶을 대하는 태도다. 밥을 정성스럽게 먹는 행위는 나를 정성스럽게 대하는 것이고, 내 삶을 정성스럽게 창조하는 일이다." ＿김혜련 『밥하는 시간』

먹는 행위는 이렇듯 중하다. 그래서 먹을 때는 먹는 것에 집중하여야 한다. 한 입씩 맛을 느끼면서 천천히 먹으면 음식처럼 귀한 것이 없다. 천천히 씹어서 공손하게 삼키면 고마움이 침 속에 고인다. 아무렇게나 먹으면 음식 속의 생명들을 하찮게 여기는 것이고, 결국 스스로의 존엄도 내려놓는 것이다.

현대인은 지금 어느 때보다 굵은 허리로 뒤뚱거리고 있다. 우리나라 성인 세 명 중 한 명은 비만이라고 한다. 살이 찌는 것은 소비량보다 섭취량이 많기 때문이다. 군살 속에는 걸신乞神이 붙어 있다. 끊임없이 무언가를 먹으라 유혹한다. 방송과 인터넷에도 걸신이 들어 있다. 바로 '먹방'이다. 먹방을 달리 표현해 보면 '먹는 굿'이다. 유튜브에서도 씹고 삼키는 소리가 요란하다. 작은 입 속에 온갖 먹거리를 밀어 넣는다. 지상파 방송마저 먹는 굿판을 벌이고 있다. 채널을 돌리다보면 흡사 먹자골목에 들어선 느낌을 받는다.

정부가 비만관리 종합대책을 내놓으면서 아주 조심스레 먹방 규제를 검토하겠다고 했다. 폭식을 조장할 우려가 있다는 이유 때문이었다. 그러자 곧바로 역풍이 불었다. 정부가 먹는 것까지 간섭하느냐며 들고일어났다. 국가가 먹는 데 보태준 것이 있느냐는 항변이었다. 정부는 슬그머니 꼬리를 내렸다.

왜 먹방에 몰입할까. 이런 상상을 해본다. '뉴스를 보면 짜증이 나고, 드라마는 동떨어진 얘기라서 황당할 뿐이다. 불손하고 불순하다. 하지만 먹방은 단순하다. 원초적인 욕구가 있을 뿐 어떤 고민이나 복선도 없다. 꼴 보기 싫은 것들아, 고상한 척하지 마라. 먹방 속으로 들어가 우리는 함께 흡입한다.'

젊은이들에게 '천천히 씹어 공손히 삼키라'고 말하면 눈을 흘길 것이다. 그들은 바쁘고 또 바쁘다. 그렇다고 먹는 음식이 달라진 것은 아니다. 내가 삼킨 음식이 나를 만든다. 요즘 우리 사회에서 30대 남성의 허리가 가장 굵다. 두 명 중 한 명이 비만이라고 한다. 그들의 밥그릇에 혹시 분노, 설움, 좌절이 담겨 있지 않을까. 뒤뚱거리는 사람들을 보면 자꾸 먹방이 어른거린다. 먹방이 즐거운가? 나는 슬프다.

지금 누가 홀로 울고 있다

혼자 산다는 것은 시간이 혼자에게만 쏟아짐이다. 그 시간의 무게를 분산시키지 못하고 사회적 외톨이가 되어가는 사람들, 그들에게 외로움은 늘 벼랑이다.

유명 시인이 홀로 살던 경기 고양시의 한 연립주택에서 숨졌다. 시신은 숨을 거둔 지 보름 만에 발견됐다. 동료 시인은 그의 죽음이 명백한 사회적 타살이라며 가슴을 쳤다. "우리가 죽인 것이다. 우리가 한 시인을 죽인 것이고, 한 시민을 죽인 것이다."

망자는 말이 없으니 정확한 사인은 알 수 없다. 시인은 세상과의 불화로 은둔을 택했고, 끝내 세상에 나오고 싶지 않아서 세상을 버렸을 것이라 짐작할 뿐이다. 시를 지어 사람들의 가슴을 적셨지만 정작 자신의 가슴은 이렇듯 말라버렸던 모양이다. 시인도 외로웠을 것이다. 그 외로움은 깊고 진했을 것이다.

또 홀로 살던 30대 여인이 부산의 한 빌라에서 숨졌다. 여인은 사망한 지 40일 만에 발견되었다. 가족과 떨어져 살아가던 여인은 공과금과 월세가 밀려 있었고, 신경 안정 치료를 받아왔다고 한다. 경찰은 고독사로 추정했다. '외로운 사람'의 기준이 무엇인지는 모르지만 현대인은 유독 고독에 약한 듯하다. 여인은 자신만의 공간에 스스로를 유폐시켰을 것이다.

시인의 연립주택에는 보름 동안, 30대 여인의 빌라에는 40일 동안 누구도 찾아가지 않았다. 스마트폰을 보면서 실시간 아주 먼 나라의 소식에 환호하고 탄식하지만 정작 가까운 이웃의 안부나 소식은 알지 못한다. 당장 옆 동네에 불이 났어도 대중매체가 전해줘야만 비로소 반응하는 시대다. 옆에 있어도 우리는 모두 멀리 있는 존재들이다. 바로 곁에 주검을 놔두고 도시인들은 주식시세를 살피고, 스포츠 스타의 근황을 챙기고, 치킨을 배달시켜 먹는다. 도시에는 보고도 보지 못하는 사람들이 모여 살고 있다.

제법 크다 싶은 마을에는 불효자, 미친 사람, 그리고 장애인이 있었다. 마을은 이런 부류의 사람들을 다스리고 품었다. 불효자는 부모 대신 마을 사람들이 매를 들었고, 미친 사람은 돌아가며 거뒀고, 장애인에게는 거처를 마련해 주었다. 누구도 내치지 않았다. 손과 발이 불편한 채로 평생을 얻어먹어도 오래 살았다. 혈연과 지연 공동체는 약자들의 울타리였다.

그런데 세태와 인심이 바뀌었다. 우리는 지금 빛처럼 빠른 속도로 어디론가 실려 가고 있다. 하지만 낙오된 사람들의 절망과 아픔은 아무도 챙겨주지 않아서 그대로 버려지고 있다. 누군가로부터 버림받는 것은 끔찍한 일이다. 하지만 그보다 더한 것은 잊히는 것이다. 모든 사람의 생각 속에 내가 지워졌다는 것은 얼마나 두려운 일인가. 집을 나온 젊은이들, 부모 잃은 아이들, 자식 없는 노인들, 식구들이 떠난 가장들이 무관심 속에 떠돌고 있다. 삶의 반대편에는 죽음이 있는 것이 아니다. 무관심이 도사리고 있다.

사람들이 함부로 버려지고 있다. '인간의 최후'가 갈수록 가벼워지고 있다. 저들을 버리고, 저들의 주검을 방치하고 우리는 어디로 몰려가고 있는가. 그리고 우리들은 어디에 내릴 것인가. 내가 누군가를 버림은 나 또한 누군가에게 버림을 받음이다. 오늘도 누군가 홀로 울고 있다.

그대 명당을 찾는가

경찰이 역술인들을 찾아가 대통령의 운세를 수집했다. 대통령 이명박에게는 "지산겸地山謙 지풍승地風昇의 운을 갖고 있어 국운 상승을 이끌어 나갈 것", 박근혜에게는 "청와대가 어머니 치마폭에 감싸인 형세이듯이 혼란스러운 기운을 여성 대통령님의 덕으로 감싸게 될 것"이라고 보고했다. 두 사람은 법의 심판을 받았다.

정치는 살아 있고 권력은 눈앞에서 아른거리니 정치인들은 점괘나 술수에 약할 수밖에 없다. 지난날 대권에 가까이 갔던 거물들은 거의가 조상 묘를 옮겼거나 새롭게 다독거렸다. '논두렁 정기라도 받아야 뜻을 펼 수 있다'는 속설은 여전히 꿈틀거리고 있다. 정치인들은 자신의 자질을 부풀리며 어딘가에 음덕이 있을 것이라 믿는다. 지금도 누군가는 운명에 금칠을 하려고 점을 보거나 명당을 찾아 헤맬 것이다.

흥선군 이하응은 아들을 왕으로 세우기 위해 하늘이 놀랄 일을 벌였다. 명당을 차지하려 사찰을 불태우고 탑을 허물었다. 당대의 지식인 황현은 이런 사실을 『매천야록』에 상세하게 전하고 있다.

남연군은 아들 넷을 두었고 막내가 흥선군이었다. 흥선군은 세도가 김씨들의 가랑이 사이를 기면서 '상가의 개'처럼 굴러다녔다. 아버지 남연군이 죽자 세상을 바꿀 비책으로 명당을 찾아 나섰다. 지관이 가야산 가야사(대덕사)에 이르러 오래된 탑 하나를 가리키며 말했다. "저곳은 큰 길지이니 얼마나 귀하게 될지 모르오." 흥선군은 주지에게 거금을 쥐여주며 가야사를 불태우게 했다. 부친 묘를 이장하는 날, 형들의 꿈에 흰옷을 입은 노인이 나타났다. "나는 탑신이다. 어찌 너희가 내 사는 곳을 뺏으려 하는가. 장례를 치른다면 너희 형제는 죽을 것이다."

신기하게 형들은 같은 꿈을 꾸었다. 겁에 질린 형들은 어찌할 바를 몰랐다. 흥선군이 소리쳤다. "귀신이 나타났다면 명당이 분명하오. 날마다 장동 김씨 문전에서 옷자락을 끌며 빌어먹는 것보다 한 번에 통쾌해짐이 좋지 않겠습니까." 결국 석탑을 해체하고 남연군을 묻었다. 꿩이 엎드린, 복치형伏雉形의 천하명당이었다. 이장을 마치고 가야사 주지와 함께 귀경길에 올랐다. 막 수원 대포진大浦津을 건너는데 주지가 배 안에서 발작을 일으켰다. 머리를 휘저으며 "불을 꺼달라"라고 악을 쓰다가 물에 뛰어들어 죽었다. 그로부터 14년 후 흥선군이 사내아이를 얻었다. 훗날 고종이었다.

애기가 황당해서 믿기 어려웠다. 그런데 고승들 행적을 기록한 『동사열전東師列傳』을 보다가 흥선군이 탑과 절을 불태운 것이 사실임을 알았다. "덕산(충남 예산군) 상왕산에 있는 일명 '가야산 보덕사保德寺'를 '생왕산 보덕사報德寺'로 고쳤다. 새 터를 잡아 새 절을 짓고 옛 절터에는 남연군의 묘를 면례緬禮(이장)한 뒤 벽담대사가 남연군의 묘를 수호하게 했다." 고종이 왕위에 오른 후 왕실은 후환이 두려웠다. 불타버린 천년고찰 가야사 음지에 새 절을 지었다.

나라가 어렵고 왕이 실정을 할 때마다 백성들은 '명당의 저주'를 떠올렸을 것이다. 고종은 무능했던 최악의 군주였다. 대원군에 업혀 있다가, 부인 명성황후의 치마폭에 감싸여 있다가, 외세를 끌어들여 더부살이를 했다. 고종이 아니었더라도 나라는 망했겠지만 고종이 왕이라서 더 남루하고 비참했다. 고종과 아들 순종은 굴욕의 역사에 박혀 있는 허수아비들이다. 백성의 마음을 얻었다면 황현이 정색하고 명당 이야기를 쓰지는 않았을 것이다. 살펴보면 권력의 명당은 민심이다.

땅에는 나름 임자가 있다. 땅은 거짓도 없고 그렇다고 용서도 없다. 임자 아닌 자가 차지하면 땅도 사람도 편치 않다. 그래서 명당은 찾는 것이 아니고 만들어 가는 것이라 했다. 이 땅의 민주화를 위해 평생 고난의 길을 걸었던 전직 대통령이 오색토에 묻히는 것을 보았다. 그의 고단한 몸을 가장 좋은 흙이 품어주는 감동적인 장면이었다. 아무리 용한 지관이라도 어찌 흙속을 꿰뚫어 보겠는가. 아마도 그는 국민들 마음속에 묻혔고, 민심이 지관의 눈을 밝게 했을 것이다.

"좋은 땅이란 좋은 사람에게만 주어진다는 풍수의 원칙이 있음을 잊어서는 아니 된다. 선덕善德이 좋은 땅이라는 응보應報로 주어진다. (…) 명당은 인간 세상을 떠나 아무도 모르는 어디엔가 존재하는 땅이 아니다. 이미 하늘이 알아 천복을 내리며, 땅이 그것을 집행한다."__최창조

총선을 앞두고 많은 사람들이 여기저기서 정치인생의 길흉을 물을 것이다. 조상의 음택을 살필 것이다. 하지만 명당을 찾아 산야를 헤맬 일이 아니다. 저자에 내려가 민초들을 보듬어야 할 것이다. 정치인의 명당은 국민의 마음속에 있다.

이름도 병이 든다

이름에서 악취가 풍겨 온다. 이름이 가벼워 둥둥 떠다닌다. 눈을 감고 귀를 막아도 그들은 기어이 나타난다. 이어령 선생의 말처럼 "책이 페이스북을 못 이기고 철학이 블로그를 못 이기고 클래식 음악이 트로트를 못 이기는 시대"(『이어령의 마지막 수업』)라서 그럴까. 아님 세태를 감지하는 내 안의 감각이 고장 난 것일까. 이름은 각기 달라도 그 이름에서 풍겨 나오는 냄새가 비슷하다.

매체마다 연일 새 소식을 쏟아 내지만 우리네 아침은 진부하기만 하다. 집권 여당 대표가 당원권 정지라는 중징계를 받았어도, 여권이 혼돈에 빠져들어 정치판이 요동칠 것이라 전망해도 민심은 차분하다. 그저 그런 사람들이 일으키는 먼지가 자욱할 뿐이다. 개혁을 앞세운 야당의 권력다툼도 마찬가지다. 경선이 어디로 흘러가든, 그래서 누가 더불어민주당 대표가 되든 감동하는 일은 없을 것이다. 권력다

툼에 직간접으로 등장하는 이름들은 이미 신뢰를 잃었기 때문이다. 익숙한 이름들이 스스로의 이름에 금칠을 하고 있을 뿐이다.

더위에 지친 여름이 혀를 빼물고 헐떡이지만 나랏일 하는 저들은 부와 명성을 얻으려 종종걸음을 치고 있다. 현자들은 어디로 숨었는가. 지혜가 사라진 자리에는 천박한 지식이 똬리를 틀고 있다. 높은 자리에 오르는 인물의 자질과 품격을 논하는 것 자체가 무의미한 시대가 되어버렸다.

인간은 마지막까지 이름으로 존재한다. 누구나 이름으로 기억되고 끝내 이름 하나를 남긴다. 그래서 자신의 이름을 더럽히지 않으려 노력한다. 가진 것을 모두 내려놓아야 하는 수도승들도 마지막까지 붙들고 있는 것이 자신의 이름이다. 그 이름을 스스로 지우는 데는 고통이 따른다. 이름에 붙어 있는 만慢을 없애야 비로소 이름을 버릴 수 있기 때문이다. 자만은 남과 비교하는 마음을 없애야 사라진다. 성철 스님은 이름의 무서움을 이렇게 설파했다.

"실제로 재물병과 여자병은 결심만 단단히 하면 벗어날 수 있다. 하지만 (이름을 날리면 이름병에 걸리고) 이름병에 걸리면 남들이 다 칭찬해 주니, 그럴수록 이름병은 참으로 고치기 어려운 것이다. 책을 좀 보아서 말주변이 늘고 또 참선이라도 좀 해서 법문이라도 하게 되면 그만 거기에 빠져버리는데, 이것도 일종의 명예병이다."

이름은 태어나 줄곧 자신에게서 떨어지지 않는다. 크고 작은 이름을 얻으면 그 이름으로 살아간다. 죽어서도 이름은 남는다. 그러고 보면 우리는 '이름 감옥'에 갇혀 살고 있는 셈이다.

이름은 내 것이되 내 것이 아니다. 남이 불러줘야 하기 때문이다. 그래서 나로부터 자유를 얻으려면 마지막에 자신의 이름을 버려야 한다. 내 이름이 내 것이 아님을 깨닫는 순간 '이름 감옥'을 벗어나 나로부터 자유로워질 수 있다. "나는 '아무개'라고 제법 목에 힘을 주던 사람도/ 가을 잎 지듯 그렇게 죽고 나면/ 그 이름만이 뒤에 남아 홀로 떠돌 것이다."(『숫타니파타』)

잊히고 싶다면서 언론에 자주 등장하는 사람, 머리통이 작은데도 큰 감투를 써서 앞을 보지 못하는 사람, 국민과의 약속을 아무런 설명도 없이 팽개치는 사람, 앞에서는 정의를 외치면서 거짓말로 사법부 전체를 망치는 사람. 돌아보면 건강한 이름이 드물다. 스스로 버리지 못하고 남에게 버림을 받는 이름은 얼마나 초라한가. 그 이름은 홀로 떠돌다 바스라질 뿐이다.

듣기도 보기도 싫어 저녁에 버린 이름들이 자고 나면 다시 솟아난다. 그들은 잊힘을 두려워하고 있다. 세상에서 지워질까 봐 안간힘을 쏟는다. 쌓인 것이 많을수록 그것을 지키려고 이름들이 서로의 이름을 부르며 싸우고 있다. 아무리 인걸들의 무용담이 사라진 시대라지만 지금의 유명인들은 참으로 왜소하다.

문득 이름 없이 스러진 사람들을 생각한다. 자신의 이름이 있지만 스스로도 불러보지 못하고 그냥 어머니, 아버지로 살았던 우리 시대 무명씨들, 보이지 않게 공덕을 쌓고 이름과 함께 사라진 사람들. 그들이 나라를 일으켜서 여기까지 끌고 왔다. 이제 유명인들은 거울에 자기 이름도 비춰볼 일이다. 혹시 이름에 오물이 묻어 있지 않은지, 상한 데는 없는지 살펴볼 일이다.

처음에는 바보 같지만 부를수록 정이 가는, 날카롭지만 볼수록 믿음이 가는 이름을 기다린다. 부르면 가슴 설레는 이름, 그 이름을 부르며 미혹의 시대를 건너가고 싶다.

신태인 100년

'신태인' 역사는 역사驛舍에서 시작됐다. 호남선이 놓이면서 태인과 가까운 마을에 기차역이 생겨났다. 유서 깊은 태인이 인접해 있어 역 이름을 '새로운新 태인'이라 지었다. 1914년 1월 호남선이 개통되고 아주 작은 마을 '서지말'에 기적이 울렸다. 천둥소리보다 컸다. 철마는 거침없이 달려와 신식 물자를 내려놓았다.

신태인역은 수탈의 거점이었다. 일제는 인근 곡창지대에서는 가장 큰 도정공장을 신태인에 세웠다. 쌀이 모든 것을 지배하던 시기였다. 신태인으로 향하는 길마다 볏가마를 실은 수레와 마차가 줄을 이었다. 역 구내에 쌓여 기차를 기다리는 쌀가마가 하늘을 가렸다. 쌀이 흔하니 돈도 흔했다. 역 앞에 음식점, 술집, 잡화점, 약국 등이 들어섰다.

기적 소리는 모두를 들뜨게 했다. 사람들이 몰려들었다. 신태인이란 역명은 1935년에 신태인면으로 지명이 되었다. 그리고 1940년 신태인읍으로 승격했다. 거의가 흘러온 사람들이었다. 유민들은 고향에 차마 묻지 못한 사연을 가슴에 품고 살았다. 건드리면 아팠다. 서로 과거를 묻지 않았다. 그래서 한국전쟁도 이곳에서는 많은 피를 쏟지 않았다. 뿌리 없는 사람들은 다시 뿌리내리기 위해 열심히 일했다. 평야라서 볼거리는 없었지만 노을이 내리고 동진강이 흘렀다. 고운 노을에, 어진 강물에 고된 하루를 씻었다.

1960년대는 '신태인 전성시대'였다. 인구가 3만 명에 육박했다. 장날에는 장터가 터질 듯 부풀어 올랐다. 소시장이 특히 유명했다. 종일 소 울음이 낭자했다. 소를 사고파는 일이 엄중하여 어깨 벌어진 사내들이 소와 돈을 지켰다. 아이들은 시장 바닥에 떨어진 동전만을 주워서도 팥죽을 사먹었다. 극장이 우뚝 서고 목욕탕 세 곳, 예식장 세 곳, 다방 세 곳이 생겨났다. 또 유곽遊廓도 있었다. 김제의 어느 땅 부자는 추곡수매가 끝나고 찬바람이 불면 신태인 유곽을 찾아왔다. 겨울 한철을 기생과 함께 보내고 이듬해 모내기철이 되어서야 돌아갔다.

읍내에 초등학교가 네 개나 있었다. 그럼에도 교실이 모자랐다. 한 반에 70명이 넘었고, 오전·오후반으로 나뉘어 수업을 받았다. 글 읽는 소리에 학교가 들썩거렸다. 운동회 날은 운동장이 시장터보다 더 붐볐다. 아이들보다 어른들 잔치였다. 기차는 쉬지 않고 달렸다. 신태인역에 해방, 전쟁, 새마을운동, 독재, 유신, 민주화운동을 내려놓았

김태근의 묵언

116

다. 천대받은 전라도가 다리를 절며 내리기도 했다.

어느 때부턴지 기차는 신태인에 돈과 활기를 실어 오지 못했다. 쌀과 기차는 '최고'가 아니었다. 더 이상 신태인을 떠받치지 못했다. 기적 소리가 자동차 경적보다 작게 들렸다. 돈 냄새에 민감한 시장통 상인들이 먼저 도시로 옮겨 갔다. 이내 산업화, 도시화 바람이 불어왔다. 자식들이 고향을 떠났다. 기적 소리가 슬픔을 머금었다. 자식들을 도시로 보내고 집으로 돌아오던 어머니의 어깨가 흔들렸다. 아버지는 처음으로 어머니 어깨를 감싸 안았다. 부모들이 갑자기 늙었다. 홀로 된 어머니들이 많아졌다. 빈집이 생겨났다.

작은 마을 사람들은 읍내로, 읍내 사람들은 정읍이나 김제로, 그곳 사람들은 전주나 서울로 빨려 들어간다. 돈과 사람이 있는 곳으로 다시 돈과 사람이 몰려간다. 이제 신태인읍에는 5000명 정도만 살고 있다. 네 개 초등학교를 통합하고, 스쿨버스로 어린이들을 '모셔 오는' 데도 입학생은 해마다 줄어서 한 자릿수로 떨어질까 걱정이다. 이제 아기의 탄생은 아주 드문 일이며 마을뿐 아니라 읍내의 경사다. 읍장이 케이크를, 이장이 미역을 사 들고 달려간다. 신태인읍에 속한 11개 이里와 49개 마을에서 2023년 태어난 아기는 일곱 명이었다.

1940년 신태인과 함께 읍으로 승격한 영동, 예산, 금산, 보성, 장흥, 의성, 주문진은 어떤지 모르겠다. 철도의 고을 신태인보다야 낫겠지만 아마도 많이 수척해졌을 것이다. 서울특별시도 계속 특별할 수만은 없다. 벌써 여기저기 검버섯이 피어나고 있다. 지금 우리에게 엄청난 사변이 소리 없이, 천천히 다가오고 있다. 짐작하지만 소름이 돋아 확인할 엄두를 내지 못하고 있다.

신태인 100년, 이제 '새로운 신新' 자에도 이끼가 끼었다. 극장도, 소시장도, 목욕탕도, 예식장도 사라졌다. 아기 울음이 끊긴 마을에는 어둠이 일찍 내린다. 지난 100년은 한 줄기 섬광이었다.

그럼에도 고향의 시제는 현재다. 안부를 묻지 않았지만 항상 곁에 두었던 고향, 그 속의 시간은 육화肉化되어 지금도 흐르고 있다. 기억하고 있음에 동진강은 노래이고, 노을은 기도다. 빈 대합실에서 기차를 기다린다. 그대 고향은 무탈하신가.

김치를 위하여

시골에서 김장을 해 오겠다며 노모가 갑자기 고향에 내려갔다. 서울에서는 도저히 김장을 할 엄두가 나지 않았던 모양이다. 아직은 서울살이가 낯설기도 하겠지만, 아파트에서 김장을 하기에는 모든 것이 마뜩찮았을 것이다. 채소, 젓갈, 물, 양념거리 그리고 일손까지 성에 차지 않았을 것이다.

어머니가 내려간 며칠 후 김치가 집으로 배달되었다. 김치에서는 어김없이 고향이 묻어 나왔다. 고향에서 올라온 김치에서는 왜 고향 냄새가 날까. 고향이 키운 작물로 어머니가 빚어냈기에 당연한 것인지 모르지만 한결같은 '그때 그맛'이 감동스럽고 늘 신기하다. 김치 맛은 마을마다 다른 것이 아니라 집마다 달랐다. 그 옛날에 장맛이 그랬듯이. 고향김치 맛은 확실히 깊다. 김장은 이제는 할머니가 되어버린 '그 옛날의 어머니들'이 하나둘 모여들어 쉽게 끝난 모양이다. 어머니는 다른 집 품앗이를 못 해주고 올라와서 서운한 눈치다.

김장은 거의 첫눈이 올 때쯤에 시작된다. 겨울 내내 모든 먹거리는 김치와 궁합을 맞췄으니 김치는 반식량이었고, 그래서 김장은 겨울농사인 셈이다. 김장은 여인들만이 하는 것이 아니라 남정네의 힘이 보태져야 했다. 소금독을 나르고, 김치구덩이를 파고, 여인이 건네주는 갓 버무린 김치맛을 감별해 줘야 했다. 김치가 맛이 없으면 그해 겨울이 맛이 없었다.

김장하는 날은 절인 배추, 간국물, 김치속, 양념 등이 마당을 가득 채웠다. 회색빛 초겨울 풍경에 울긋불긋 물감을 뿌린 듯했다. 이웃 품앗이 일손이 몰려들어 이른 아침부터 시작한 김장은 어둠이 내려서야 끝이 났다. 정겨운 울력이었다. 그것은 푸른 채소를 붉게 물들이는, 탈 없는 겨울나기를 서로에게 빌어주는 의식같은 것이었다. 웃음으로 버무린 김장김치는 얼마나 먹음직스러웠던가. 그날만은 김이 무럭무럭 나는 하얀 쌀밥에 새빨간 김치 가닥을 얹어 먹었다. 우리 살아 있는 동안 그 맛을 어찌 잊을 것인가.

김장철이다. 택배회사들이 요즘 김장김치를 배달하느라 분주하단다. 개인배송 물량 중 김치가 반을 넘는다고 한다. 방방곡곡에서 정성이 포기마다 꽉꽉 들어찬 김치가 차에 실려 밤낮없이 서울로 올라오고 있을 것이다. 부모의 정은 겨우내 서서히 발효될 것이다. 그 김치들은 끼니마다 새끼들의 밥상에 올라 그들의 겨울을 지켜줄 것이다.

추석 같은 명절에는 자식들이 일제히 선물꾸러미를 들고 고향을 찾고, 삭풍이 부는 겨울에는 김장김치나 쌀 등이 고향에서 일제히 서울로 보내지는, 이런 정情의 교환이 얼마나 아름다운가. 그러나 모든 것이 빠르게 변하고 있다. 장 담그는 것이 신기한 일이 되어버렸듯이 김장을 하는 것이 점차 귀한 일이 되어가고 있다. 왜간장이 장독대에서 간장독을 밀쳐 냈듯이 공장김치가 밥상에서 '어머니맛'을 밀어내고 있다. 김장을 포기하는 가정이 늘고 있다. 번거로워서, 솜씨가 없어서, 싸게 먹혀서 김치를 사 먹는다고 한다.

어느새 우리 식단이 비슷비슷해지고 말았다. 방송에서 토마토가 건강에 좋다면 너나없이 먹어치워 토마토값이 배로 뛴다. 무엇이든 몸에 좋다면 우루루 몰려간다. 우리 주변에서 건강에 좋다고 반짝 인기를 끌다가 이내 시들해진 먹거리들이 얼마나 많은가. 하지만 음식에 들이는 시간과 공력은 갈수록 줄어들고 있다. 깊은 맛은 사라지고 겉절이만 횡행하고 있다. 머지않아 우리 입맛이 표준화되어 기호나 부호로 표기될 날이 올지도 모른다. 먹이로 사육되는 동물들이 사철을 지내지 못하고 도륙되는 속도전에서 새록새록 익어가는 김치가 곁에 있음이 얼마나 다행인가.

김치 담그는 솜씨가 젊고 고운 손으로 전수되지 못하고 노인들의 주름진 손끝에서 겨우 명맥을 유지하고 있음이 안타깝다. 우리 시대의 어머니들이 세상을 뜨면 더 이상 김치는 고향에서 올라오지 않을

것이다. 그 맛, 세상에서 단 하나뿐인(비록 나 하나만을 감동시키더라도)
어머니맛도 이 땅에서 사라질 것이다. 전통음식이 소멸하고 맛이 획
일화되어 상품으로 진열되는 이 시대에, 아직까지 살아 있는 고향의
맛이 눈물겹다.

　고향이 무너지고, 농촌정서가 흔들리고, 그 속의 어른들이 하나둘
세상을 뜨는데…. 부모로 자식들에게 남길 고유의 맛 하나 지니지 못
함이 부끄럽다. 김치도 그리움이 되어가는가. 나는 주말에 고향에서
올라온 김치 한 가지만으로 세끼를 먹었다. 행복했다.

봄날 살처분

봄의 한복판에서, 생명을 피워 올리는 어진 땅에 닭과 오리를 죽여 묻고 있다. 전북 김제와 정읍에서 조류인플루엔자AI가 잇달아 발생했다. 반경 500미터 내에 있는, 날개가 달렸지만 날지 못하는 것들은 모두 죽어야 한다. 4월에 조류인플루엔자가 발생한 것은 이번이 처음이다. 수십만 마리를 땅속에 묻는 죽임의 현장을 먼저 핀 꽃들이 지켜봤을 것이다. AI는 잊을 만하면 발생한다. 언제부터인가 언론은 닭과 오리를 죽여 없애는 것을 '살殺처분'이라고 표기한다. 사전에는 없는 말이다. '죽여서 묻거나 태운다'는 말이 길기도 하거니와 아마 그 묘사가 매우 끔찍하기에 새로 만들어 유통시켰을 것이다.

AI가 어떻게 감염되는지는 아직도 정확히 규명하지 못했다. 몇 해 전 지구촌을 공포로 몰아넣었던 사스SARS(중증급성호흡기증후군)도 어디서 어떻게 생겨나 퍼졌는지 모른다. 사스는 변종 코로나바이러스가 그 원인체라는 것만 밝혀졌다. 그러나 사스가 지금 사라졌는지, 어디에서 진화하는 중인지 아무도 모른다. 막연한 불안감과 공포심만 자랄 뿐이다. 이전에도 인간보다 앞서 진화했던 페스트, 천연두, 콜레라 같은 병들이 인간을 닥치는 대로 쓰러뜨렸다. 이것들도 모두 변종이었다. 무서운 것은 이들 가공할 변종들의 출현 시기가 점점 빨라지고 있다는 것이다. 몇백 년 만에 나타나던 것이 몇십 년으로, 이제는 몇 년으로…. 이는 지구가 숨을 가쁘게 내쉬는 것과 연관이 있는지도 모른다. AI는 자연과의 불화에서 비롯되었을 것이다. 인간의 삶이 복잡하면 복잡한 변종이 나타날 것이다. 그리고 진화할 것이다.

오늘날 환경문제는 특정 지역에 국한되지 않고 전 세계적인 현상으로 나타난다. 그래서 단 한 번의 시행착오도 인류를 재앙으로 몰고 갈 수 있다. 그럼에도 지구를 거대한 실험실로 착각하는 위험한 일들이 일어나고 있다. 만일 AI 발병의 주범이 철새로 밝혀지면 지구상에서 모든 새들은 위험해질 것이다. 인간의 안전을 위해서 새들을 쫓아 버릴 것이기 때문이다. 그런 다음에는 네발 달린 짐승에게, 물속의 고기에게, 다음은 도망도 못 가는 식물에게 저주를 퍼부을 것이다. 그리고 그 저주는 다시 인간에게 돌아올 것이다. 생명을 묻는 봄, 우리네 봄날마저 '살처분' 될까 두렵다.

무당과 함께 사라질 것인가

임오년(1882년) 6월 1일, 고삐 풀린 말이 창덕궁으로 달려들었다. 궁인들이 놀라 뒤쫓으니 말은 미친 듯이 날뛰었다. 마입궁중馬入宮中. 예부터 말이 입궁하면 나라에 변고가 있다고 했다. 불길했다. 마부는 귀양을 가야 했고 말 주인은 사직소를 올렸다. 하지만 그렇게 끝낼 일은 아니었다. 어전회의를 열어 이궁에 의견을 모았다. 고종이 명했다. "경복궁으로 이어移御해야 하니, 날짜는 이달 그믐 이전으로 택하라."(『조선왕조실록』) 그리고 28일 이궁하기로 결정했다. 하지만 화는 그보다 빨리 닥쳤다. 임오군란이 발발했고, 군병들은 자신들을 천대한 민씨 일파를 찾아내 도륙했다. 6월 9일 병사들이 궐 안으로 난입했다.

명성황후는 나인으로 변장하여 궁궐을 빠져나왔다. 한강을 건너려하자 사공이 이리저리 행색만을 살폈다. 황후가 금가락지를 던져주자 비로소 노를 저었다. 한강을 건너 광주 근처에서 쉬고 있는데 노파가 다가와 말했다. "중전이 음란하여 이런 난리가 일어나 낭자가 여기까지 피난 오게 되었구려." 민비는 숨죽여 듣고만 있었다.

충주 장호원에 숨어 공포에 떨고 있던 황후에게 무당이 찾아왔다. 그는 피부가 희고 얼굴에 덕이 붙어 있었다. 무당은 머잖아 군란이 끝나고 황후를 모시러 사자가 올 것이라 예언했다. 정확히 그 날짜에 환궁하라는 전갈이 왔다. 황후는 무당을 데리고 환궁했고, 무당에게 진령군眞靈君이라는 군호君號를 내렸다. 자신을 능멸했던 노파와 마을은 병졸을 보내 쓸어버렸다.

무당은 자신이 관우의 딸이라 했고, 북관묘를 세워 본거지로 삼았다. 황후에게 접근하려면 진령군을 통해야 했다. 벼슬은 성균관이 아닌 북관묘에서 나왔다. 고관대작이 바친 뇌물이 북관묘에 쌓였다. 그 후 12년 동안 황후와 궁궐의 수호신으로 살았다. "화와 복이 그의 말 한마디에 달렸으니, 수령 방백들이 자주 그의 손에서 나왔다."(황현 『매천야록』)

마입궁중이나 환궁 예언을 어찌 한갓 미신이라며 내칠 수 있겠는가. 황실이 그랬으니 궐 밖은 당연히 무당들의 세상이었다. 조선은 무속의 나라였다. 미국 선교사 호머 헐버트는 '한국인들은 사회생활에서는 유교, 곤란한 지경에 빠지면 귀신을 찾았다'고 했다. 마을마다 당골네(무당)가 있었다. 서울 정동에는 고관대작이 찾아가는 무당

김택근의 묵언
126

골이 있었다. 그들의 신통력이 워낙 높아 어떤 세도가라도 그 앞에서 숨을 죽였다고 한다. "수많은 귀신들이 구름 속에 떠다니고 나무와 숲에 살고 있으며, 심지어 집의 서까래 속에도 머무르고 있는데, 무당들은 이들을 쫓아내거나 화나게 할 수 있는 힘을 가졌다고 주장한다."(버튼 홈스 『1901년 서울을 걷다』)

진령군은 곁에서 황후를 지키려 했지만 신기神氣가 자꾸 떨어졌다. 권력이나 재물에 눈이 팔리면 신통력은 떨어지게 되어 있다. 귀신은 물질에는 관심이 없다. 물질에는 중력이 있어 흘려보내지 않으면 또 다른 물질을 끌어들이고 귀신은 이를 피해 나가버린다. 진령군은 군호君號처럼 한때 '진정 신령스러운' 술사였지만 이내 명성을 지키려 사술詐術을 동원해야만 했을 것이다. 당대 의학자 지석영이 상소문을 올렸다.

"요사스러운 진령군은 온 세상 사람들이 그의 살점을 먹고 싶어 하는 자입니다. 전하께서 속히 상방보검尙方寶劍을 내려 죄인을 도성 문에 목매달도록 명하신다면 민심이 비로소 시원해질 것입니다." _『승정원일기』 1894년 7월 5일

대명천지에 역술인들이 먼지를 피우고 있다. 용산 일대를 휘젓고 다녔다고 전해진다. 진상이 무엇이든 그들의 신통력은 이제 끝이 났

다. 권력의 손을 타고 재물 맛을 보았기 때문이다. 우리는 뉴턴이 열어젖힌 중력시대를 건너와 양자역학시대에 살고 있다. 양자역학시대가 열린 지 100년이 됐다. 양자역학은 도저히 이해할 수 없는 상식 저편에 도사리고 있다. 과학이 미신이라 여겼던 영역까지 들춰내고 있다. 그만큼 귀신의 공간은 줄어들었다. 그럼에도 도포 입은 역술인이 과학에 눈 흘기며 시대를 비웃고 있다.

민심은 에너지 덩어리다. 민심을 이길 신통력은 존재하지 않는다. 권력의 정점에 있던 무당들의 한결같은 파멸이 이를 증명한다. 개인의 길흉은 '겨우' 맞힐 수 있을지 몰라도 국가의 운명은 '감히' 점칠 수 없다. 역술인에게 기대어 원한 것을 이루었으면 되었다. 이제 국운을 역술인에게 물어봐서는 안 된다. 민심에 길을 물을 일이다. 민심의 과학이 지켜보고 있다.

부처님을 팔지 마라

구한말과 일제강점기에 천재들이 스승으로 모셨던 스님이 있었다. 석전 박한영 스님(1870~1948)이다. 근대화의 문을 열어젖혔던 최남선·이광수·정인보·홍명희·변영만 등이 박한영 앞에서 두 손을 모았다. "도대체 모르는 것이 없을 만큼 박식했다. 나는 누구에게도 물어볼 것이 없는데, 선생에게는 물어볼 것이 있었다."(최남선) "문장을 지을 때나 선리禪理를 펼칠 때에도 걸리거나 막히는 바가 전혀 없었다."(정인보)

문인들도 박한영의 샘에서 물을 길어다 자신의 글밭을 적셨다. 김동리·이병기·조지훈·서정주·신석정·김달진 등이 박한영의 가르침을 받았다. "내 뼈와 살을 데워준 스승이다"(서정주), "스승의 교훈을 나는 좌우명으로 삼아 살고 있고, 또 숨을 거두는 날까지도 가슴에 지니리라"(신석정). 또 독립운동가 이동녕·오세창·권동진·이상재 등과도 교유했다.

박한영은 동서의 종교사상에도 막힘이 없어 서학의 무분별한 유입에 사상적 응전을 했다. 근대 인문학의 개척자이자 교육의 선구자였다. 또 한시 600수를 남긴 시승詩僧이었고, 시상이 그윽하고 담백해서 묵객들에게 깊은 울림을 주었다.

박한영은 시대의 큰 그릇이었다. 그 안에는 지식뿐만 아니라 천하의 인재들도 담았다. 훗날 훼절한 제자들도 있었지만 스승은 언제나 제자리에 있었다. 자신을 지킨 자도, 회유에 넘어간 자도, 이름을 팔아 영화를 산 자도 박한영만은 깎아내리지 않았다. 그럼에도 세상에는 스님의 진면목이 제대로 알려지지 않았다. 스스로 명예를 탐내지 않았기 때문이다. 그렇다면 왜 천재들이 박한영을 스승으로 모셨을까. 천재 중의 천재라서 그랬을까. 아닐 것이다.

"함께 금강산에 들었을 때 스님(박한영)은 베옷에 떨어진 신을 신고 등에 짐을 지고 있었다. 이에 산승들이 얕보고 공경하지 않았다. 그중 누군가 '이분은 교정(종정)이시다'라 말했고, 또 다른 이는 '불교전문학교 교장이시다'라며 스님을 알아봤다. 이에 절 대중이 비로소 나와 영접하고 사과했다. 호기심 많은 사람이 이러한 광경을 신문에 소개하여 이야깃거리가 되었다. 하기야 스님 스스로가 교정인 것을 모르며 또한 교장인 것도 모르는데 사람들이 어떻게 그런 사실들을 알 것정인보는 박한영 스스로가 나라의 최고 승려임을, 불교전문학교 교장임을 모른다고 했다. 박한영은 지식을 자랑하지 않았고, 체득한 지식에 매몰되지 않았다. 높이 올랐음에도 그 높이를 잊고 살았다.

노자는 "큰 지혜는 어리석은 듯하다大智若愚"라고 했다. "도를 위해서는 날마다 덜어 내고, 배움을 위해서는 날마다 더해야 한다爲道日損 爲學日益." 당대의 천재들은 박한영의 덜어 내는 삶에 놀라워하며 길을 물었을 것이다. 지식이 아닌 지혜에 고개를 숙였을 것이다.

엄혹한 시기에도 스스로를 다스렸던 스님들을 떠올려 본다. 마지막에는 자신의 이름마저 지웠던 그들이 불교를 불교로 지켜왔다. 박한영처럼 가장 높이 깨쳤어도 가장 낮은 곳에 있었다. 가장 낮음이 가장 높음이니 곧 부처의 자리다. 부처께서는 기적을 보여달라 조르는 젊은이에게 이렇게 말했다.

"기적에는 세 가지가 있다. 한 몸을 여럿으로 나누거나 벽을 뚫고 지나거나 물 위를 걷는 것 등이 첫째요, 남의 마음을 관찰하여 알아차리는 것이 둘째다. 하지만 이런 기적은 누구라도 조금만 노력하면 얻을 수 있고, 사람들의 논란만 부추긴다. 내가 제자들에게 권하는 것은 세 번째니 그것은 스스로 정진해서 깨달음을 얻는 기적이다."

요즘 특별한 스님들이 많다. 목소리가 우렁차고 이름이 번쩍거린다. 그들의 사자후가 일주문 밖에서도 들린다. 하지만 찬찬히 들여다보면 부처를 팔아 권력과 영달을 얻고 있음이다. 자신을 높일수록 불교계 안팎에는 먼지가 일어난다. 머리에 빛이 난다, 신통력을 지녔다, 미래를 예측한다는 것들은 모두 하찮다. 그저 자신에게 감탄하고 자신을 숭배하고 있음이다. 자신을 부처보다 높이고 부처를 내세워 세상을 구하겠다 외치면 그것이 곧 매불賣佛 아닌가.

부처님오신날이 다가오고 있다. 연등이 없어도 세상은 얼마나 아름다운가. 특별함과 잘남을 멸滅하는, 그래서 부처가 오신 뜻을 새기는 날이었으면 좋겠다. 부처는 세상을 구원하러 오신 것이 아니다. 이 세상이 본래 구원되어 있음을 알려주려고 오신 것이다.

폭력과 정의로운 복수

권력이 불순하고 사회가 정의롭지 못하면 폭력이 기승을 부린다. 우리 근현대사는 100년도 넘게 폭력이 지배했다. 일제강점기는 '헌병국가'였다. 백성들은 거대한 폭력에 무방비로 당했다. 1904년 대한제국을 찾은 스웨덴 기자 아손 그렙스트는 부산항에 내리자마자 일본인에게 두들겨 맞는 한국인들을 목격했다. 난쟁이처럼 작은 일본인이 회초리를 쥐고 한국인들을 쫓아다니며 때렸다. 이 광경을 보며 웃음을 터뜨렸다.

"부산역의 이 북새통에서 내가 마지막으로 본 장면은, 그 무리들 중에서 제일 왜소한 일본인이 키 크고 떡 벌어진 한 코레아 사람의 멱살을 거머쥐고 흔들면서 발로 차고 때리다가 내동댕이치자, 곤두박질을 당한 그 큰 덩치의 코레아 사람이 땅에 누워 몰매 맞은 어린애처럼 징징 우는 모습이었다." __아손 그렙스트 『100년 전 한국을 걷다』

외국인 기자에게는 우스꽝스럽게 보였겠지만 매를 맞는 사람은 하늘을 향해 통곡했을 것이다. 나라는 이미 그를 보호해 줄 힘이 없었으니 마냥 서러웠을 것이다. 조선을 병탄한 일본은 무단통치로 공포를 조장했다. 폭력은 모든 곳에 스며들었다. 극악무도한 '외래 폭력'에 책과 붓의 나라, 효자·양처·충신의 나라는 속절없이 무너졌다.

일제가 패망했지만 폭력은 사라지지 않았다. 해방 이후에는 강대국들이, 한국전쟁 이후에는 독재정권이 폭력을 휘둘렀다. 폭력은 폭력을 부른다. 폭력에는 모방하고 싶은 욕망이 들어 있다. 폭력이 스며 있으면 알게 모르게 폭력에 감염된다. 직장, 집, 학교, 군대 등 어느 곳에나 폭력이 난무했다. 폭력의 공포가 일상으로 파고들었다.

고교 시절 손바닥으로 얼굴만 가격하는 교사가 있었다. 학생들은 그를 피해 다녔고, 어쩌다 재수가 없어 걸리면 여지없이 안면을 강타당했다. 두발이 길다, 인사를 안 한다, 복장이 불량하다며 사정없이 때렸다. 그는 '미친 X'라 불렸다. 안면 강타는 "아버지 용서해 주세요"라고 빌어야 멈췄다. 그에게 재수 없이 걸려서 무수히 맞았다. 아버지가 아닌 사람을 아버지라 부를 수는 없었다. 얼마나 맞았는지 정신이 아득해졌다. 얼굴이 피범벅이 되었지만 어느 누구도 말리지 않았다. 그는 교사였지만 교사가 아니었다.

그에게 폭력은 일상이었다. 어쩌면 폭력중독자였을 것이다. 세월이 흘렀지만 학창 시절의 추억 한편은 피멍이 들어서 떠올릴 때마다 아프다. 그는 지금 세상에 존재하지 않지만 그가 남긴 폭력의 상흔은 이렇듯 아물지 않았다. 어느 학교에나 이런 교사가 있었다. 교사들은 매를 들고 다녔고 아무나 때렸다. 교사가 학생을 패는 세상이었으니 학생들끼리는 오죽했겠는가.

폭력에는 반드시 가해자와 피해자가 있다. 그래서 피해자는 복수를 벼르며 비수를 품는다. 또 모든 복수는 새로운 복수를 부른다. 복수의 연쇄반응은 사회와 집단 전체를 뒤흔든다. 어설픈 대응은 폭력의 불쏘시개가 될 뿐이다. 폭력의 본질과 속성을 탐구했던 인류학자 르네 지라르는 '공적인 복수'만이 폭력이 퍼지는 것을 막을 수 있다고 했다.

"사적인 복수와 공적인 복수가 원칙에 있어서는 차이가 없지만 사회적인 면에서는 엄청난 차이가 있다. 즉 공적인 복수의 복수는 더 이상 복수당하지 않으므로 연속적인 복수도 끝나 확대의 위험을 피하게 된다." __르네 지라르 『폭력과 성스러움』

모두 공감하는 공적인 복수로 불순한 폭력을 응징해야만 비로소 폭력의 공포에서 벗어날 수 있음이다. 체육·연예계 폭력에 이어 학교폭력이 잇달아 폭로되고 있다. 당했지만, 알고 있었지만 상처가 덧날까 봐 참았을 것이다. 이제 공적인 복수가 시작됐다. 착한 주먹질은 없어도 정의로운 복수는 있다. 한 사람의 영혼을 짓밟고 인생을 망친 자가 승자로 남게 해서는 안 된다. 폭력중독자는 언제 발작을 할지 모른다. 폭력은 모두의 문제다. 폭력의 상처를 개인의 것으로 방치하면 언젠가는 폭력의 소용돌이에 휘말린다. 피해자의 고통을 보고 모두가 아파할 때 비로소 폭력을 추방할 수 있다.

폭력은 몸보다 마음에 상흔을 남긴다. 원상으로 돌아갈 수 없다. 그래서 예방이 우선이다. 폭력을 막는 최상의 백신은 폭력에 대한 단호한 폭로다. 이는 결코 사소한 일이 아니다. 미래의 폭력까지 예방하는 숭고한 행위다. 더 많은 이들이 공적인 복수에 동참해야 한다. 폭력은 먼 과거에 발생했어도 현재의 일이다. 또 방치하면 모두를 해치는 미래의 일이다.

손의 자비

남녘에서 꽃 소식이 올라오고 있다. 아지랑이처럼 고향 생각이 피어오른다. 이 산 저 산에서 새소리가 마을로 떨어지면 집마다 겨울 외투를 벗는다. 무채색 대지도 일어나 남녘에서 서성거리는 바람을 부른다. 농부들은 그 땅에 힘을 풀어놓는다. 대지와 교감하는 일손은 얼마나 위대한가.

화사한 봄볕에 농부의 일손을 비춰보면 투박하고 못생겼다. 하지만 그 일손만이 봄을 끌어당길 수 있다. 부모의 거친 손을 잡아본 자식들은 가슴이 저렸을 것이다. 손바닥은 갈라져 손금이 보이지 않는다. 농부의 손은 아집이나 오만이 지워져서 지문마저 같아졌다. 모두 그 손이 그 손이다. 그 손으로 농사를 짓고, 그 손으로 음식을 만들어 자식들을 키웠다. 손이 거칠수록 최선을 다했음이다. 그 안에는 어떤 삿된 것도 들어 있지 않다.

모든 것들은 손에서 완성된다. 농사는 물론이요 사랑도 혁명도 손안에 있다. 또 손에서는 맛, 멋, 향 등이 빚어지고 피어난다. 시작이 머리라면 그 끝은 손이다. 숨이 끊어진 사람은 맨 먼저 손이 풀어진다. 목숨까지도 손이 쥐고 있음이다.

상대가 손을 잡을 때면 그 마음이 전해진다. 사랑하면 사랑이, 고마우면 고마움이, 존경하면 존경심이 전해진다. 손은 그래서 거짓말을 하지 않는다. 마음에 없이 손을 잡으면 금방 느껴진다. 미움도 무관심도 손을 잡아보면 알 수 있다.

인간의 손은 서로 껴안기 좋도록 만들어졌다. 서로 맞잡기에, 쓰다듬기에, 손뼉 치기에 좋게 생겼다. 달라이 라마는 인간의 손에 자비가 스며 있다고 말한다.

"인간의 신체구조를 살펴보면 온순하고 평화롭게 살아가는 포유동물들과 비슷하게 생겼다는 걸 알게 될 거라고 저는 주장합니다. 인간의 손들은 남을 때리기보다는 껴안기 좋도록 그렇게 만들어진 거라고 저는 농담 삼아 말하곤 합니다. 만일 우리 손들이 때리기 좋게 만들어졌다면 이 아름다운 손가락들은 필요가 없을 것입니다. 예를 들어 손가락이 구부러지지 않고 뻗쳐 있으면 세게 때릴 수 없기 때문에 권투선수들은 주먹을 쥐어야 합니다. 이 예는 우리의 기본적 신체구조가 자비롭고 온순한 성격을 만든다는 것을 의미한다고 저는 생각합니다." __달라이 라마 『아름답게 사는 지혜』

분노한 사람은 주먹을 쥔다. 그러나 주먹을 쥔 손으로는 아무것도 만들 수 없다. 주먹은 또 다른 주먹을 불러올 뿐이다. 하늘을 향해 주먹을 흔든 사람들에게는 재앙이 내려왔다. 하지만 두 손을 모아서 기도를 올린 사람들은 사랑과 평화를 얻었다. 주먹이 아니라 손바닥이 세상을 밀어 여기까지 왔다. 그래서 손에는 우주의 가르침이 들어 있다. 열심히 일하고 두 손을 모으라고 이른다.

봄볕에는 어떤 살기도 없다. 봄볕을 마시면 까닭 없이 너그러워지고 속절없이 두근거린다. 이렇듯 고운 봄볕이 내릴 때는 주먹을 쥐지 말라. 손을 펼치면 마음도 펼쳐진다. 누군가에게 고마운 사람이 되고 싶다면 손을 펴라.

꽃들이 웃고 있다. 벌과 나비를 향해 손을 흔들고 있다. 문득 살펴보면 찬란한 봄날에 인간들만 주먹을 쥐고 있다. 자비로운 손을 지녔건만 머리로만 사는 이들이여, 매끈한 손을 부끄러워하라. 부디 그 손으로 손가락질을 하지 말라.

무명씨, 내 땅의 말로는 부를 수 없는 그대

우리는 마스크를 쓰고 가을에 모여 있다. 여름은 빗물에 떠다니다가 겨우 넝쿨장미에 수상한 문신 하나 남기고 사라졌다. 올가을은 유별나다. 노을은 차갑고 바람은 우리를 자꾸 외딴곳으로 끌고 간다. 행동반경이 좁아진 만큼 사색의 영역은 넓어졌는가. 가을이 들어찬 밤하늘에서 윤동주의 별을 헤아리다 문득 그의 다른 시를 떠올린다.

"고향에 돌아온 날 밤에/ 내 백골이 따라와 한방에 누웠다.// 어두운 방은/ 우주로 통하고/ 하늘에선가 소리처럼 바람이 불어온다."(윤동주 〈또 다른 고향〉) 갑자기 하늘에서 죽음이 내려온다. 별 속에서 죽은 자들이 내려와 잠자리를 헤집고 들어온다.

코로나19가 침공한 이후 자주 죽음이 떠오른다. 천재지변이나 전염병으로 죽은 자들의 최후는 어땠을까. 살아 있는 모든 것에는 끝이 있지만 그 끝은 평화로워야 한다. 그래서 사람들은 죽음을 키우며

늘 품고 다닌다. 죽음과 화해하지 못한 죽음은 얼마나 외롭고 두렵겠는가.

풀벌레 소리를 돋워서 죽은 자들이 차지한 시간을 쓸어 내면 이내 산 자들이 다가온다. 그들과 함께 살아 있음에 안도한다. 아무 말 없이 한나절을 보내도 지루하지 않은 사람, 연락을 하지 않아도 생각만으로 든든한 사람, 떨어져 있어도 같은 시간에 밥을 먹는 사람, 결국 사람이어서 그냥 좋은 사람. 그들과 어깨동무하고 말세의 풍파에 맞선다면 무엇이 두려울 것인가.

그럼에도 다시 두렵다. 세상의 종말은 어디쯤에 있는가. 따져보면 인류는 오래전부터 종말을 부르고 그 종말 한가운데 놓여 있었다. 인간은 자신들만은 운이 좋다고 생각해 왔다. 적어도 자신이 살고 있는 시대만큼은 무탈할 것이라고 믿었다. 하지만 기후는 변했고, 자연은 이제 인간 편이 아님이 분명해졌다. 지난여름 하늘과 땅과 바람은 인간의 세계를 철저하게 외면했다. 어느 날 세상은 바늘에 찔린 비눗방울처럼 그렇게 꺼져버릴 것인가.

과거에도 기후변화는 민족의 이동을 촉발시켰고 기존의 문명사회를 붕괴시켰다. 그때마다 새로운 종교와 사상이 탄생했다. 기원전 1000년쯤에는 기후 한랭화가 세계 곳곳을 뒤흔들었다. 오랫동안 사람들은 헐벗고 굶주렸다. 그런 궁핍한 시대에 예수, 석가, 공자 등이 출현했다. 이들 성인이 설파한 것은 바로 이타利他의 정신이었다. 남을 위한 삶이 개인은 물론 인류를 구했다.

인류세*의 기후변화는 민족의 이동 정도의 재앙이 아니다. 모든 지구인이 이동할 신천지는 존재하지 않는다. 그런 사실을 알면서도 유한의 지구에 무한의 욕망이 출렁거리고 있다.

사람들은 음식도 정보도 욕망이 시키는 대로 무조건 섭취한다. 육체도 정신도 살이 올라 뒤뚱거리고 있다. 이타의 정신을 외면한 종교는 그 심장이 식어가고 있다. 고삐가 풀린 욕망만이 이리저리 날뛰며 호모 사피엔스의 정체성까지 흔들고 있다.

그럼에도 우리가 내릴 곳은 인간의 마을이다. 우리는 자신에게 위로받을 수 없고 자신을 쓰다듬어 줄 수 없다. 함께 있어서 내일이 있다. 지하철을 타면 나와 같은 방향으로 달려가는 사람들이 앉아 있다. 마스크를 쓰고 있어 눈만 보인다. 눈이 눈을 본다. 그러면 눈이 말을 한다. 눈 속에 감정이 들어 있다. 자세히 보면 마음까지 담겨 있다. 간밤 가을이 찾아왔느냐고 인사를 한다. 예전에는 몰랐는데 생각할수록 당신은 귀한 존재라며, 당신이 건강해서 얼마나 고마운지 모르겠다고 말을 건넨다. 세상은 이름 없는, 얼굴 없는 사람들이 끌고 간다.

---

* 인류세人類世는 지질학적 용어로, 인간의 활동이 지구의 환경과 생태계에 현저한 영향을 미치기 시작한 새로운 지질 시대를 의미한다. 대기 중 이산화탄소 증가, 생물 다양성 감소, 플라스틱 및 오염물질 축적, 그리고 핵 실험으로 인한 방사성 물질의 존재 등은 인류세의 대표적인 특징으로 꼽힌다.

"잎 지는 초저녁, 무덤들이 많은 산속을 지나왔습니다. 어느 사이 나는 고개 숙여 걷고 있습니다. 흘러 들어온 하늘 일부는 맑아져 사람이 없는 산속으로 빨려 듭니다. 사람이 없는 산속으로 물은 흐르고 흘러 고요의 바닥에서 나와 합류합니다. 몸이 훈훈해집니다. 아는 사람 하나 우연히 만나고 싶습니다.// 무명씨無名氏,/ 내 땅의 말로는/ 도저히 부를 수 없는 그대……" __신대철〈사람이 그리운 날 1〉

오늘 아침 햇살이 유난히 곱다. 가을 햇살에는 많은 것들이 묻어 있다. 낡고 못생긴 손을 햇살에 담가본다. 그리고 두 손을 모은다.

이름을 몰라 부르기 좋은 당신, 생각만으로도 가슴이 뜨거워진다. 그 눈에 눈물이 고이지 않기를. 부디 강건하기를. 제발 자연도 돌아오시기를. 당신이 있어 오늘 살아 있다. 내 땅의 말로는 부를 수 없는 그대.

봄비

봄비는 가늘다. 그래서 세상 구석구석을 가만가만 닦아 낸다. 봄비가 내리면 어디선가 옷고름을 풀어헤친 녹색 바람이 불어온다. 대지는 풀어지고, 땅에서는 수많은 눈웃음들이 피어난다. 새싹은 싱긋, 새순은 쫑긋. 사람들 마음에도, 생각에도 무엇인가 돋아난다. 기억들도 붉은 옷을 입는다. 그리고 유년의 뜰로, 추억의 강가로 달려간다. 환장하게 맑고 고왔지만, 또 서럽고 허기졌던 시절.

"이 비 그치면/ 내 마음 강나루 긴 언덕에/ 서러운 풀빛이 짙어 오것다.// 푸르른 보리밭길/ 맑은 하늘에/ 종달새만 무어라고 지껄이것다.// 이 비 그치면/ 시새워 벙글어질 고운 꽃밭 속/ 처녀애들 짝하여 새로이 서고,// 임 앞에 타오르는/ 향연香煙과 같이/ 땅에선 또 아지랭이 타오르것다."" __이수복 〈봄비〉

봄비는 차갑다. 그래서 아프고 시린, 이런저런 것들을 건드린다. 봄비 소리는 가슴을 헤집는다. 박인수가 온 몸으로 불렀던 대중음악 〈봄비〉를 불러본다.

"이슬비 내리는 길을 걸으면/ 봄비에 젖어서 길을 걸으면/ 나 혼자 쓸쓸히 빗방울 소리에/ 마음을 달래도/ 외로운 가슴을 달랠 길 없네/ 한없이 적시는 내 눈 위에는/ 빗방울 떨어져 눈물이 되었나/ 한없이 흐르네/ 봄비 나를 울려주는 봄비."

맞다, 봄비에는 일인칭 고독이 흐른다. 봄비에 젖은 거리에 서면 문득 잊힌 얼굴들이 다가온다. 보고 싶다. 하지만 멀리 있거나 세상에 존재하지 않는다. 산다는 것은 끊임없이 누군가를, 무엇인가를 찾는 것이 아닐까. 하지만 찾을수록 현실은 남루하다. 봄비는 맞을수록 목마르다.

며칠 동안 봄비가 넉넉하게 내렸다. 목련이 희게 웃고 개나리가 노랗게 지저귀기 시작했다. 그러고 보면 봄도 여름도 가을도 빗줄기를 타고 내려오는 것 같다. 머잖아 남녘에는 마을마다 꽃잔치를 벌이고, 푸른 들에는 노래가 번질 것이다. 하지만 꽃 속에 묻히면 우리 모습이 오히려 남루하다. 꽃대궐 속에 들어가 술잔에 꽃잎 떨구면 술이 곧 봄이고, 봄이 곧 아픔이다. 우리 살아 있기에 봄밤에는 쉽게 잠들지 못한다. 저 봄날에 섞이려면 무엇을 마셔야 하나. 함께 존재하는 것만으로도 고맙고 소중한, 이 땅의 사람들에게 뻐꾸기 울음을 타서 술 한잔 권하고 싶다. 다시 봄비 한 모금 마시고 싶다.

부처의 미소

부처는 언제나 웃는다. 그 웃음은 모든 감정을 씻긴다. 그 앞에서는 속기가 사라진다. 그 미소 하나가 모든 것을 품어주고 들어주고 막아준다. 세상에 존재하는 부처는 모두 웃고 있다. 그 미소 앞에 인간들은 엎드린다. 신상神像이라는 것도 결국 인간이 만들지만 그 표정만큼은 인간의 것이 아니다.

바위에 새겨진 부처를 마애불이라고 한다. 바위를 쪼아서 부처 형상을 만들기도 어려울 텐데 자비로운 미소를 새겨 넣어야 했으니 얼마나 어려웠을 것인가. 당대 최고의 기량을 지닌 석공이 기도를 올리고 연장을 들었을 것이다. 부처의 웃음에는 속기가 없어야 했으니 자신도 부처를 닮아야 했을 것이다. 자신이 부처를 만듦이니 그 마음 안에 부처를 모셨을 것이다. 그러기 위해 마음공부도 치열하게 했을 것이다. 불가에서 삼독三毒이라 일컫는 이른바 욕심慾, 미움과 분노瞋,

어리석음癡을 표정에서 걷어 내야 했으니 이는 쉽지 않았을 것이다.

충남 가야산 계곡에 있는 서산삼존마애불의 미소는 특히 너그럽다. 이를 '백제의 미소'라 부른다. 이 부처의 미소는 아침저녁으로 다르고, 계절에 따라 다르다. 아침에는 밝은 기운이 서리고, 저녁에는 자비로움이 감돈다. 당시 사람들은 돌을 나무 다루듯 했다지만 자연의 기운과 현상까지 살폈다면 이는 신이 도왔을 것이다.

경주 남산에서 마애불이 발견됐다. 콧날은 오똑하고, 눈은 치켜 올라갔지만 미소는 온화하다. 신라인들에게는 불국토였을 경주 남산에서 마애불이 왜 1300년 동안 엎드려 있었는지 모른다. 그러나 부처는 '이제 날 일으켜 세우라'고 말하는 듯하다.

이 시대를 향해, 한국 불교를 향해 뭔가 말하고 싶었을지도 모른다. 지금 전국의 사찰 곳곳에서는 불사佛事가 한창이다. 부처의 집을 크게 짓고, 큰 부처님을 모시는 게 유행이다. 그러나 부처는 그 안에서 웃고 싶지 않을 것이다. 웃고 싶지 않은 부처를 억지로 웃게 만드는 것은 죄악이다. 한국 불교는 지금 위기라고 한다. 사찰에서 욕심, 분노, 어리석음을 걷어내지 못했다고 한다. 부처는 결국 마음에 있다. 부처의 미소도 보는 사람의 것이다. 부처를 반듯하게 세우는 날, 그 부처 미소 앞에서 진정으로 환하게 웃었으면 좋겠다.

黙言

3

말이 모든 것을 말한다

전라도 놈 김 과장

정치학자 전인권의 글은 가수 전인권의 노래만큼이나 빼어났다. 일찍 세상을 떠났지만 그가 남긴 글은 다시 읽어도 여운이 짙다. 그가 겪은 얘기 한 토막을 잘라서 옮겨본다.

　"나는 판매부서에 근무했던 영업사원이었다. 그 당시 광주·전남지역의 영업소장은 전라도 광주 사람이었다. 이름은 김영진(가명) 씨였고, 직급은 과장이었다. 어느 날 영업회의가 끝난 후 회식을 하는데 옆부서의 박 부장이 동석했다가 아주 끔찍스러운 일이 벌어졌다.
　'야! 김영진, 전라도를 뚝 떼어다가 대동강 김일성 별장 옆에다 갖다 붙이지그래!' 나는 처음엔 농담인 줄 알았다. 그때가 85년, '광주사태'가 발생한 지 5년이 지난 후니까, 그것이 새삼스럽게 화제가 되리라곤 미처 생각하지 못했다.

'너 그때 김일성찬가 불렀지? 아주 전라도 인민공화국을 만들어 버리지 그랬어! 빨갱이 새끼, 여기는 뭐 하러 왔어?' 시간이 지나고 술에 취할수록 박 부장의 인신공격은 더욱 심해졌다. 나도 대학생 운동권 시절 경찰서에 끌려가 '이 새끼는 빨갱이야!'라는 소리를 들어본 적이 있다. 그러나 그렇게 무지막지한 인신공격은 처음 보았다.

참으로 안타까웠던 일은 김 과장의 태도였다. 그런 폭언을 듣고도 김 과장은 고개를 푹 숙인 채 거의 할 말을 잃고 있었다. 그런데 김 과장은 가끔 가다가 모깃소리만 하게 뭐라고 중얼거리고 있었다. '그게 얼마나 평화적인 시위였다고…… 태극기를 흔들고. 아줌마들이 김밥을 싸 오고…….'

나는 그게 무슨 소린지 알 수가 없었다. 도대체 그 마당에 평화와 태극기는 뭐고, 김밥이 뭐가 중요하다는 것인가? 나 같으면 당장 술상을 엎어버리고 박 부장과 맞붙었을 테지만, 김 과장은 알아듣기 어려운 소리만 중얼거릴 뿐이었다." __전인권 『김대중을 계산하자』

강원도 사람 전인권은 연민의 눈으로 '전라도와 전라도 사람'을 읽어내고 있다. 그때 박 부장은 전라도 사람들을 빨갱이라 믿어서 그리 막말을 했을까. 아니다. 그에게 전라도 사람은 그냥 기분 나쁜, 막연히 불온한 사람들이다. 그리고 김 과장에게 고향 전라도는 생존의 걸림돌이자 수모의 원천이었다.

그렇다면 지금은 달라졌는가. 아니다. 지금도 지역차별은 여전하다. 장관 몇 자리 더 챙겼다고 달라진 것은 없다. 5·18민주화운동을 향한 왜곡과 조롱은 끊이지 않고 있다. 아무나 아무 때나 5·18을 모독하고 있다. 5·18기념식에서 〈임을 위한 행진곡〉을 제창했음에도 변함이 없다.

다른 도시였다면 난리가 났을 일들이 태연히 벌어지고 있다. 광주 시민 학살의 수괴 전두환은 전라도 땅에 와서도 소리쳤다. "이거 왜 이래." 전라도 사람 귀에는 이렇게 들렸다. '이거 왜 이래, 전라도 놈들.'

또 전두환을 추종하는 무리가 '전두환 물러가라'라고 외친 초등학교를 찾아가 구호를 외치고 시가지를 누볐다. 극우의 테러이며 난동이다. 그럼에도 전라도는 그날 평온했다. 5·18을 향해 망언을 쏟아 낸 국회의원들은 '예상대로' 건재하다. 저들을 규탄한다고 올라온 광주의 어머니들만 땅을 쳤다. 그리고 이내 끝이다. 아마 그 어머니들도 지쳐서 지금쯤 돌아갔을 것이다.

선거법보다 중한 것이 '5·18왜곡처벌법'이다. 지역 차별로 민족을 분열시키는 것보다 더 나쁜 범죄가 있는가. 전라도를 고립시켜 남남 갈등을 부추기는 극우의 망동이야말로 북이 좋아할 빨갱이짓이다. 5·18을 제자리에 세우지 않으면 나라의 미래도 없다. 그럼에도 김 과 장들이 뽑아준 전라도 의원들은 뭐가 중한지를 모른다. 처음에는 핏대를 세우다가 이제는 더듬이를 세워 정계개편 향방을 좇으며 조용히 여당에 아부하고 있다. 국회 내의 얌전한 김 과장들이다.

"5·18 진상규명은 진보와 보수의 문제가 아니라 상식과 정의의 문제"라던 대통령은, 그리고 여당은 또 무얼 하는가. 5·18정신을 헌법 전문에 담겠다는 약속은 어찌 되어 가는가. 아마 다른 현안이 엄중하고 정권의 힘이 빠져서 5·18 문제는 챙길 여력이 없다고 할 것이다. 이러다가 5·18은 역사에 이렇게 기술될지 모른다. '5·18민주화운동은 군부독재에 맞선 민주화투쟁이다. 하지만 끊임없이 북한개입설이 나돌고 있다.'

전라도는 여전히 개똥쇠, 리꾸사꾸, 더블백들이 살고 있는 하와이에 불과하다. 그리고 그 속의 김 과장들은 여전히 평화와 김밥을 중얼거리고 있다. 모깃소리만 하게. 이제는 끝내야 한다. 기억하며 분노하라. 전라도에는 전라도라서 죽은 이들이 있잖은가. 산 자들은 죽을 각오로 싸워라. 그래야 '전라도 빨갱이 새끼'에서 겨우 '빨갱이' 하나 지울 수 있다. 지난 무술년은 전라도가 생겨난 지 1000년이 되는 해였다. 천 년의 전라도.

지식의 편싸움

가수 조영남이 부른 〈화개장터〉란 노래가 있다. "전라도와 경상도를 가로지르는 섬진강 줄기따라 화개장터엔/ 아랫말 하동사람 윗말 구례사람/ 닷새마다 어우러져 장을 펼치네…. 전라도쪽 사람들은 나룻배 타고/ 경상도쪽 사람들은 버스를 타고/ 경상도 사투리와 전라도 사투리가/ 오순도순 왁자지껄 장을 펼치네." 노랫말이 정겹다. 노랫말처럼 섬진강에 지역감정을 흘려보내고 그렇게 오순도순 살아가면 얼마나 좋겠는가. 그렇게 된다면 아마 경상도와 전라도를 품고 있는 지리산도 일어나 춤을 출 것이다.

하지만 노랫말을 새김질하면 우리 사회가 경상도와 전라도 사투리가 섞이지 못하고 있고, 저 남쪽 끝자락에 펼쳐지는 화개장터 외에는 전라도와 경상도가 서로를 노려보고 있다는 얘기다. 나는 조영남이 땀까지 흘리며 이 노래를 열창하는 것을 보고 있으면 왠지 동서의 벽이 더 높아지지 않을까 조바심이 난다. 역설이지만 지금 우리나라에서는 전라도와 경상도 출신의 남녀가 결혼하면 '영호남 화합부부'라고 부르는 게 현실이다. 그러나 따져 살피면 '화합부부'라는 말 자체가 분열이라는 우리네 현실을 품고 있는 것 아닌가. '영호남 화합'을 외칠수록 우리가 건널 강폭은 더 넓어지는 게 아닌가. 실로 섬진강물은 그래서 슬픈 소리를 내며 바다에 제 몸을 부리고 있다.

정치권에서 촉발된 편 가르기는 사회 모든 것을 토막 냈다. 지금도 그 위세는 조금도 위축되지 않았다. 그들의 수법은 너무 빠르다. 지역 정당으로 뭉쳐 민의民意라는 이름의 지역감정을 생산하여 이를 지역주민에게 주입한다. 그들은 주민들을 지역감정의 포로로 만들어 계획대로 선거에서 이긴다. 줄곧 그랬다. 다시 정치권에서는 화려한 수사가 난무하고 있다. 총선이 다가왔다는 말이다. 이들 이합집산의 배후에는 지역 연고가 자리잡고 있다. 우리나라는 지금 지역을 기반으로 한 거대한 편싸움을 하고 있다. 겉으로는 이 망국적 행태를 준엄하게 꾸짖고 있지만 모두가 이 싸움에서 자유스럽지 못하다.

정치만 그런 게 아니다. 우리 사회를 가만히 들여다보면 곳곳에서 이런저런 편싸움을 벌이고 있다. 가장 심각한 것은 '지식의 편싸움'이다. 사회의 아픔을 보듬고 갈등을 쓰다듬어 우리 사회의 공동선을 뽑아내야 할 지식인들이 떼로 뭉쳐 다니며 오히려 국론을 분열시키고 있나. 상대변에 곧바로 비수를 꽂는 목적이 뻔한 글들이 '담론 시장'을 더럽히고 있다. 핏발이 성성한 글들은 얼마나 교만한가.

이들은 표면적으로는 보수와 진보를 내세우지만 이는 위장이다. 보수와 진보는 원래 상대적이다. 보수 속에도 진보가 있고, 진보 속에도 보수가 있다. 문제는 그들이 보수와 진보의 가면을 쓰고 있다는 것이다. 그들은 자신이 어느 편에 섰느냐가 중요할 따름이다.

일단 어느 편에 가담하면 상대 진영은 적에 불과하다. 자신이 지닌 지식은 상대를 공격하는 무기에 다름 아니다. 자신이 속한 집단이 권력이 돼야 하고, 그러기 위해 싸워야 한다. 집단을 위하는 것이 자신을 위하는 길이다. 논리가 좀 궁해도 우리 편이면 가능성이 무한하고, 아무리 논리가 빼어나도 상대편이면 그 속에서 음모의 냄새가 난다. 그리고 돌려보며 이를 확인한다. 범죄의식을 희석시키기 위해서다. 똬리를 틀고 뭉쳐서 상대편을 공격하고 집단으로 방어하고 있다. 가장 최근의 일이 문화예술단체장 선임을 둘러싼 보·혁세력 간의 힘겨루기다. 이들의 싸움은 결국 이 땅 문화예술계의 자존심을 저잣거리에 내던지는 행위에 다름 아니다.

얼마 전에 저명한 작가가 자신을 공격하는 사람을 향해 "어느 도 출신인지 뒷조사를 해보라"라는 막말을 쏟아 냈다. 이것이 대한민국 지식인 사회의 단면이다. 모두들 쉬쉬하고 있지만 이런 패거리의식은 점점 견고하게 뿌리를 내리고 있다. 아무도 이를 나서서 말하지 않을 뿐이다. 이러한 '지식의 편싸움'이 지역을 연고로 정치세력화하려는 움직임이 감지되고 있다. 지식마저도 지역을 연고로 찢기고 있다. 실로 무서운 일이다. 지식도 정치처럼 뭉쳐서 남을 때리는, 그런 야만의 시절이 정녕 펼쳐질 것인가. 그들은 이제 가면을 벗어야 한다. 아니, 우리가 벗겨야 한다.

남과 북은 다시 '괴뢰'가 될 것인가

1979년 늦봄, 세 명의 이등병이 철책 너머 북쪽을 바라보고 있었다. 함께 교육을 받았던 신병들은 흩어지고 셋만 남아 GOP(일반전초)에 떨어졌다. GOP 부대의 주 임무는 휴전선 철책을 지키는 것이다. 북쪽 산들은 무심하게 푸르렀고, 철책과 철책 사이는 고요했다. 흡사 시간이 멎은 듯했다(어떤 연유인지 몰라도 당시 남과 북은 확성기를 틀지 않았다). 그 고요가 기이하고 날카로웠다. 공포가 전신을 휘감았다. 이등병 셋은 전혀 다른 세상이 펼쳐지고 있음을 직감했다.

산등성이에 납작 엎드린 벙커가 중대본부였다. 철모를 쓴 중대장이 벙커에서 나왔다. 전입신고를 받고는 한 명씩 이름을 불러주고 이등병의 손을 잡아주었다. 울음이 나올 것 같았다. 오전에는 자고, 오후에는 작업, 밤에 경계근무를 섰다. 철책 안전이 우리의 안전이었다. 우리가 철책이었다. 고참들은 언제 습격을 받아 무덤이 될지 모르니

초소를 깨끗이 청소하라고 했다.

밤이면 북한 병사가 소리쳤다. "남쪽 동무들아, 불고기는 먹어봤냐." "월북하여 자유 찾으라." 월북요령이 적힌 삐라(대남전단)가 날아왔다. 월북한 남쪽 병사가 삐라 속에서 웃고 있었다. 한복 차림의 여인이 건네주는 고기반찬을 입을 벌려 받아먹고 있었다. 사진 설명이 잊히지 않는다. '어느 오누이가 이보다 살뜰할까.'

남과 북의 증오와 저주는 철책을 넘지 못하고 철조망에 걸려 있었다. 서울과 평양이 흐리면 철책부대에서는 비바람이 몰아쳤다. 무수한 소문이 떠돌았다. 제대를 앞둔 누군가는 더덕을 캐다가 지뢰를 밟았다. 비가 오면 지뢰가 이리저리 쓸려 갔다. 그런데도 지뢰를 매설했다. 지뢰지대는 인수인계조차 제대로 이뤄지지 않았다. 북한군보다 아군의 지뢰가 더 무서웠다. 1969년 소위로 임관한 신대철 시인은 비무장지대 내의 최전방 GP(감시초소)에서 벌어진 일을 일기로 남겼다.

"1969년 4월 5일 토요일, 맑음. 김 중사와 지뢰지대 인수인계를 했다. GP 일대와 골짜기를 둘러보고 그가 지뢰지대에 들어섰다. 순간, 쾅쾅쾅, 김 중사가 허공에 떠올랐다 떨어지면서 지뢰가 연발로 터졌다. 김 중사는 지뢰밭 한가운데 엎어져 움직이지 않았다. 나는 흙덩이를 뒤집어쓰고 그대로 엎어져 있었다. 임시 GP장으로 따라왔던 박 소위가 시신을 수습하러 한 발 옮기는 순간 다시 지뢰가 터졌다. 박 소위를 몇 걸음 옮겨놓고 어깨로 부축한 채 나는 멍하니 서 있었다. 그의 워커 뒤축이 떨어져 나가고 발뒤꿈치가 뭉개져 있었다. 그는 담담하게 '여기서 끝이군요. 감각이 없네요' 하며 하얗게 웃었다. (…) 나는 여기서 온전히 살아 나갈 수 있을까?" __신대철 〈극지 일기〉

발목지뢰에 다리를 잃고 울부짖는 사병을 목격했다. 사고로 죽어도 신문에 기사 한 줄 나지 않았고, 사망통지를 받고 달려온 부모에게는 아들이 어떻게 죽었는지 알려주지 않았다. 그저 남과 북만 있을 뿐이었다. 북쪽은 적색 제국주의자들의 괴뢰이고, 남쪽은 미 제국주의자들의 괴뢰였다. 국가는 민통선 밖에 있었다. 알아도 알 수 없는 적을 인수받아 제국의 앞잡이들끼리 '먼저 보고 먼저 쏘았다'. 누군가 죽어나가면 또 누군가를 투입했다.

남과 북은 20세기를 건너와 극적으로 서로를 인정했다. 다시는 최전선에 야만의 시간이 흐르지 않을 것이라 믿었다. 한데 윤석열 정권이 들어서고 다시 철책이 위험하다. 북한군은 비무장지대에 콘크리트 장벽을 설치하고 있다. 남북 화해의 상징적 조치로 폭파해 버린 GP를 복원했고, 경의선과 동해선 등 남북 연결도로를 일거에 폭파해 버렸다. 또 남한을 공식 석상에서 괴뢰라 부르기 시작했다. 군 당국은 최근 비무장지대에서 작업 중이던 북한군 다수가 지뢰 폭발로 숨지거나 다쳤다고 발표했다.

하늘엔 삐라와 오물풍선, 땅에는 지뢰, 바다에는 탄도미사일. 공포가 밀려온다. 요즘 부쩍 눈에 점착되어 잊히지 않는, 철책 광경이 떠오른다. 대통령과 장관, 군 수뇌부의 대북 강경 발언이 수상하다. 이토록 극언을 아무 때나 퍼붓는 정권은 없었다. 남북관계가 부침을 거듭했지만 이토록 급속으로 냉각된 일도 없었다. 소름이 돋아 입에 올리기 조심스럽지만, 혹시 실성을 안보 이슈로 돌리려 강경책을 구사하는 것 아닌가 하는 의심마저 든다. 세상에 좋은 전쟁은 없다. 다시는 우리 장병들이 낡아서 너덜거리는 이념의 깃발 아래 지뢰밭을 걷게 해서는 안 된다.

하늘엔 제비, 땅에는 제비꽃

제비꽃이 피었다. 무더기무더기로 피어 있는 모습이 흡사 제비들의 지저귐 같다. 제비꽃이 피면 강남으로 갔던 제비들이 돌아왔다. 하늘에서 제비가 날면 땅에서 제비꽃이 손을 흔들었다. 그렇게 봄이 완성되었다.

제비들은 정말 '제비처럼' 날렵했다. 제비에게는 날갯짓이란 말이 어울리지 않았다. 제비에게는 비행이란 말이 제격이다. 하늘을 일직선으로 가르는 비행은 경쾌하고도 시원했다. 멈춤 없이 날벌레를 낚아채는 광경은 경이로웠다.

집집마다 제비집이 있었지만 함부로 허물지 않았다. 어쩌면 우리 옛이야기 〈흥부전〉이 제비 보금자리를 지켜주었을 것이다. 고향집에도 해마다 제비 한 쌍이 날아왔다. 처마에 집을 짓고 새끼를 낳았다. 새끼들이 자라서 비행연습을 마치면 함께 강남으로 날아갔다. 제비가 떠나가면 이내 삭풍이 불어오고 마을에 겨울이 찾아왔다. 겨울은 이듬해 제비들이 봄을 물고 와서야 완전히 퇴각했다.

제비는 산과 들에 피어 있는 제비꽃만큼 흔했다. 어디를 가도 제비들의 지저귐이 들렸다. 하지만 요즘 제비가 보이지 않는다. 제비꽃이 피었는데도 제비는 오지 않는다. 제비꽃만이 빈 하늘을 보고 있다. 그 많은 제비들은 어디로 갔을까. 그 생각을 하면 어릴 적(고등학교 다닐 때까지) 들녘에서 지켜본 한 장면이 떠오른다.

벼가 아이들 키만큼 자라면 어른들은 논에 농약을 쳤다. 그러면 제비들이 모여들어 그 논 위를 맴돌았다. 제비들은 허공을 박차고 쏜살처럼(아니, 그보다 더 빨리) 내려와 벌레들을 낚아챘다. 그 벌레들은 농약을 뒤집어쓰고 솟구쳐 오른 것들이었다. 그런 광경을 볼 때마다 불길했다. 그때를 떠올리면 지금도 역한 농약 냄새가 풍겨 온다. '사람도 중독되어 쓰러지는데 한갓 제비가….' 제비가 사라진 정확한 이유는 모르겠다. 하지만 먹이가 오염되었으니 어찌 무사하겠는가. 어찌 튼튼한 새끼를 낳을 수 있을 것인가.

고향에도 이제 제비는 오지 않는다. 호랑이가 이야기 속에 박혀 있듯이 제비도 〈흥부전〉 속에 겨우 남아 있다. 하지만 제비들이 늦잠을 자던 사람들을 깨우던 시절이 분명 있었다. 제비들이 아침을 열었다. 제비가 지저귀면 마을이 평화롭고 건강했다. 이제 처마 밑에 제비가 없으니 고향의 봄은 누가 일으킬 것인가.

그렇다고 우리 땅에 제비가 완전히 사라진 것은 아니다. 제주도에 사는 농부시인 정희성은 제비가 돌아왔다는 소식을 이렇게 전한다.

"정확하다. 제비가 돌아왔다. 오후 6시경 후드득, 봄비 오시길래 바삐 나가보니 내 서슬에 놀란 제비 한 쌍이 어지럽게 교차비행을 한다. 유심히 보니 작년 여기서 새끼를 쳤던 제비 암수가 분명하다. 처마 밑에 넉살 좋게 앉아 있는 품새가 영락없다. 제비가 돌아왔으니, 제대로 봄이다. 차나무 순도 볼만하고 비파나무와 말오줌때 새순이 신록에 가깝다."

감동이다. 달려가 보고 싶다. 제주도와 섬마을, 그리고 남녘 어딘가에는 아직도 제비가 돌아오고 있다. 생명붙이가 보금자리를 정확히 찾아오는 것은 얼마나 귀한 일인가. 그러고 보니 우리 곁을 떠난 것들이 참으로 많다. 그것들을 떠올리면 봄날 아지랑이처럼 아련하다. 제비꽃을 보며 제비를 기다려 본다. 제비가 북상한다면 우리 세상이 맑아졌음 아니겠는가. 우리 심성도 맑아졌음 아니겠는가. 하늘엔 제비, 땅에는 제비꽃.

기후 악당들

대기는 신선하고 태양은 명랑하며 달은 살갑다. 성가신 벌레들도 아직은 나타나지 않았다. 6월의 멋진 날들이 펼쳐지고 있다. 한데 밤바람이 수상하다. 한기가 묻어 있다. 거의 초가을 바람이다. 숲속의 꽃들을 만지고, 보리밭을 헤집고 나와서 채 열꽃이 가시지 않았을 텐데도 그 숨결이 차갑다. 이맘때의 바람에서는 비린 듯 달착지근한 풀냄새가 났다. 하지만 그 바람이 아니다.

식물들은 더 깊이 느낄 것이다. 움직이지 못하기에 모든 촉각을 동원하여 바람이 전하는 말을 판독할 것이다. "식물은 세상에 대해 반응한다. 식물도 보고, 만지고, 맛보고, 냄새 맡고, 들을 줄 안다."(샤먼 앱트 러셀 『꽃의 유혹』) 모든 문을 열어 빛과 공기, 소리까지 흡입하던 풀과 나무들은 낯선 바람을 맞아 당황할 것이다. 사과나무는 지난해 혹독했던 찬바람을 떠올리며 몸을 떨 것이다.

기후재앙이 끊이지 않고 있다. 최근 인도 뉴델리를 비롯해 태국, 베트남 등 동남아시아 곳곳에서 기온이 50도에 육박했다. 불지옥이 따로 없다. 상상만 해도 숨이 막힌다. 기후재앙은 어디에서 어떻게 나타날지 알 수 없다. 지구촌에 안전지대는 없다. 하늘과 땅, 바다가 모두 위험하다. 뉴욕에서 버린 욕망의 찌꺼기가 허공을 맴돌다 몽골 초원에 떨어진다. 과학자들은 오래전에 예고했다. 지금 당장 무엇인가 하지 않으면 인류에게 미래가 없다고 호소했다. 그러나 인간들은 아무 일도 하지 않았다. 결국 인류는 전혀 낯선 자연과 마주쳤다. 자연은 인간 편이 아님이 분명해졌다. 앞으로 인간의 문명은 한나절의 비에도 쓸려 가버릴 것이다.

"지구는 얌전한 도련님이 아니다. 긴 세월 동안 산전수전 다 겪은 베테랑의 풍모를 가지고 있다. 지구의 예민한 반응 혹은 작은 몸부림은 생명체에게 치명적인 흔적을 남긴다. 그리고 이 사건은 대부분의 경우 기존 생명체들의 소멸과 생명체의 발현이라는 과성으로 이어진다." __전병옥 『기후위기+행동사전』

지난 늦봄 손아래 친구의 차를 얻어 타고 갈 때였다. 갑자기 거센 비바람이 차창을 때렸다. "봄날씨가 왜 이럴까." "글쎄요, 앞으로 좋은 날이 있을까요?" "올해도 좋은 사과 먹기는 어렵겠고만." "글쎄요. 아마도 앞으로 과일은 먹기 힘들 거예요." "정말로?" "아무렇게나 살면서도 좋은 과일을 바란다면 그건 과한 욕심이지요." "그럼 어떡해야지?" "글쎄요…." 우리 얘기는 거기서 끊겼다. 그러고 보니 우리는 '글쎄요'를 되뇌며 '글쎄요'에 갇혀 있었다. 다 알고 있지만 행동하지 않았다. 정말이지 아무것도 하지 않았다. 하루도 거르지 않고 보도되는 기후재앙 소식을 접하면서도 인간들은 놀랍도록 평온하다.

세계는 한국을 기후악당으로 분류한다. 온실가스와 쓰레기 배출량이 세계 최상위권이다. 2023년 기후변화 대응 순위가 67개국 중에서 64위였다. 한국보다 낮은 3개국은 모두 산유국이라서 사실상 꼴찌였다. 또 세계 기후환경단체들의 연대체인 기후행동네트워크는 '오늘의 화석상'을 한국에 안겨줬다. 국제사회가 '기후협상의 진전을 가로막는 나라'로 지목한 것이다. 한국이 기후악당이라는 인증서다. 안토니우 구테흐스 유엔 사무총장은 지구온난화시대가 끝나고 "끓는 지구의 시대"가 시작됐다며 "인류가 지옥으로 가는 문을 열었다"라고 단언했다. 그 맨 앞에 한국이 있다.

그럼에도 정부의 기후위기 정책은 후퇴를 거듭하고 있다. 22대 국회가 개원했어도 기후위기를 말하는 정당이 없다. 정치권이 특검법안들을 쏟아 내며 상식과 정의를 외치지만 기후재앙을 막아보자는 얘기는 들을 수 없다. 고통과 인내를 요구하는 정책에는 그저 입을 다문다. 모두가 '글쎄요 정당'이나. 알면서도 방관하는 기후악당들

3 말이 모든 것을 말한다
169

이다.

최근 세계 여러 나라 K팝 팬들이 주도하는 기후행동 플랫폼 'K팝 포플래닛KPOP 4 PLANET'이 결성되어 관심을 모았다. 그들이 외친다. "죽은 지구에 K팝은 없다." 국적을 떠나 인류의 미래를 걱정하는 고마운 청년들이다.

하지만 지구는 멸망하거나 죽지 않는다. 희귀종이면서도 멸종 위기종인 호모 사피엔스가 서식지를 잃을 뿐이다. 당연한 얘기지만 자연의 흉측한 모습은 탐욕에 찌들어 망가진 인간의 모습이다. 올여름도 여지없이 평년보다 무덥고 비는 더 많이 내릴 것이란다. 해마다 똑같은 기상청의 예보다. 우리는 그저 턱을 괴고 흘려들을 뿐이다. 도대체 우리는 어디로 가고 있는가. 공감과 연대의 극적인 반전은 일어날 것인가.

새만금 갯벌의 저주

새만금 방조제는 세계 최장을 자랑한다. 무려 33.9킬로미터에 이른다. 하지만 생각을 뒤집어 보면 갯벌과 그 속의 생명을 죽였던 세계에서 가장 긴 '학살의 둑'이다. 또 서울시 면적의 3분의 2(여의도의 140배)만큼 국토를 넓혔다고 자랑한다. 이 또한 죽임의 현장이 이리도 넓다는 뜻이다. 그래서 새만금 방조제에 서면 그저 슬프다. 직선으로 뻗은 방조제가 요새처럼 견고해서 더욱 그렇다.

물막이 공사가 한창일 때 새만금 갯벌을 찾아간 적이 있었다. 먼 남쪽나라에서 날아온 새들이 찰진 갯벌에 주둥이를 박고 날아갈 힘을 빨아들이고 있었다. 새들에게 새만금 갯벌은 에너지 공급기지였다. 생명평화순례단원들은 갯벌과 그 속의 생명들에게 마지막 인사를 했다. 아무런 힘도 없는 사람들은 새들의 울음이 떨어지는 갯벌에서 바다를 향해 큰절을 올렸다.

뭍과 물이 몸을 섞는 갯벌은 육지의 더러운 것들까지 깊숙이 들이마셔 또 다른 생명을 피워 올렸다. '인자한 자궁'이었다. 바다의 생각과 육지의 꿈이 서로를 안아주면 그 안의 온갖 생물들이 노래했다. 새만금 갯벌은 어림 7000년 동안 그렇게 벌떡거렸다. 인간들은 하늘의 별보다 많은 숨구멍을 막았다. 우리는 갯벌을 잃었고 바다는 말이 없다.

새만금 방조제 공사를 끝낸 지 십수 년이 지났다. 그동안 새만금사업은 어떻게 되었는가. 물을 막은 자들이 주장했던 대로 동북아 경제중심지로 비상하고 있는가. '녹색성장과 청정생태환경의 글로벌 거점'으로 그 위용을 드러내고 있는가. 천만의 말씀이다. 새 정권이 들어설 때만, 주민들에게 표를 달라고 할 때만 새만금은 솟아올랐다. 그리고 이내 가라앉았다. 설익었거나 잔뜩 부풀린 청사진과 투자의향서만 쌓여 있을 뿐이다. 이제 국민들은 질렸고 주민들은 지쳤다. 그 안에서 무슨 일이 일어나든 관심도 없다.

새만금 간척지 중 2만 8300헥타르는 산업단지로, 1만 1800헥타르는 호수로 조성할 예정이다. 산업단지를 조성하려면 갯벌을 덮어야하고, 호수를 만들려면 소금물을 희석해야 한다. 넓디넓은 간척지를 돋우려면 엄청난 양의 흙이 필요하다. 몇 개의 산을 허물어도 모자랄 것이다. 또 맑은 호수를 만들기 위해서는 거대한 강줄기를 끌어와야 한다. 생각만 해도 숨이 막힌다.

이미 예견된 일들이다. 단군 이래 최대 간척사업이라 떠들었지만 실은 최대의 바보 공사였다. 새만금 간척지가 '인간의 땅'이 되려면 얼마나 많은 돈을 쏟아부어야 할지 가늠하기도 힘들다. 이는 갯벌의 저주와 다름없다. 물막이 공사가 시민단체의 반발로 한때 중단된 적이 있었다. 그때 멈췄더라면…. 부질없지만 거의 20여 년 전에 쓴 글을 옮겨본다.

"생명의 눈으로 갯벌을 바라보라. 지혜가 모자라고 경험이 없어 확신이 서지 않는다면 이러한 개발은 우리보다 뛰어난 후손에게 맡길 일이다. 우리가 살고 있는 이 지구가 우리 것이라는 생각은 죄악이다. 사라진 것은 돌아오지 않는다. 생명을 지키는 일, 1조 1000억 원의 수장水葬이 오히려 아름다울 수 있다." __2001년 4월 4일 자 《경향신문》 칼럼

절차적 민주주의를 쟁취했다는 나라에서 요즘도 국책사업으로 산하를 짓이기는 일들이 일어나고 있다. 녹조에 덮여 헐떡이는 강물을 보면서도 동계올림픽을 치른다며 원시림을 밀어버렸다. 그리고 두려워하지 않는다. 우리 사회가 이토록 각박해진 것은 이런 야만의 삽질이 우리 심성까지 파헤쳤기 때문일 것이다. 내장이 튀어나온, 저 죽어가는 강들을 놔두고 무슨 진보와 보수를 논하고 민주주의를 외치는가.

당국이 새만금사업을 새롭게 추진해 나가겠다는 계획을 발표했다. 살펴보니 선거가 얼마 남지 않았다. '새만금 사업성과 내년부터 가시화'라는 기사 제목이 참으로 초라하다. 지난 세월 새만금에서는 제대로 이룬 것이 없음을 시인한 셈이다. 그렇다면 이번엔 다를까. 역시 적당히 시늉만 내다가 말 것이라고 예단하면 화를 낼지도 모르겠다. 하지만 새만금을 계획대로 개발하려면 천문학적인 비용이 들어가야 한다. 또 그대로 방치하면 주민들과 여론의 매를 맞을 것이다. 그러하니 다시 적당히 시늉만 낼 것이다. 새만금 소금밭에는 재앙이 썩지도 못하고 이리저리 나뒹굴고 있다.

정직하게 말할 때가 되었다. 새만금사업은 무지했다고, 또 무모하고 무엄했다고 고백해야 한다. 자연에 대한 무지는 용서받을 수 없다. 갯벌을 죽인 자들이 받아야 할 벌은 따로 있을 것이다. 새만금 방조제에서 바다만을 바라보지 마라. 돌아서서 간척지도 보라. 새만금 갯벌은 죽어서도 죽지 못하고 있다. 이는 보이는 것일 뿐이다. 보이지 않는 재앙은 언젠가 벼락처럼 닥칠 것이다.

빛의 습격

서울을 떠나온 지 3년이 넘었다. 이사 온 마을은 내 바람대로 고요했다. 서울 근교지만 자연의 건강한 소리가 남아 있었고, 해가 지면 어둠이 묵직하게 내려앉았다. 소음만 멈춘다고 고요한 것은 아니다. 어둠이 제때 내려와 새소리까지 덮으면 비로소 세상은 고요해진다.

그런데 고요를 깨뜨리는 일이 일어났다. 어느날 갑자기 요상한 빛이 나타났다. 간이 야구장 불빛이었다. 밤에 느닷없이 조명탑에서 불빛이 쏟아지는 것을 보고 모두 놀랐다. 인근의 마을들은 야구장의 맹렬한 불빛에 밤의 평화가 깨져버렸다. "산천초목에 어둠이라는 이불을 돌려주라"라는 주민들의 항의도 소용이 없다. 주민들은 지쳐버렸고, 오늘도 야구장 조명탑에서는 거대한 빛줄기가 쏟아지고 있다.

빛이 넘친다. 우리가 이룬 문명도 빛 위에 떠 있는 느낌이다. 특히 도시는 빛이 넘쳐, 웬만한 빛은 빛도 나지 않는다. 간판들은 서로 돋

보이려 요란하게 깜박이고, 자동차는 두 눈을 부릅뜨고, 빌딩마다 빛을 토해 내고 있다. 24시간 사회에서 흘러나온 잉여의 빛들이 밤을 물들이고, 인간이 무심코 버린 빛들이 밤거리를 핥고 있다. 그래도 밤을 잊어버린 사람들은 불을 끌 줄 모른다. 빛이 귀했던 시절에는 밤마다 별이 쏟아졌다. 별을 보며 별에게 이야기를 건넸다. 그러면 말을 알아듣는 것처럼 별들이 깜박거렸다.

"별 하나에 추억과/ 별 하나에 사랑과/ 별 하나에 쓸쓸함과/ 별 하나에 동경憧憬과/ 별 하나에 시와/ 별 하나에 어머니, 어머니, (…) 나는 무엇인지 그리워/ 이 많은 별빛이 내린 언덕 위에 내 이름자를 써 보고,/ 흙으로 덮어버렸습니다." _윤동주〈별 헤는 밤〉

별들이 내려와 또렷이 반짝이지 않았다면 어떻게 별 속에서 추억, 사랑, 쓸쓸함, 시, 그리고 어머니를 떠올릴 수 있을 것인가. "오늘밤에도 별이 바람에 스치운다" "별을 노래하는 마음으로/ 모든 죽어가는 것을 사랑해야지"라는 시구도 별이 가슴으로 흘러들어 왔기에 탄생했을 것이다. 별이 보이지 않으니 하늘에는 이야기가 흐를 수 없다. 별은 이제 노래나 시 속에서 겨우 깜박거리고 있다.

아무 빛도 섞이지 않은 절대의 어둠은 지구촌에서 사라지고 있다. 그 속의 싱싱한 야성의 시간도 줄어들고 있다. 빛은 열熱이다. 빛은 사라져도 자국을 남긴다. 잠 못 드는 지구 표면에는 빛의 자국인 열꽃이 피어 있다. 열꽃은 자꾸 번져가고 결국 지구는 '온난화'라는 중병에 신음하고 있다. 진행형인 온난화로 인류의 공멸이 예고되어 있지만 인간들은 지구에 불을 지피고 있다.

한 가지 반갑고 또 흥미로운 소식이 들려온다. 경기도가 '빛 공해' 방지를 위해 나섰다고 한다. 앞으로는 조명등의 밝기를 규제한다고 발표했다. 과문한 탓인지 몰라도 빛을 공해로 인식해 대책을 마련했다는 소식은 처음 접한다. 경기도에 있는 96만 개의 인공조명이 밝기를 낮추면 어둠은 얼마나 짙어질지 궁금하다.

더 나아가 살아 있는 나무에 조명기구를 설치하는 행위는 규제할 수 없을까. 나뭇가지에서 피어난 불빛을 보면 흡사 나무의 살갗이 타는 것 같아 속이 화끈거린다. "나무에게서 빛의 올가미를 벗겨라"라고 명하는 사회, 상상만 해도 평화롭다.

하루살이의 특별한 하루

갈수록 여름 나기가 힘들다. 늘 그랬듯이 올해도 여름 날씨는 인류가 기온을 측정한 이래 가장 뜨거울 것이라고 한다. 이런 예측에도 우리는 놀라지 않는다. 이미 지구가 건강을 잃어가고 있음을 알고 있고, 이에 적당히 체념하고 있기 때문이다. 해마다 기상청의 감시망을 찢어버리는 불길한 기록들이 작성되고 있다. 이제 인간의 체온보다 뜨거운 날들이 예사로 찾아온다. 이런 여름을 우리는 마스크를 쓰고 건너야 한다.

여름이 이토록 사납고 습하지만, 자연은 그래도 의젓하다. 그래서 우리는 아직 체념해서는 안 된다. 둘러보면 날마다 살아 있는 것들의 축제다. 온통 야생초가 우거져 야성野聲을 지르고 있다. 하늘에는 구름이 몰려와 하늘을 가리고, 땅에는 온갖 초목이 땅을 가리고 있다. 한마디로 장엄하다.

겨울에 소한小寒과 대한大寒이 있다면, 여름에는 소서小暑와 대서大暑가 있다. 소한과 대한이 들어 있는 1월(음력 12월)이 얼음이라면 소서와 대서가 박혀 있는 7월(음력 6월)은 화덕이다. 옛사람들도 소서와 대서를 지내기가 무척 힘이 들었다. 닷새 단위로 천기 변화를 기술했으니 그만큼 숨이 막혔다는 얘기다. 더운 바람이 불어오고, 귀뚜라미가 벽을 타고 다니며, 매가 사나워지기 시작한다(소서). 반딧불이가 나타나고, 흙이 습하고 뜨거우며, 때때로 큰비가 내린다(대서).

더운 바람이 불어오면 날개가 있는 생명체는 일제히 날아오른다. 우리 눈은 벌과 나비만 찾지만, 자세히 살펴보면 이름을 알 수 없는 것들이 형형색색의 날개로 세상을 휘젓는다. 숲과 벌판에는 날갯짓 소용돌이가 끊이지 않는다. 이름을 외울 수 없어서 우리는 그저 나방이라 부른다. 우리 땅에서만 1500종이 넘게 발견되었다. 땅 밑은 개미들이 장악하고 있다면 땅 위의 세상은 나방들이 차지하고 있는 셈이다.

나비와 매미 정도는 학교에서도 그 생을 추적한다. 온갖 어려움을 이겨내고 화려한 날개를 펄럭임은 또 다른 개벽開闢이라며 특별히 챙긴다. 곤충의 변태는 살펴볼수록 신비롭다. 알에서 유충으로, 다시 번데기에서 성체에 이르는 과정은 우리 지식으로는 설명할 수 없다. 생명의 외경, 그 자체다. 매미의 유충은 짧게는 7년, 길게는 17년 동안 땅속에 있다. 그러므로 도시에 여름마다 매미가 찾아옴은 실로 귀한 일이다. 매미들 울음은 가로수를 더욱 푸르게 하고 우리네 도시를 살아 있게 만든다. 그래서 매미들 울음이 날카로워도 가만히 귀를 막을 일이지 눈을 흘겨서는 안 된다. 하지만 나방들의 생은 잘 알려지지 않았고, 또 알려고도 하지 않는다. 나방들도 땅속에서, 또 물속에서 '간절한' 시간을 보내고 비로소 날개를 얻는다. 나비처럼 알에서 애벌레가 되었다가 번데기로 변한다. 그리고 마침내 나방이 되어 대자연의 일원으로 허공을 헤집는다.

하루살이의 일생은 더욱 특별하다. 하루살이 알은 호수 밑에서 그날을 기다린다. 알이 성충이 될 때까지는 대략 천 일이 걸린다고 한다. 하루살이에게도 천적은 있다. 천적과 다른 위험을 피해 살아남는다는 것은 하늘이 도와야 가능할 것이다. 어쩌면 인간이 몸을 받기만큼 어려운 일일 것이다.

하루살이는 허물을 25번이나 벗는다. 그렇게 수많은 변신을 해야만 단 하루를 얻을 수 있다. 천 일 동안 하루를 살아가는 법을 배우고, 하루에 할 일을 점검할 것이다. 하루살이는 하루를 사는 것이 아니라 단 하루를 기다리는 것이다. 하루살이가 천 일 동안 하루를 준비한다면 지상의 하루는 생의 마지막 불꽃이라고 할 수 있겠다.

하루살이에게는 입이 없단다. 하루를 보내는 데 먹을 필요가 없을 것이다. 하루살이는 물속에서 숙성시킨 계획을 하루에 실행해야 한다. 물론 그중 가장 큰 임무는 종족을 번식시키는 일이다. 그래서 하루살이는 그렇게 정신없이, 쉬지 않고 날아다니는지도 모른다. 하루살이의 어지러운 비상飛翔에는 이런 절박함이 묻어 있을 것이다. 불만 보면 뛰어드는 하루살이, 그것은 물속에서 태어나 불 속에 생을 태우는 가장 극적인 순간일 것이다.

물속에서 천 일, 지상에서 하루. 하루살이와 천 년을 사는 은행나무, 어느 삶이 더 치열한 것인가. 긴 것이 무엇이고 짧은 것이 무엇인가. 하찮은 것이 무엇이고 또 귀한 것이 무엇인가. 한여름 밤 하루살이의 군무, 참 슬프면서도 장하다. 또 아름답다.

도시의 술꾼들

당나라 시인 이(태)백. 그가 지은 많은 시에서는 술 냄새가 난다. 그의 시는 자유롭고 호방하다. 사람들은 당대는 물론이요, 지금도 그를 주선酒仙으로 받들고 있다. 몸을 가누지 못할 정도로 술 취해 불려 온 그를 위해 임금인 현종은 손수 수건으로 입가에 묻은 술 자국을 닦아 주었고, 경국지색 양귀비는 곁에서 먹을 갈았다. 그 먹으로 거침없이 시를 지었다. 이백은 죽음조차 시적이다. 달빛이 내리는 초저녁 호수에 배를 띄웠다. 하늘이 호수에 담겼으니 호수는 곧 하늘이었다. 그는 물 속의 달을 건지려다 그만 물에 빠져 생을 마쳤다. 어찌 보면 달 속으로 들어간 것이다.

이백이 가지고 놀던 달은 아직도 우리를 비추고 있다. 그러나 우리네, 특히 도시인들의 음주 행태는 사뭇 남루하기만 하다. 한 취업포털이 최근 직장인 음주 행태를 조사한 바를 보면 더욱 그렇다. 직장인

열 명 중 네 명은 한 달에 열 번 이상 술을 마시고, 그중 반 이상(57.9퍼센트)은 2차를 간다. 3차 이상 간다는 사람도 21.2퍼센트였다. 직장인들이 애호하는 술은 단연 소주(64.9퍼센트)와 맥주(25.6퍼센트)다. 이를 토대로 직장인들의 음주 행태를 재구성해 보자. 삼겹살에 소주를 마시고, 다시 호프집에서 생맥주를 들이켜고, 기분이 좋다 싶으면 노래방으로 몰려가 노래를 불러제끼는 것, 이것이 거의 정해진 수순일 것이다.

이렇듯 정신없이 마시고 떠들었지만 동료와 헤어져 걷는 길은 허전하기만 하다. 그러다 문득 하늘을 보면 달이 빤히 쳐다보고 있다. 걸음을 멈추고 한참을 바라보면 괜히 슬프다. 도시의 술꾼들은 그런 기억 하나쯤은 주머니에 들어 있을 것이다. 도시인들은 닫힌 공간에서 술과 안주를 허겁지겁 쓸어 넣는다. 술이 떨어지면 빨리 달라고 소리지른다. 그건 빨리 취하고 싶다는 투정이다. 그리고 이내 취한다. 취하려는데 시간은 별로 없고, 시간이 없으니 서둘러야 한다. 술에 쫓기고, 시간에 쫓긴다. 우리네 음주 풍경은 풍류나 화류계花柳界와는 너무나 동떨어져 있다. 습관적으로 마시고, 일상적으로 취하고, 그냥 불러제낀다. 저희끼리 마시다 '저희끼리' 격리당한다.

장마철이다. 비가 오면 왜 술 생각이 더 나는지 모르겠다. 기왕 마시는 술이라면 술보다 비에 먼저 젖어보면 어떨까. 대작할 이 없으면 이백을 불러내 한잔 권하면 어떨까.

걷는다는 것

둘러보면 걷는 사람들이 많다. 그리고 걸어서 행복하다고들 말한다. 걷는 것은 타는 것과 다르다. 타는 것은 무엇인가에 의지하는 것이다. 온전히 내 힘으로 내 몸을 움직이는 것에 새삼스러울 게 없건만 타는 것에 익숙한 우리는 '걷기'가 새로운 발견이다. 원래 짐승들은 달리고, 새는 날고, 고기는 헤엄치고, 인간은 걸었다. 그중 인간만이 이탈하여 기구를 탔다. 그런데 다시 걷자고 야단들이다. 걷기여행, 걷기대회, 걷기운동, 걷기치료에 걷기학회, 걷기운동본부까지 등장했다. 누구는 걷기혁명이라는 용어까지 구사하고 있다.

걷기 열풍의 원인을 추적하면 단연 건강이다. 그러면서 슬며시 다른 것도 들먹인다. 걷다 보니 삶의 기름기도 빠지게 되더라는 것이다. 그간에는 포만감에 사로잡혀 살았는데, 윤택한 것이 좋은 줄만 알았는데 걷다 보니 그것들은 별것이 아니더라는 것이다.

걷는 것은 비움이다. 어느 한 곳에 머물지 않음이니, 그물에 걸리지 않는 바람처럼 나를 자유롭게 다른 곳으로 실어 가는 행위라 말할 수 있다. 나를 한곳에 가두지 않음이다. 걷다 보면 가진 것이 짐이 되고, 그 가진 짐은 이내 무거워진다. 많이 지고 갈 수 없으니 자연 가진 것을 풀어놓아야 한다. 이는 나눔도 되고, 베풂도 되고, 또 자유도 되는 것이다.

두 발에 목숨을 의탁하고 순렛길에 나서본 사람들은 말한다. 모든 것을 걸음에 맡기고 걷다 보면 어느 순간 내면의 소리가 들려온다고. 이른바 양심의 소리일 것이다. 양심의 소리는 자기를 선명하게 비춘다. 내 안에 똬리를 틀고 있는 욕망들, 그 덩어리들은 버릴수록 맑고 가벼울 것이다.

우리에게 길손이라는 정겨운 단어가 있다. 먼길을 걸어온 손님을 일컫는다. 먼 길을 걸어간다는 것은 무엇인가 간절한 바람을 품었음이다. 사랑을 위해, 출세를 위해, 그리고 살기 위해 먼 길을 걸어야 했다. 하지만 그 길손이란 말이 사라져 가고 있다. 바퀴를 타고 달려가기 때문이다. 걸으면서 마음과 생각을 숙성시켰던 그 길을 이제는 바퀴가 점령해 버린 것이다.

길은 앞서 간 사람이 밟아서 생긴 것이다. 그래서 길은 사연이고, 감정이다. 오래됐지만 늘 새롭다. 건강도 좋지만 걷는 김에 누군가의 길손이 되어보면 어떨까.

3 말이 모든 것을 말한다

도둑맞은 가난

"한국 교회는 너무 많은 것을 가짐으로써 가난을 도둑맞았다."

　몇 해 전 저명한 목사가 새해 포부를 묻자 한국 교회 현실을 직시하자며 이렇게 탄식했다. 성경은 마음이 가난한 사람에게 복이 있어서 천국이 그의 것이라 일렀다. 그런데 가난을 도둑맞았으니 큰일이 아닐 수 없다. 민중의 고난 속으로 들어가 약자를 보듬었던 한국 교회가 살이 올라 뒤뚱거리고 있다. 찬양은 우렁차고 의식은 눈부시지만, 돌아보면 하나님이 보시기에 불편한 일들이 끊이지 않고 있다. '헌금을 강요하고, 종말론으로 위협하고, 공금을 횡령하고 있다. 교회가 인맥을 찾고 가진 자의 복을 빌어주는 기득권층의 공간으로 변해버렸다. 대형 교회는 엎드려 간구하기에는 배가 너무 나왔다.'

　그렇다면 불교는 어떠한가. 역시 가난을 잃어버렸다는 탄식이 흘러나오고 있다. 돌아보면 부처님이 보시기에 불편한 일들이 끊이지 않고 있다. '교회'를 '사찰'로 바꿔서 타락의 실상을 옮겨보자. '보시를 강요하고, 종말론으로 위협하고, 공금을 횡령하고 있다. 사찰이 인맥을 찾고 가진 자의 복을 빌어주는 기득권층의 공간으로 변해버렸다. 대형 사찰은 엎드려 간구하기에는 배가 너무 나왔다.'

출가수행자들은 부처가 계실 때부터 걸식하고, 남이 버린 베 조각으로 옷을 만들고, 지붕이 있는 곳에서는 잠을 자지 않았다. 불교가 이 땅에 전래된 이래 청빈이 수행의 생명이었다. 청허 스님은 "시주를 받을 때에는 화살을 받는 것처럼 하라"라고 일렀다. 그래서 도를 이루려면 가난부터 배워야 한다고 했다. 하지만 요즘 불교는 너무 많은 것을 가졌다.

탈종교화 시대라고 한다. 종교가 세속에 물들면 더 이상 '으뜸 가르침'이 아니다. 종교가 속인들과 적당히 타협을 하면 신도들은 이 땅의 욕심을 그대로 지닌 채 복만을 받겠다고 덤빈다. 결국 믿음을 통해 진정한 행복을 누릴 수 없다. 한국 불교에 위기가 닥쳤다고 한다. 잇단 불미스러운 사건에 그 위상이 추락하고 있다. 또한 다른 종교처럼 신도가 줄어들고 있다. 그렇다면 위기의 근원적인 실체는 무엇일까. 바로 가난을 잃어버림이다. 세속에 물들어 마음에 살이 올랐음이다. 몇 년 전 위례 신도시 귀퉁이에서 '천막결사'라 이름 붙인 스님들의 동안거가 있었다. 비닐하우스 상월霜月 선원에서 '서리와 달을 벗 삼아

정진'했다. 스님들은 "고작 한 그릇이면 족할 음식에 흔들리고, 고작 한 벌이면 족할 옷에서 감촉을 탐하고, 고작 한 평이면 족한 잠자리에서 편안함을 구한 탓에 초발심이 흐려졌다 생각하니, 비통한 마음을 금할 길이 없다"라고 부처님께 아뢰었다. 불교계가 탐욕을 버리고 새로 깨어나기를 발원한 것으로 보인다.

목숨을 건 스님들의 정진이 새로운 바람을 불러오는 계기를 마련했을까. 스님들의 발원이 얼마나 간절했는지는 알 수 없지만 비통한 마음으로 탐욕을 없애겠다면서 대대적인 행사를 하고 신도들이 몰려들어 스님들의 동안거를 응원하는 것은 보기에 불편했다. 가난한 모습이 아니었다. '천막결사 수행처가 한국의 붓다가야가 될 것'이라는 고불문에도 아만*이 스며 있는 것처럼 느껴졌다. 과연 부처님은 어떻게 보셨을까.

1947년 '부처님 법대로 살아보자'는 봉암사 결사가 있었다. 청정한 비구들이 부패한 조선 불교를 쳐부수러 깊은 산속에 들었다. 지닌 것이라고는 부처님 가르침뿐이었다. 누가 보지 않아도 자신을 매질하며 스스로에 엄격했다. 아무도 주목하지 않았지만 한국 불교는 깊은 산속에서 새로 태어났다. 봉암사 결사는 3년 동안 이어졌고 한국 불

---

* 고불문告佛文은 부처님에게 아뢰는 글. 아만我慢은 자신이 가진 육체적, 정신적 능력이 남보다 뛰어나다고 여겨 스스로 자신을 추켜세우는 행위. 모두 불교 용어다.

교가 나아갈 길을 찾아냈다. 부처님 법대로 살아봤기에 현 조계종의 기틀이 잡힌 것이다. 법전 스님은 가장 가난하게 살았던 봉암사 결사 때가 가장 행복했다고 회고했다. 스님은 이렇게 설했다.

"풍요로움 속에선 결코 공부를 이룰 수 없다. 억지로라도 가난해야 한다. 수행자는 시시때때로 삭발한 머리를 만져보며 '내가 왜 출가했는가'를 물어야 한다."

한국 불교의 가난은 누가 훔쳐 갔을까. 가난한 마음으로 뭉쳐야 세상을 바꿀 수 있다.

더는 악업을 짓지 말라

일요일 아침, 아내의 비명에 잠이 깼다. "어떡해, 어떡해." 잠자고 있는 동안 서울 이태원에서 도저히 믿기지 않는 참사가 일어났다. 텔레비전을 보고 있자니 숨이 막혔다. 아침을 먹다가 아내가 울었다. 같은 시간에 이 땅의 어머니들이, 젊은이들이, 산천초목이 울었을 것이다. "어떡해, 어떡해⋯."

걸었다. 바람이 없어도 나무들이 잎을 떨구고 있었다. 조붓한 산길은 낙엽에 덮여 있었다. 햇살이 붉은 잎에 군색하게 붙어 있었다. 이따금 마주치는 사람도 고개를 숙인 채 지나갔다. 나무도 햇살도 사람도 말이 없었다. 한 번도 본 적이 없건만 죽은 자들이 나타났다. 그래, 그들은 어제 보았고 내일도 나타나는 우리 젊은이들 얼굴이다. 휴대폰을 꺼내 보니 누군가 전화를 했다. 윤제림 시인이었다. "전화했었네.""네. 갑자기 형 생각이 나서요. 지난번 칼럼에 용산역 압사 썼잖아요. 형은 무슨 생각을 할까…. 그때랑은 다르겠지만." 시인의 목소리가 낮고 극히 건조해서 다른 사람 같았다. 대답할 말을 찾다가 엉뚱한 답을 했다. "그냥 걷고 있어." "다 무너졌어요. 이거 공업이에요. 불교에서 말하는 공업."

공업共業, 공동으로 선과 악의 업을 짓고 함께 고苦와 낙의 인과응보를 받는 것을 이름이다. 우리는 같은 세상에서 함께 숨 쉬고 함께 업을 짓는 중생이다. 그래서 공업중생이다. 개인의 운명은 혼자만의 업에 의해서만 결정되는 것이 아니고 공동의 업에도 영향을 받는다. 부처도 "삼천대천세계*가 한 인연이나 한 사실로 이뤄지는 것이 아니라 한량없는 인연과 한량없는 사실로 이뤄진다"(『화엄경』)라고 이르셨다. 중생이 자신의 공간에서 따로따로 업을 짓는 것 같지만 모든 업은 연결되어 있다. 이른바 연기緣起다.

1974년 9월 28일 '용산역 귀성객 압사사건'이 일어났고 나는 현장에 있었다. 너도나도 열차를 타려 구름다리로 몰려가 순식간에 사람들이 엉켰고, 쓰러진 사람 위로 사람이 쓰러졌다. 사상자는 거의가 여공이나 식모였다. 지금도 가을바람이 스산하게 불면 그날 광경이 떠오른다. 그때의 음산했던 장면들이 불쑥 나타난다. 죽을 뻔했던 귀성객의 한 사람으로서, 현장의 목격자로서 그들의 억울한 죽음을 기록

---

* 광대한 우주를 의미하는 불교 용어.

해야겠다고 다짐했다. 하지만 용렬하고 문약文弱해서 여전히 그날 그 자리를 서성거리고 있다.

　무엇이 잘못되었는가. 변한 게 없다. 용산역에서 아주 가까운 이태원에서 같은 참사가 일어났다. 어림 반세기가 지났지만 젊은이들이 압사했다. 어떤 시점에 발생한 일은 우주 속으로 흩어지지 않고 계속 남아 맴돈다고 한다. 업력이 중력을 뚫고 나갈 수 없음이다. 그래서 미래의 우리 모습을 보려면 오늘의 우리 행위를 보라고 했다. 세월이 흘러도 업보가 소멸되지 않고 언젠가 재앙으로 닥친다면 얼마나 무서운 일인가. 하지만 업장을 녹일 단 하나의 행위가 있으니 바로 참회다. 모든 종교는 복과 운을 빌기 전에 참회부터 하라고 이른다.

　성철 스님은 자신을 찾아오는 사람이면 누구든 삼천배를 하라고 시켰다. 그런 후에야 마주 앉았다. 자신을 바닥에 내려놓는 삼천 번의 절, 처음 해보는 사람들은 거의가 중간에 울음을 터뜨린다. 탈진에 이르는 고통 때문이 아니다. 저 아래 밑바닥에 잠겨 있던 자신의 허물이 드러나기 때문이다. 교만과 위선이 빠져나간 자리에 한없이 작고 초라한 자신이 보인다. 그리고 자신을 있게 한 무수한 존재들이 보인다. 미천하고 연약한 자기 자신을 존재하게 해준 그들이 고맙다. 그 고마움을 고스란히 함께 살아가는 이웃들에게 바치겠다고 다짐한다. 공업을 깨닫는 공명共鳴이다. 성철 스님은 삼천배를 통해 일체중생을 위해 참회하라고 이른 것이다. "자기를 바로 보라, 남을 위해 기도하라,

남모르게 남을 도와라."

세월호가 침몰하고도 참사는 끊이지 않았다. 진정으로 참회하지 않았다. 시늉만 냈을 뿐이다. 책임 전가에서 편 가르기 선동까지 더러운 일들이 꼬리를 물었다. 사회적 지위가 높을수록, 책임이 클수록 과보가 크다. 권좌에 앉은 자와 저자의 필부는 그 업의 질량이 다르다. 이태원 참사에 연루된 자들은 입 다물고 당장 물러가라. 더 이상 세상에 먼지를 피우지 말라. 남아서 안전한 세상을 만들겠다는 가증스러운 핑계를 대지 말라. 민심이 선이다. 더는 악업을 짓지 말라. 지금 민초들이 울고 있다. 삼가 고인들의 명복을 빕니다. 죄송합니다.

당신의 지식은 건강한가

전혀 준비되지 않은 사람들이 용산에 모여 있다. 나라가 온통 어수선하다. 아침에 내놓은 정책이 해가 저물기 전에 저자에서 만신창이가 되고 있다. 같은 사안을 두고 사람마다 말이 다르고, 말을 주워 담는 사람마저도 다르다. 해괴한 소문들이 자체의 기이한 생명력으로 떠돌아다닌다. 하루하루가 조마조마하게 지나고 있다.

윤석열 정권을 향해 저주와 조롱이 쏟아지고 있다. "하루속히 정리돼야 할 정권" "준비가 시급하다"라는 등 사회관계망서비스에는 퇴진운동을 선동하는 글이 올라오고 있다.

어느 한쪽은 윤석열 정권이 실패하기만을 기다리고 있다. 하지만 머잖아 다른 한쪽도 움직일 것이다. 다시 거리엔 살기가 자욱할 것이고 곳곳에서 서로를 저주하는 굿판이 벌어질 것이다.

지금 우리 사회는 완충지대가 사라졌다. 정치판에도 중간지대가 보이지 않는다. 그라운드에서는 반칙이 난무하고 있는데 심판의 휘슬은 울리지 않는다. 열성 지지자들만 바라보며 무조건 상대를 불신하고 경멸하며 몰아붙인다.

정치인의 말은 아무도 믿지 않는다. 그들의 말은 흉기일 뿐이다. 정치인이 자신의 말에 정치생명을 걸었던 적도 있었건만 이제는 옛이야기가 되었다. 시대의 아픔을 따뜻하게 녹이는 김기석* 목사도 요즘 시국이 많이 아픈 모양이다. 사람은 말로써 세상을 짓는데 정치인은 거짓말로 분열과 혼돈만을 불러오고 있다고 탄식했다. "작은 불이 큰 숲을 태우듯이 우리는 말로 세상을 위태롭게 만들곤 한다"라며 사람과 사람 사이를 이어주는 말, 진실과 자유에 복무하는 말, 품격 있는 말, 숙의의 과정을 거친 참된 말이 그립다고 했다.

서생들은 뜻이 있어도 말하기 겁나는 시절이다. 진영논리에 어긋나는 의견을 개진하기가 부담스럽기 때문이다. 가운데 서 있으면 양쪽에서 공격을 받는다. 이를 피하려면 이념도 진영논리에 맞게 재가공해야 한다. 지식도 눈치껏 포장해야 한다. 의견을 진영논리에 대입하다 보니 민주, 자유, 평등, 공정 같은 용어들이 흐려지고 왜소해

---

* 김기석 목사는 감리교신학대학교를 나와 서울 청파교회 전도사를 시작으로 1997년부터 2024년 4월까지 담임목사를 사역했다. 낮은 곳에 있는 자들에 대한 따뜻한 시선과 구원의 말들로 목회 활동을 했다. 다수의 산문집을 냈는데, 쉽고 울림 있는 문장으로 삶의 통찰력을 전달하는 문예저술가이기도 하다.

졌다.

그 속의 인간에 대한 존중과 연민도 엷어졌다. 물질적인 풍요로움이 우리가 익히 알고 있는 개념들을 메마르게 했는지도 모른다. 대학에서 인문학이 천대를 받고 있는 것도 이와 무관치 않을 것이다. 민심이 갈라진 땅에서, 황량한 지식을 들고, 지식인들이 애처롭게 서 있다.

찰스 디킨스는 소설 『어려운 시절』에서 풍요를 내세워 획일적인 이념을 강요하는 사회를 해부했다. 통계와 수치로 모든 것을 재단하며 보이는 현상만을 좇던 1850년대 영국의 공업도시를 통해 공리주의의 허상을 풍자했다. 디킨스가 그린 그 도시가 지금 우리가 사는 세상처럼 느껴진다. 여론을 수치로 계량하고, 통계가 가리키는 방향으로 민심을 갈라치는 정치권의 행태와 다르지 않다. 표를 얻기 위해 갈등을 조장하고, 다수의 행복을 내세워 약자들을 괴롭히고 있다. 수치와 통계를 동원한 차가운 지식이, 체험이 녹아 있는 진실을 밀어내고 있다. 소설 중의 한 대목을 추려서 옮겨본다. 자유로운 영혼의 곡마단 소녀가 입양이 되어 학교에 갔다. 소녀는 어려서부터 말들과 함께 자랐기 때문에 말에 관한 것이라면 모든 것을 알고 있었다. 하지만 수업시간에 말을 정의해 보라는 질문을 받고 혀가 얼어붙었다. 소녀에게는 말이 늘 마주 보고 함께 뒹굴던 그냥 말이었다. 그러자 다른 학생이 곡마단 소녀를 간단히 제압해 버린다.

"네발을 지니고 있고요, 초식성입니다. 이빨이 마흔 개인데 어금니가 스물네 개, 송곳니가 네 개, 그리고 앞니가 열두 개입니다. 봄이 되면 털갈이를 해요. 말발굽은 딱딱하지만 쇠로 편자를 해 달아야 해요. 말의 나이는 이빨의 상태로 알아봅니다."

교사가 곡마단 소녀에게 말했다. "자 20번 여학생, 이제 말이 뭔지 알겠지?"

우리는 사실에만 집착하면서 진실은 외면하고 있지 않은가. 지혜를 밀쳐두고 지식에만 길을 묻고 있지 않은가.

진영논리가 지적인 얼굴로 다가와 온갖 표정을 짓고 있다. 옷소매에 먹물 자국이 있는 자들은 우울하다. 요즘 왜 이리 허전한지 모르겠다. 아무도 곁에 없지만 민심이 갈라진 사회에서는 사안마다 선택을 강요받고 있다. 견디기 힘든, 참으로 '어려운 시절'이다. 당신의 지식은 손을 타지 않고 건강하신가.

말이 모든 것을 말한다

말은 건네는 상대가 있다. 그래서 말은 돌아온다. 좋은 말은 웃는 얼굴로, 나쁜 말은 화난 얼굴로 돌아온다. 한번 뱉은 말은 평생 자신을 따라다닌다. 때로는 운명을 옭아매기도 한다. 말에는 파장이 있다. 맵고 독한 말은 격하게 번져나간다. 상대를 죽이겠다는 말에는 자신 또한 죽을 각오가 들어 있음이다. 혀는 칼이고, 입은 화禍가 들락거리는 문이다.

대통령을 탄핵했던 지난 몇 년 동안 우리 사회에는 막말, 빈말, 거짓말이 난무했다. 아침에 들은 말을 저녁에 버려야 했다. 골목에서 주워들은 소문은 광장에서 맞춰봐야만 했다. 확인하기 어려운 가짜뉴스가 범람하여 불신과 증오를 증폭시켰다. 상대 진영에 던지는 말폭탄에 진실은 조각나 버렸다. 이성과 공동선은 맥을 추지 못했다. 날카로운 감정이 사람들을 끌고 다녔다. 결국 말은 보이지 않고 구호만 나부꼈다. '나쁜 권력'을 무너뜨렸지만 돌아보면 우리 모두 깊은 내상을 입었다.

요즘도 세상은 여전히 시끄럽다. 속이 빈 말들이 악을 쓰고, 거짓말이 춤을 춘다. 대개 정치권에서 생산된 것들이다. 오늘도 여의도에서는 어떤 말폭탄을 누가 터뜨릴지 모른다. 정치인의 막말은 지지자들을 결집하거나 판세를 흔들기 위한 고도의 노림수이기도 하다. 이들의 막말은 진영의 논리로 둔갑한다. 숱한 매체들은 이를 재생산하여 진영 결집에 활용하고 있다.

자고 나면 생겨나는 인터넷방송은 말의 해방구다. 말이 통하는 사람끼리 모여서 맞춤형 뉴스에 환호하고 있다. 방송은 그들을 위해 더 자극적인 뉴스를 '개발'해 낸다. 진실은 중요하지 않다. 듣고 싶은 소식이 실제 뉴스로 둔갑한다. 그러자 가짜뉴스를 감별하는 방송까지 생겨났다. 그 방송이 뉴스 분리수거에 빼어난 실적을 올려도 가짜뉴스 공장은 멈추지 않을 것이다. 아마 더욱 분주하게 다른 가짜를 찍어 낼 것이다.

2019년 새해 첫날까지 이어진 국회 운영위 회의를 지켜봤다. '청와대의 민간인 사찰' 의혹을 둘러싼 여야의 공방은 예상대로 말싸움이었다. 야당 의원은 목청껏 윽박지르고 여당 의원은 그런 야당을 한껏 조롱했다. 여야는 자신들이 그어놓은 선을 절대 넘지 않았다. 전혀 다른 입에서 똑같은 말이 나왔다. 그들에게 말은 상대를 찌르는 무기에 불과했다.

그날 공방은 여당이 우세했다고 한다. 야당은 강력한 한 방이 없었다고 한다. 과연 그랬을까. 여당 의원들의 말투와 태도에는 조소와 야유가 묻어 있었다. 예전 집권 여당의 그림자가 어른거렸다. 강자들의 포만감이 진하게 느껴졌다. 민간인 사찰 의혹은 지웠을지 몰라도 집권 여당의 오만은 선명하게 드러났다. 언론은 문제 삼지 않았지만 국민들은 보았다. 발톱 빠진 야당을 상대하는 '배부르고 게으른' 더불어민주당을 보았다. 개혁은 아주 멀리 있었다. 말에는 모든 게 담겨 있다.

새해가 밝자 이순자 씨가 느닷없이 말폭탄을 터뜨렸다. 남편을 대신하여 광주를 모욕하고 민주주의 제단을 더럽혔다.

"민주주의 아버지가 누구인가. 남편 전두환이라 생각한다."

사면받아 연명하는 사형수가 자신의 죄를 모를 리가 있겠는가. 그럼에도 반란의 수괴가 목청을 높이는 데는 우리 사회에 그런 망언이 스며들 구멍이 있다는 얘기다. 이 씨의 발언은 극우진영을 자극하는 선동이다. 우리는 민의로 이를 응징하지 못하고 있다. 우리 안의 분열이 망언의 숨구멍이다.

전두환에게 사죄를 요구할 때면 민족 반역자 최린崔麟이 떠오른다.

최린은 3·1독립선언 민족대표이며 열혈 항일투사지만 변절했다. 결국 그의 반민족 행위는 법의 심판을 받았다. 최린은 최후변론을 하며 통곡했다.

"내 사지를 광화문 네거리에서 찢어달라. 그리하여 민족의 본보기로 삼아달라."

그의 마지막 말에 법정도 울었다. 아마 수많은 친일분자들도 가슴을 쳤을 것이다. 최린은 비록 역사와 국민의 용서는 받을 수 없겠지만 열혈 독립투사였던 시절의 자신에게는 용서를 받았을 것이다. 역사는 친일 행각과 함께 그의 눈물을 기억하고 있다.

전두환도 치매가 더 깊어지기 전에 참회해야 한다. 자신의 탐욕에 희생된 사람들과 영문도 모르고 쿠데타에 동원된 사람들에게 사죄해야 한다. 그래야 참 군인이 되어보겠다던 젊은 날의 군인 전두환과 비로소 대면할 수 있을 것이다.

'아는 것을 안다 하고, 모르는 것을 모른다 하는 것이 말의 근본'이라고 했다. 한 마디 말이 맞지 않으면 그 후의 천 마디 말은 한나절 햇볕에 증발하는 이슬일 뿐이다. 바른말이 세상을 끌고 간다. 말이 모든 것을 말한다.

풀뿌리민주주의 뿌리가 썩고 있다

동 대표로 뽑혀 1년간 입주자대표회의 회장을 지냈다. 새로 생긴 아파트단지라서 민원이 많았다. 마을 코앞에 야적장이 들어선다 하고, 아파트 옆길에는 화물차량들이 질주하고, 중앙차로 시설은 개통을 미룬 채 방치되어 있고…. 현안을 받아 드니 무엇 하나 만만한 게 없었다. 사안마다 군상들의 이해가 엉켜 있었다. 눈을 비비고 다시 보면, 가면 속의 탐욕과 위선이 보였다. 낙담했지만 그래서 세상물정에 눈을 뜨기도 했다.

크고 작은 일들로 주민들과 관청을 찾아갔다. 공무원들은 민원인을 정중하게 맞았지만 일처리는 도식적이었다. 말투도 메말라 있었다. 민원을 해결할 수 있다는 것인지, 없다는 것인지 도대체 알 수가 없었다. '공무원의 나라' 한국에서 공무원들의 '민원 굴리기'는 달인 수준이었다. 우리는 차츰 지쳐갔다. 고양시의회를 찾아가도 의원들의 반응은 그저 뜨뜻미지근했다. 무력감이 밀려들고 다른 한편으로는 분노가 차올랐다. 그러던 어느 날 건장한 체구의 시의원을 만났다. 놀랍게도 그는 다른 시의원들과는 사뭇 달랐다. 우선 답변이 상투적이지 않았고 체구와 달리 섬세했다. 현안마다 해결 방안을 제시하고 그에 따른 문제점도 짚어냈다. 명쾌하고 진지한 설명에 설복될 수밖에 없었다. 머릿속이 환해졌고 나중에는 웃음이 나왔다. 바로 박한기 시의원이었다.

그는 일머리가 뛰어났으며 일을 겁내지 않고 즐겼다. 자연 문제가 생길 때마다 연락을 하게 됐고, 그때마다 그는 경차를 몰고 나타났다. 그의 조언으로 될 일과 안 될 일이 분명해졌다. 어디를 가야 할지 모르는 민원인에게는 구원병이었고, 상처를 받은 주민에게는 의무병이었다. 시·도의원 초청 주민설명회가 열리면 그의 독무대였다. 현안을 정확하게 꿰뚫고 있으니 어떤 질문에도 막힘이 없었다. '아, 이런 시의원도 있었구나.' 만일 '박한기당'이 생긴다면 입당하고 싶어졌다.

그는 당연히 시의원 선거에 다시 출마했다. 세 명을 뽑는 선거구에는 민주당 두 명, 국민의 힘 두 명 그리고 정의당 후보 한 명이 출마했다. 그를 아는 사람들은 모두 당선을 의심하지 않았다. 곳곳에서 이런 소리가 들려왔다. "정의당이 고전하겠지만 박한기만은 될 것이다." 하지만 박한기 후보는 낙선했다. 그는 그를 아는 사람에게만 '일 잘하는 의원'이었다. 그를 모르는 사람에게는 거대 양당 밖의 후보에 불과했다. 먹자골목에 미니광장을 만들고, 산책길에 바닥조명을 설치하고, 저류장을 놀이터로 조성한 것들이 그의 아이디어로 이뤄졌음을 주민들 거의가 몰랐다.

우리는 빼어난 일꾼을 잃었다. 지역언론도 의외의 결과에 놀랐는지 기사 행간에 아쉬움이 배어 있다. "3인 선거구인 나 선거구에 출마한 박한기 후보의 경우 의정활동에 높은 평가를 받고 있던 현역 시의원인 만큼 당내에서도 내심 재선을 기대했지만 거대 양당 후보들의 틈바구니 속에서 9.05퍼센트(3028표)를 얻는 데 그쳤다."(《고양신문》)

고양시의회는 거대 양당이 독차지했다. 개인의 자질과 능력이 아닌 정당에 투표한 결과다. 앞으로 시의회는 당리당략을 앞세운 진영논리가 활개를 칠 것이고, 지역의 다양한 의견은 문밖에서 맴돌 것이다. 이는 민초들이 자신이 살고 있는 지역의 대표를 통해 실생활을 변화시켜 보겠다는 풀뿌리민주주의의 본령이 아니다.

전국에서 무투표 당선자가 늘어나고, 공천을 둘러싼 추문과 비리가 터져 나오고 있다. 중앙당과 지역위원장들이 공천을 미끼로 예비후보들을 줄 세우고 갑질을 하고 있음은 이미 알려진 사실이다. 공천이 곧 당선이니 온갖 수단을 동원하여 충성경쟁을 했을 것이다. 앞으로 공정과 상식이 무너진 곳에서는 일찍이 보지 못한 독버섯들이 피어날 것이다. 중앙당이 하부조직까지 장악하고 있으니 민심에 대한 두려움은 엷어지고, 오히려 민초들을 관리하려 들 것이다. 우리가 방심하고 있는 사이 풀뿌리민주주의는 그 뿌리가 썩어가고 있다. 이럴 바에는 기초의회 의원의 정당공천제를 폐지해야 한다.

언론은 광역단체장 선거 결과에 현미경을 들이대지만 풀뿌리가 훼손되고 있는 현장은 망원경으로 대충 훑어볼 뿐이다. 주마간산走馬看山이다. 이제는 말에서 내려 오염된 정치생태계를 살펴볼 때가 되었다. 양당의 담합과 뒤틀린 선거제도에 가슴을 치는 또 다른 박한기 후보가 많을 것이다. 현실이 척박해도 용기를 잃지 말았으면 좋겠다. 무도한 정치판이 더럽다며 떠나지 마시라. 언젠가는, 아니 머잖아 바람보다 먼저 풀들이 일어날 것이다.

민주화 역사의 기생충이 될 것인가

1987년 6월 10일, 운명의 날이었다. 직선제 개헌을 거부한 전두환 정권은 민정당 전당대회 및 대통령 후보 지명대회를 열었다. 간선제 선거로 '체육관 대통령'을 뽑겠다며 대통령 후보로 노태우를 선출했다. 꽃가루가 쏟아지고 1만여 명의 함성으로 잠실 실내체육관이 터질 듯했다. 노태우의 애창곡 〈베사메무초〉가 울려 퍼졌다. 같은 시각 대한성공회 대강당에서는 호헌철폐 범국민대회가 열렸다. 삼엄한 감시망을 뚫고 대회장에 모인 민주헌법쟁취국민운동본부(국본) 간부들은 소수였다. 국본은 옥외방송을 내보냈다. 비장한 목소리가 하늘로 퍼져나갔다. "우리는 민주주의를 갈망하는 국민의 이름으로 지금 이 시각 진행되고 있는 민정당의 대통령 후보 지명이 무효임을 선언한다."

그날 오후 6시, 길 위에 있던 차량들이 일제히 경적을 울렸다. 깨어난 시민들의 약속된 행동이었고 무도한 정권을 향한 경고음이었다.

도심으로 시위대가 돌진했다. 그 속에는 사무직 노동자들이 섞여 있었다. 이른바 '넥타이부대'였다. 전두환 정권은 최루탄으로 하루하루를 연명했다. 마침내 신군부 세력이 백기를 들었다. 바로 '6·29선언'이다. 그렇게 직선제 개헌을 쟁취했다.

붉고 고왔던 6월을 기억한다. 누구나 한번쯤은 최루탄 가스에 눈물을 흘렸고, 절망적인 현실에서 꿈처럼, 기적처럼 피어난 민주화의 희망에 눈물을 흘렸다. 6월 민주항쟁은 그렇게 우리 모두의 것이다. 국민들은 여덟 차례나 직접선거를 치러 대통령을 뽑았다. 역사에 가정은 없지만 직선제를 쟁취하지 않았다면 기업인 이명박, 독재자의 딸 박근혜가 대통령이 될 수 있었겠는가. 또 국가안전기획부의 위세에 눌려 숨도 못 쉬던 검찰이 막강한 힘을 가질 수 있었겠는가. 막 검찰총장에서 물러난 윤석열이 일거에 대권을 움켜쥘 수 있었겠는가. 그래서 한국 정치는 6월 민주항쟁을 잊어서는 안 된다.

그럼에도 6·10민주항쟁 기념식에 정부 인사들이 불참했다. 2007년 국가기념일로 제정한 이후 처음이다. 민주화운동기념사업회가 '윤석열 정권 퇴진'을 구호로 내건 행사를 후원했다는 이유 때문이다. 윤석열 정권은 시원과 근본을 팽개쳤다. 그럼에도 야권은 대수롭지 않게 지나쳤다. 언론 보도 또한 미지근했다. 이는 진영논리에 갇혀 있는 현실을 그대로 보여주고 있다. 그렇다. 우리 사회는 이처럼 '엄연히' 분열되어 있다.

속이 좁은 옹졸한 처사였다면 그나마 다행이지만 이는 윤석열 정부의 '계산된 이탈'일 것이다. 국민의힘은 '5공화국 청산' 이후 새롭게 출발했던 민주자유당(민자당)을 이어받았다고 하지만 그 뒤에는 여전히 박정희와 전두환의 그림자가 어른거리고 있다. 끊임없이 독재자들을 끌어들여 표(민심) 관리를 해왔다. 민주당 또한 이를 부각시켜 지지자들을 결집시켰다. 지금 한국 정치는 거대 양당이 적대적 공생을 하며 1987년 체제에 머물러 있다. 과거는 흘러가지 못하고 미래는 오지 않고 있다. 정치평론가 김욱은 2023년에 펴낸 『민주화 후유증』에서 적대적 공생관계를 이렇게 설명하고 있다.

"우리 사회는 민주화를 이룬 지 벌써 수십여 년이 흘렀지만, 여전히 '적대적 공생'이라는 민주화 후유증을 앓고 있다. 좀 더 명확하게 개념적으로 구체화하면, 이 '민주화 후유증'이란 우리나라 민주화는 10여 년(1987~1997)에 걸친 타협적 민주화였고, 그로 인해 냉전적 파시스트 세력과 혁명적 사회주의·공산주의 운동권 세력을 민주적인 헌법이념으로 청산 못 했으며, 그 결과 그 세력들이 퇴행적·위선적인 강성 이데올로기로 민주화 이후에도 여전히 정치적 주도권을 행사함으로써 저강도의 적대적 공생체제가 무기한 연장된 채, 정상적인 민주체제의 발전이 만성적으로 저해되고 있는 사태를 의미한다."

적대적 공생체제는 서로를 공격하며 다른 세력이 끼어들 틈을 내주지 않는다. 유권자들에게 선택의 여지를 없애버린다. 지금 정치권은 여론에 떠밀려 선거제 개편을 논의하고 있다. 하지만 저들은 비례대표제를 개선한다면서 위성정당을 띄웠다. 시늉만 내고 다시 적대적 공생을 택할 가능성이 높다.

짐작건대 모든 검찰의 총구는 총선을 겨누고 있을 것이다. 이대로라면 정치권은 다시 적대적 공생을 할 것이다. 그럴 경우 윤석열 열차는 국민의힘과 민주당, 두 레일 위를 거침없이 폭주할 것이다. 김욱이 표현한 대로 '민주화 역사의 기생충'이 될 것인가. 걸핏하면 국민들을 들먹이는 당신들에게 6월의 국민들이 묻는다.

백기완 선생께서 묻고 있다

하늘이 큰일을 맡길 때에는 그 몸을 수고롭게 하거늘 필시 천명天命을 받음일 것이다. 붓을 들면 비와 바람이 숨을 죽였지만 길 위에 서야 했다. 길에서는 묘수와 재주가 통하지 않는다. 높고 낮음이 없다. 백기완* 선생. 그는 평생을 세상의 가장 아픈 곳에, 서러운 곳에 있었다. 고문을 당해 육신이 으스러졌어도 포효했다.

시위 현장마다 선생의 백발이 깃발처럼 나부꼈다. 우리 시대 아주 익숙한 삽화였다. 많은 이들이 영웅적 서사로 선생의 투쟁을 감싸지만 거리의 투사는 지독하게 고독했을 것이다. 용기만이 공포와 유혹

---

* 백기완(1932~2021)은 황해도 출신 실향민으로 일찍부터 통일운동에 매진했다. 백범사상연구소를 설립해 백범 김구의 사상 보급에 힘썼다. 박정희, 전두환 정권 때부터 반독재 민주화운동에 빠지지 않은 시민사회운동가다. 『장산곶매 이야기』 등 소설과 시 창작품도 다수다.

을 떨쳐낼 수 있지만 무작정 저항하는 맨 용기였다면 한시도 견디지 못했을 것이다. 진정한 용기는 스스로에게 비겁하지 않아야 했다. 날마다 자신의 둥지를 부수고 퇴로를 끊었다. 선생은 스스로를 다스렸기에 자신에게서 도망치지 않았다. 비로소 벼랑 끝에서 손을 놓을 수 있었다. 그렇게 해서 불의에 맞서는 '장산곶매'가 되었다.

길가의 꽃과 나무는 그대로 의젓했지만 해마다 사람들 얼굴은 달라졌다. 어느 날 둘러보니 구호가 어설프고 대열이 성글었다. 한평생 함께 나가자던 맹세는 여전히 뜨거웠지만 길 위의 동지들은 보이지 않았다. 비단 옷을 걸친 가슴들은 시나브로 식어갔다. 세력을 잃었으니 '재야'라는 말도 희미해졌다. 그럴수록 정신을 차려야 했다. 현장을 놔두고 떠날 수는 없었다. 광장에 남아 함께 울었다. 하지만 남아 있는 혁명의 시간은 짧았고 끝내 울음에 피가 섞였다.

선생이 우리 곁을 떠났다. 그를 본 적이 없는 사람도, 또 그를 미워했던 사람조차도 불현듯 광장을 떠올렸다. 하얀 두루마기 하나로도 광장을 가득 채웠는데 그가 떠나갔구나. 선생과 동행했던 한 시대가 저물었구나. 그때는 마냥 순수했구나. 이제 누가 있어 저 광장에서 노래하고 춤출 것인가. 선생은 눈물을 닦아주는 사람이 아니었다. 함께 눈물을 흘리는 사람이었다. 떠난 자리가 이리 클 줄은 몰랐다. 추워진 후에야 송백松柏이 뒤에 시드는 줄 알았다. 지나고 보니 홀로 푸른 사람이었다.

선생이 병상에서 마지막으로 쓴 글씨가 "김진숙 힘내라"였다. 죽을힘으로 쓴, 삐뚤빼뚤한 글씨가 가슴 한 조각처럼 느껴졌다. 인간을 진정으로 껴안았던 사랑의 문신이었다. 노동자가 억울하게 죽는 일, 억울하게 해고되는 일은 없게 하자는 마지막 당부였다. 한때는 동지였던, 지금도 분단의 조국 어딘가에서 살고 있을 과거의 동지들에게 남긴 유언이었다. 그러고 보면 마지막에 머문 병상도 현장이었다.

"김진숙 힘내라"라는 여섯 글자를 받쳐 들어야만 하는 해고노동자 김진숙 민주노총 부산본부 지도위원은 이렇게 말했다. "군사독재 시절에는 차라리 뭉쳐서 투쟁했지만, 정권이 바뀌고 주변 사람들이 정권 인사가 되자 더 어렵고 외로웠다. 거의 유일하게 남아 계셨던 분이 백 선생님이었다."《경향신문》그는 암투병 중임에도 부산에서 서울까지 걸어와 청와대를 향해 외쳤다. 그의 외침은 군더더기가 없었다. 힘줄이 보일 만큼 투명했다.

"전두환 정권에서 해고된 김진숙은 왜 36년째 해고자인가. 그 대답을 듣고 싶어 34일을 걸어 여기까지 왔습니다. 그 약속들이 왜 지켜지지 않는지 묻고 싶어 한 발 한 발 천리길을 걸어 여기까지 왔습니다. 36년 동안 나는 유령이었습니다. 자본에게 권력에게만 보이지 않는 유령이었습니다. 문재인 대통령님, 내가 보이십니까. (…) 민주주의는 싸우는 사람들이 만들어 왔습니다. 과거를 배반하는 사람들이 아니라, 입술로만 민주주의를 말하는 자들이 아니라, 저 혼자 강을 건너고 뗏목을 버리는 자들이 아니라, 싸우는 우리가 피 흘리며 여기까지 온 게 이 나라 민주주의입니다."

앞서간 백기완 선생이 산 자들에게 묻고 있다. 새날을 열겠다는 초심보다 중요한 것이 무엇인지, 도대체 당신들이 서 있는 곳이 어디인지, 또 어디로 가고 있는지 묻고 있다. 미움보다 무서운 것이 있으니 무관심이다. 김진숙의 마음 하나 얻지 못하면서 어찌 하늘을 우러러 볼 것인가.

삼가 선생의 야윈 볼에 흐르던 눈물을 기억한다. 눈물의 대통령 백기완, 아주 좋은 봄날 선생의 무덤가에는 그 눈물을 먹은 꽃들이 피어날 것이다. 그것은 지조志操의 문장文章일 것이다. 그 앞에서 옷깃을 여미고 스스로 의관衣冠의 도적은 아닌지 살펴야 할 것이다.

문명의 충돌

구소련의 붕괴가 없었다면 아직도 이념이 세계를 지배하고 있을지도 모른다. 소련은 거짓말처럼 해체되었고 세계는 빠르게 재편되었다. 새뮤얼 헌팅턴은 이념이 사라진 자리에 문명이 들어섰고, 문명의 중심에는 종교가 있다고 주장했다. 지구촌에는 서구(유럽·북미), 라틴, 동방정교(슬라브·그리스), 이슬람, 아프리카, 힌두(인도), 일본, 유교 등의 문명 블록이 있다는 것이다. 이념을 걷어 내자 문명이 본래의 모습을 드러냈고, 미래의 국제정치 행위자는 '국가'가 아니라 '문명'이 될 것이라는 예견이다. 그의 말대로라면 미래의 전쟁은 국경이 아닌 문화와 종교가 피에 젖을 것이다.

헌팅턴은 그의 책 『문명의 충돌』에서 특히 미국 중심의 기독교문명, 중국 중심의 유교문명, 이슬람문명의 충돌 위험성을 경고했다. 더 좁혀서는 기독교문명 대 유교문명, 기독교문명 대 이슬람문명의 충돌을 가장 우려했다. 확실히 헌팅턴의 주장은 분쟁의 생리를 연구하는 이들을 공감하게 만들었다. 공식 거론은 않고 있지만, 미국의 심장부를 강타한 9·11테러와 부시 대통령의 가혹한 대응에도 그런 문명충돌의 그림자가 어른거리고 있다. 그러나 헌팅턴의 문명충돌론은 냉전 해체 이후에 미국의 국익을 위해 발표한 논문에서 비롯됐다는 것은 주목할 만하다. 그는 서로 다른 문명권을 인정하고 공존해야 한다고 주장한다. 그러면서도 외부의 문명적 위협이 있을 때는 서구를 보호하기 위해 서구문명권이 단합할 것을 촉구하고 있다.

하랄트 뮐러는 『문명의 공존』이라는 책에서 공산주의라는 '이념의 적'이 사라지자 '문명의 적'을 만들어 냈다고 헌팅턴을 신랄하게 비판하고 있다. 냉전 이후를 겨냥한 문명충돌론이 기실 냉전이론과 다를 바 없다는 것이다. 어찌 보면 헌팅턴은 인류를 8대 종교로 나눠서 갈라놓고 자신은 기독교문명 속에 들어가 버린 셈이다.

구원과 평화를 좇는 종교를 문명 충돌의 한가운데로 끌어들인 것은 사실 여부를 떠나 인류의 비극이다. 하지만 '우리'라는 정체성에 가장 강한 자성磁性을 가진 것 또한 종교임을 부인할 수 없다. 헌팅턴이 세상을 떴다. 그의 문명충돌론도 함께 묻혔으면 좋겠지만 그럴 것 같지는 않다. 앞으로도 분쟁지역에 어김없이 나타나 유령처럼 떠돌 것이다.

가을과 겨울 사이

길손이 되어 잎 떨군 나무와 함께 걷고 싶다. 걷다가 곤해지면 키 큰 미루나무가 있는 마을에 들러 누군가의 꿈속으로 흘러들어 가고 싶다.

가을에서 겨울로 바람이 불면 떠오르는 노래가 있다. 사이먼과 가 펑클이 부른 〈철새는 날아가고El Condor Pasa〉다. 페루 전통악기 삼포냐 의 음은 가을 끝과 겨울 초입을 맴돌고 있다. 이 노래의 고향은 페루 다. 듣고 있으면 우수가 피어오른다. 햇살조차 서늘하다. 황금의 나 라 잉카제국은 이름만으로도 아프고, 인디오들이 경배했던 콘도르가 슬픈 전설을 입에 물고 페루에서 우리 땅으로 날아들 것만 같다. 얼 핏 어디선가 본 '새들은 페루에 가서 죽다'란 카페도 떠오른다. 그 카 페에는 약간 나이 든 여인이 담배를 태우며 로맹가리의 소설 「새들은 페루에 가서 죽다」를 읽고 있을 것 같다. 가끔 밖을 쳐다보면 나뭇잎이 떨어지고 철새가 비켜 날고.

우리는 가을 끝에 모여 있다. 낙엽의 시제는 과거, 과거를 떨치지 못하고 우리는 낙엽 더미에 더 많은 생각을 뿌린다. 바람 소리가 슬퍼지면 누군가 내 곁을 떠나갈 것이다. 우리가 살아 저 낙엽을 몇 번이나 밟을 것인가. 불현듯 '지상에서 나를 기억하는 사람이 몇이나 될까' 하는 생각을 하게 된다.

사는 것은 어쩌면 서로를 지우는 것인지도 모른다. 그래도 잊힘은 얼마나 서러운가. 그래서 입동이 지났는데도 이렇듯 가을 속을 서성거리고 있다. 또 한 번의 비가 내리면 가을이 끝날지 모른다. 가을비는 땅보다 마음에 먼저 내린다. 마음속에도 낙엽이 쌓인다. 그래서 가을에는 사람들 모두 곱다. 가을이 얼마 남지 않았다. 고운 사람에게서 전화를 받는, 아니 전화를 거는 행복한 아침이었으면 좋겠다.

4

그러므로 나는 당신입니다

봄날은 간다

바람이 분다. 나무로부터 사람에게로, 김소월로부터 진달래꽃으로, 사랑으로부터 슬픔에게로 바람이 분다. 우리를 앞질러 간 봄은 흰 조팝나무 꽃 속에 숨었다. 봄은 슬프다. 하나의 꽃이 피는 것은 개벽開闢이지만 꽃들의 잔치는 혁명이 될 수 없다. 나비 한 마리가 조팝나무 꽃을 뒤져서 겨우 남아 있는 한 줌의 봄을 끌어내고 있다. 날개 위에 실린 봄이 위태롭다. 다시 바람이 불고, 나비를 좇던 마음까지 나풀거린다. 그렇다. 우리 사랑 또한 작은 바람에도 흔들린다.

꽃이 진다. 황홀하게 세상을 밝히고 떨어지는 잎 잎 잎…. 어디에도 꽃잎이 떨어진다. 우리네 슬픔이 스며 있는 작은 못에도 꽃잎이 떨어진다. 분홍빛 작은 파문이 일면 눈물을 다 쏟아버린 슬픔이 희미하게 웃는다. 이맘때면 떠오르는 노래가 있다.

"연분홍 치마가 봄바람에 휘날리더라/ 오늘도 옷고름 씹어가며/ 산제비 넘나들던 성황당 길에/ 꽃이 피면 같이 웃고/ 꽃이 지면 같이 울던/ 알뜰한 그 맹세에 봄날은 간다."

노래 〈봄날은 간다〉는 아프다. 마음 한구석이 저릿하다. 꽃은 남쪽에서부터 진다. 꽃이 피어올라 온 속도로 봄은 또 그렇게 가고 있다. 〈봄날은 간다〉 노랫말이 가슴으로 스며들 때면 우리네 삶은 봄날이 아니다. 그러고 보면 사랑도 우정도 정점이 지나가야 제대로 보인다.

꽃잎이 날리는 밤, 이 노래를 부르며 친구가 울었다. 기억이 닳아서 희미하지만, 서울 남산 아래 대폿집 골목이 아니라면 인사동 골목이었을 것이다. 친구의 울음 섞인 노래를 들으며 우리는 밤하늘을 올려다보았다. 그 친구가 왜 울었는지는 알 수 없다. 알 수 있는 것은 오직 봄날이 가고 있다는 사실이었다. 친구는 올해도 봄의 끝자락을 붙들고 울 것이다. 지금 그 노랫소리가 들려오는 듯하다.

꽃그늘에 앉아 향기에 취했던 시간은 그저 꿈만 같다. 봄날이 아무리 좋아도 그 속에 마냥 머물 수는 없다. 꽃잎이 바람에 날리면 내 안의 상처들도 날린다. 신음 소리를 다 풀어버린 아픔들이 휘날린다. 야무진 햇살이 내려와 오래된 고통을 뒤집는다. 한나절의 풍장風葬이다. 문득 바람을 당기면 저만치 옛 기억들이 살아난다.

멀리 아지랑이가 피어오른다. 아지랑이는 봄의 멀미, 아른거림 속에서 잊어버렸거나 잃어버렸던 것들이 붉은 옷을 입는다. 돌아보면 어지러웠다. 눈물겨웠다. 숨 막혔다. 울컥울컥, 느릿느릿 젊은 날의 내가 다가온다.

"순이네가 사는 집 지붕 위에선/ 순이네 아지랑이가 피어오르고/ 복동이가 사는 집 지붕 위에선/ 복동이네 아지랑이 피어오르고// 누이야 네 수놓는 방에서는/ 네 수놓는 아지랑이/ 네 두 눈에 맑은 눈물 방울이 고이면/ 맑은 눈물방울이 고이는 아지랑이 피어오르고// '그립다' 생각하면/ '그립다' 생각하는 아지랑이/ '아!' 하고 또 속으로 소리치면/ '아!' 하고 또 속으로 소리치는 아지랑이// 아지랑이가 피어오른다/ 섧고도 어지러운 사랑의 모습처럼/ 여릿여릿 흔들리며 피어오른다" __서정주 〈아지랑이〉

고등어찌개를 끓이고 있는데, 손톱을 깎고 있는데, 점심을 먹고 졸고 있는데, 은행에서 걸려온 전화를 받고 있는데 문득 창밖의 봄날이 환장하게 곱다. 그럴수록 봄에 비친 내 모습은 남루하다. 사랑도 명예도 봄볕에 비춰보니 노래 한 소절보다도 못하다. 도대체 내가 이룬 것은 무엇인가. 나는 시대의 어디에 걸려 있는가.

우리는 서서히 나이를 먹는 게 아니다. 갑자기 늙는다. 어느 날 문득 거울을 보면 중늙은이 하나가 나를 쳐다보고 있다. 인정하고 싶지 않지만 우리 젊은 날은 더 이상 세상에 존재하지 않는다. 우리 살아 있는 동안 몇 번의 봄을 맞을 것인가. 또 한 걸음 멀어진 내 청춘은 어디쯤에서 서성거리고 있을까. 눈물 젖은 과거는 눈물 없는 곳으로 흘려보내야 하리. 그러나 어쩌겠는가. 다시 가는 봄이 서러워 눈물이 나는 것을.

그대가 머물고 있는 마을에도 볕이 고운가. 이렇듯 환한 날에는 그대의 그리움이 보인다. 문득 보고 싶다. 초록별 속에서는 중력을 이기지 못한 사람들이 모여서 시나브로 늙어가고 있다. 그대 오늘도 지구인으로, 한국인으로 무사한가. 잘난 것이 없으니 모난 것들을 지우고 술 한잔 건네고 싶다.

사랑도 미움도 때가 되면 떠난다. 누가 떠나고 있기에, 무엇이 지고 있기에 이리도 아픈가. 신열이 멎을 때쯤에는 꽃 진 자리에서 실컷 울 수 있을까.

저 신록에 섞이려면 다시 무엇을 버려야 하는가. 풀 옷 하나 걸치지 못한 나는 누구인가. 나만 빠뜨리고 봄은 언덕을 넘어 숲속으로 사라진다. 봄날은 간다.

하나의 달이 천 강에

양평 용문산에 큰 눈이 내렸다. 설산은 거대한 침묵이었다. 정월 대보름, 스님들의 동안거冬安居가 끝나는 날이었다. 수행을 마친 스님들의 얼굴이 보고 싶었다. 상원사 용문선원에서 선방 문이 열리기를 기다렸다.

동안거는 음력 10월 15일에 시작해서 이듬해 1월 15일까지 석 달 동안 이어진다. 화두 하나씩 품고 낙엽을 밟으며 선방에 모여든 선승들. '이번 겨울엔 성불하리라.' 그들의 결기로, 또 눈빛으로 한국 불교는 살아 있다.

조선 불교도 경허 선사의 한 평짜리 방에서 중흥의 기운이 뻗어 나왔다. 경허는 연암산 천장암 구석방에서 눕지 않고 정진했다. 누더기 차림에 미동도 없는 경허를 뱀이 들어와 지켜봤다. 경허의 깨달음은 달빛이며 죽비였다. 선방을 은은히 비추고 수좌들을 벼락처럼 두들겨 깨웠다. 한 평짜리 방이 조선의 선풍을 다시 일으킨 기적의 공간이었다.

숱한 추문과 비리로 불교계가 들끓어도 선승들은 구도의 여정에 나선다. 상구보리 하화중생 上求菩提 下化衆生. 깨쳐야 중생을 교화할 수 있다. 화두를 의심하고 또 의심하는 것은 마음을 닦고 또 닦음이다. 그렇게 마음이 먼지 하나 없이 맑아지면 비로소 마음에 자신의 본래 면목이 나타난다. 하지만 깨달음에 이르는 길은 멀고 험하다.

선방에는 어떤 움직임도 없다. 선객들은 벽만 보고 있다. 숨소리마저 들리지 않는다. 겉만 그럴 뿐, 안에서는 거대한 파도가 일렁이고 번개가 친다. 저마다 번뇌를 베고 망상을 부숴야 한다. 날마다 절망하고 그 절망을 부숴야 한다. 앉은 뒤태만 봐도 공부의 깊이를 알 수 있다. 누구는 몸가짐이 태산처럼 듬직하지만 누구는 여름 날씨처럼 요동친다. 도중 탈락자가 생긴다. 낙오하면 성불은 멀어진다. 사람으로 태어나기 어렵고, 불법 만나기는 그보다 더 어렵다고 했다. 가사를 걸치는 호사를 누렸음에도 깨달음은커녕 선방에서조차 물러났으니 죽어서 다시 사람 몸 받기는 틀린 것이다. 이 얼마나 무서운 일인가.

수행 방법이 달라 아직도 용맹정진하는 곳이 있다. 마지막 일주일 동안은 잠을 자지 않는다. 잠이란 잔인하다. 수마 睡魔는 땀구멍으로도 쳐들어온다. 머리카락이 천근이고 뼈마디가 저려 온다. 세상에서 가장 무거운 것은 눈꺼풀이다. 죽을힘을 다해도 눈꺼풀은 내려온다.

선방 문을 박차고 나가보지만 잠은 세상 끝까지 따라온다. 눈밭을 뒹굴고 나무에 머리를 찧기도 한다. 한숨만 자고 싶지만 누우면 그걸로 끝이다. 누가 봐서가 아니다. 자신이 알고 있다. 그래서 선승끼리는 서로의 경계를 알아본다. 스님의 법력은 선방에서 결정된다. 몇 수레의 책을 읽은 사람도, 산을 허물 정도로 힘센 장사도 아무 소용이 없다. 참선 잘함이 으뜸이다.

수행을 제대로 하려면 몸이 받쳐줘야 한다. 병에 걸린 사람은 자진해서 선방을 나간다. 화두가 전부인 선승에게 병이 들면 기댈 곳이 없다. 병든 선승을 위한 자비는 없다. 자비문중의 무자비다. 1970년대 오대산 상원사에서 동안거를 했던 지허 스님은 『선방일기』를 남기고 홀연 사라졌다. 책은 애틋하고 슬프다. 지허 스님과 함께 수행 중이던 도반이 병에 걸렸다. 침에 피가 섞였음을 확인한 병든 스님은 바랑을 꾸렸다.

"눈 속에 트인 외가닥 길을 따라 콜록거리며 떠나갔다. 그 길은 마치 세월 같은 길이어서 다시 돌아옴이 없는 길 같기도 하고 명부冥府의 길로 통하는 길 같기도 하다. (…) 건강한 선객은 부처님처럼 위대해 보이나 병든 선객은 대처승보다 더 추해진다. 화두는 멀리 보내고 비루와 비열의 옷을 입고 약을 찾아 헤맨다. 그는 이미 선객이 아니고 흔히 세상에서 말하는 인간폐물이 되고 만다." __지허『선방일기』

김택근의 묵언

선방을 떠나야 하는 선승은 얼마나 비참한가. 길을 걷다 죽은 승려도 많았을 게다. 정과 인연을 끊으라고 이르지만 더러는 살기 위해 인연의 땅을 찾아 헤맬 것이다. 연고가 없으면 어딘가에서 승복을 벗어야 했을 것이다.

　　마침내 용문선원 선방 문이 열렸다. 선승 열네 명이 마지막 점심 공양을 했다. 눈은 계속 내렸다. 모두 눈에 갇혀 있었다. 그때 한 스님이 바랑을 지고 눈길을 허겁지겁 내려갔다. 뒷모습이 기운찼다. 선방이라는 감옥을 벗어나는 해방감의 몸짓인지, 깨달음을 얻어 '한 소식'을 알리려는 환희심의 몸짓인지….

　　안거의 선방에서 뿜어 나오는 기운으로 한국 불교가 맑아지길 바랐다. 세상에 먼지를 일으키는 수많은 권승들은 제대로 안거를 나지 않았을 것이다. 깨닫지 못했으니 중생을 괴롭히는 것 아닌가.

　　그날 밤 거짓말처럼 눈이 그치고 대보름달이 떠올랐다. 선승들의 깨침이 달빛으로 누리에 퍼질 것이다. 저 달은 수천 개의 강에 비칠 것이다.

달동네에서 달을 본 적 있는가

노원구 중계본동 '백사마을'은 서울에서 마지막 남은 달동네다. 주소가 산104번지라서 그렇게 불렸다. 불암산 밑자락의 백사마을이 머잖아 재개발의 첫 삽을 뜬다고 한다. 이곳에 아파트가 들어서면 달동네는 진정 사라지는 걸까. 이제 달동네에서는 달을 볼 수 없는가.

달동네는 거의가 지방에서 올라온 이들이 모여 살았다. 특별시민이 되었지만 막상 기다리고 있는 것은 특별한 냉대였다. 아무리 둘러봐도 둥지는 보이지 않았고, 할 수 없이 산속으로 들어가야 했다. 서울에는 그나마 큰 산들이 있어서 다행이었다. 인왕, 북한, 도봉, 관악, 청계, 불암, 수락… 산자락에 얼기설기 허겁지겁 잠자리를 만들었다. 눈뜨면 새 집이 생겨났다. 지붕에 지붕을 맞대며 집들이 산을 기어올랐다.

1960년대 정부는 공업을 받들기 시작했다. 사람들은 도시의 불빛과 공장의 기계를 동경했다. 농어촌은 점차 버림을 받았다. 낙담한 사람들은 죽기 전에 수도꼭지 한번 빨아보자며 서울로 진격했다. 고향을 떠난다는 것은 얼마나 두려운가. 가슴에 비수 하나씩 품어야 했다. 힘을 주다 보니 눈에 핏발이 가시지 않았다. 산자락에 집을 짓고 내 집이라 우겼다. 그래도 당국은 모른 체했다. 정부는 도시 빈민층을 감당할 엄두를 내지 못했다. 그 핏빛 설움과 분노를 건드릴 수 없었다. 또 산업화를 위해 언제든지 부르면 달려오는 값싼 노동력이 필요했다. 무허가 산동네를 적당히 방치했다.

비탈에 다닥다닥 붙은 집들은 위태로웠다. 큰비라도 오면 금방 쓸려 내릴 듯했다. 그럼에도 수마水魔는 산동네를 범하지 못했다. 오묘했다. 산속 마을이지만 나름 이리저리 물길을 냈다. 집 하나가 나무 한 그루였는지도 모른다. 비가 아무리 사납게 내려도 산사태로 산동네가 쓸려 내려간 적은 없었다.

삶도 집처럼 비탈에 있었다. 널빤지로 가난을 가렸지만 이내 모두 드러났다. 서로 고향 자랑을 하다가, 서로 사투리를 흥보다가 곧 그것들이 부질없다는 것을 알았다. 산동네에서 과거 자랑을 하면 현실이 더욱 초라해졌다. 그래서 허세가 발을 붙이지 못했다. 풍겨 나오는 음식 냄새만으로도 그 집 벌이를 알 수 있었다. 누군가 이사를 가면 이웃들이 산 아래로 이삿짐을 날라주었다. 물 걱정, 연탄 걱정 없는 곳에서 잘 살라고 덕담을 건넸다. 그것은 남아 있는 사람들의 바람이었다.

판자촌, 산동네를 어느 때부턴가 달동네라 불렀다. 하늘 아래 첫 동네이니 달빛이 그득했다. 그 달빛에는 푸르스름한 슬픔이 들어 있었다. 달 속에서 누구는 고향을, 누구는 사랑을, 누구는 어머니를 보았다. 산 아래 도심에는 밤마다 휘황한 불빛이 고여 있었다. 그 욕망의 거리에 섞이지 못했지만, 그곳으로 조소를 흘려보낼 수는 있었다.

내 젊은 날도 산 중턱에 떠 있었다. 백사마을과 그리 멀지 않은 불암산 자락에서 1970년대 초반을 보냈다. 불암산 달동네 사람들의 하루는 비슷했다. 햇살이 들기 전 일터로 나가서 해가 떨어져야 돌아왔다. 날마다 도심의 불빛에 쫓겨났다. 만원버스에서 짐짝처럼 흔들거리다가 종점 부근에서 내려 다시 산을 올라야 했다. 집마다 불이 켜지면 비로소 동네가 살아났다. 사람들은 이내 지쳐서 잠이 들고 대신 산이 꿈을 꾸었다. 그리고 달이 사람들 잠 속으로 들어갔다. 내가 살았던 '납대울마을'은 이제 사라진 이름이지만 그때 주민들은 진정 정겨웠다. 달동네와 고단했지만 따스한 사람들을 소재로 글을 지었다.

"산은 잠들어 있었다/ 사람들이 꿈틀거리기 시작하면/ 사람 사이로/ 소리 없이 떠올라/ 불암산이 된다, 허리가 따스한 산// 가을중턱까지 내려갔던 산그늘이/ 다시 어둑어둑 산을 기어오르고/ 모여 있던 집 하나둘 산속으로 들어선다/ 납대울마을, 표지판까지 입산을 끝마

친다// 사람들이 돌아온다/ 사람 하나둘 산속에서 깜박거린다/ 사람은 잠을 자고 산은 꿈을 꾸고" __시 〈사람은 잠을 자고 산은 꿈을 꾸고〉

납대울마을이 있던 곳에는 지금 고층아파트가 하늘을 찌르고 있다. 입주민들은 달동네가 있었다는 사실조차 모를 것이다. 그때 그 사람들은 어디로 갔을까. 우리 시대 재개발이란 원주민 내쫓기였다. 많은 이들이 지하방, 옥탑방, 비닐하우스, 쪽방 등에 흩어져 살다 세상을 떴을 것이다.

달동네는 없는 사람들이 서로가 그 '없음'을 덮어주는 마지막 공동체였다. 불암산 바위를 의지하며 더 이상 밀려나지 않겠다던 백사마을 주민들. 그들은 이미 쫓겨난 적이 있는 철거민들이다. 그들은 다시 어디에 둥지를 마련할까. 모두가 평화로웠으면 좋겠다. 달동네에서 달을 본 적 있는가. 모두 가난해서 가난하지 않았던 사람들을 삼가 기린다.

무덤을 박차고 나온 사람들

지난 2년 동안 100년 전쯤의 역사를 더듬었다. 우리 근대사는 들어갈수록 어둡고 습했다. 더욱이 '3·1독립선언' 부근은 쉽게 지나갈 수 없었다. 숱한 죽음들을 외면할 수 없기 때문이다. 이 땅의 어떤 진혼가로도 잠들게 할 수 없는 죽음들.

임시정부 대통령을 지낸 박은식의 표현대로 3·1만세시위는 '충忠과 신信을 갑옷으로 삼고, 붉은 피를 포화로 대신한 창세기 이래 미증유의 맨손혁명'이었다. 지도자도 없고 주도세력도 없었다. 모두 '대한 독립 만세'만을 외쳤다. 망국의 땅에서 백성들이 서원한 '육자진언六字眞言'이었다. 하지만 그것은 죽음을 부르는 주문이기도 했다.

서대문형무소에 갇혀 취조를 받던 양한묵* 민족대표가 급사했다. 아들은 고문으로 숨진 아버지 시신을 받아 인력거에 실었다. 눈물을 뿌리며 집으로 가던 아들은 종로 네거리에서 인력거를 세웠다. 그리고 홀로 대한 독립 만세를 외쳤다. 아버지가 왜 죽었느냐고 소리치던 아들도 결국 맞아 죽었다.

전라도 남원에서는 수만 명이 만세를 부르며 행진했다. 흰옷이 물결을 이뤄 30리에 뻗쳤다. 왜경의 총구가 불을 뿜을 때마다 흰옷이 붉게 물들었다. 방房씨 성을 가진 사내도 그 자리에서 숨졌다. 비보를 접한 아내가 몽둥이를 들고 뛰쳐나갔다. 왜병에게 붙잡힌 아내는 칼을 물고 자결했다. 아들과 며느리를 잃은 노모 또한 하늘을 원망하며 목숨을 끊었다. "하느님이시여, 이 지경이 되도록 어찌 가만 계십니까."

평안도 철산에서 만세를 부르던 열네 살 소년이 총상을 입었다. 소년은 홀어미의 외아들이었다. 어머니 품 안에서 숨을 거두며 마지막으로 이렇게 말했다. "제 가슴속의 피가 불덩이가 될 것이니 저들의 섬나라를 불태우겠습니다."

온 마을과 산하가 피로 물들었다. 수많은 사람이 죽어갔지만 이름을 남긴 사람은 그저 손으로 꼽을 정도다. 아무도 기록하지 않았(못했)다. 유일하게 박은식만이 바람이 전하는 소식을 모았다. 『한국독립운동지혈사』는 그야말로 피에 젖은 혈사血史다. 늙은 학자는 "오

---

* 양한묵梁漢默(1862~1919)은 전라남도 해남 태생으로 대한제국 탁지부 세무관리를 지냈고, 관직에서 물러난 후 동학에 입교했다. 이준 열사 등과 헌정연구회를 조직했고, 손병희 등과는 서울에서 천도교 중앙총부를 결성했디. 3·1운동 당시 민족대표 33인 중 한 사람으로 체포되어 옥사했다.

장을 칼로 에어 내는 듯하고 말보다 눈물이 앞서" 붓 든 손을 떨어야 했다.

그는 유일하게 당시 피해 상황을 집계해서 역사에 남겼다. 독립 선언 이후 3개월 동안 202만 명이 넘게 집회에 참가해서 죽은 자가 7509명, 다친 자가 1만 5961명이었다. 그러나 남모르게 죽어간 사람들이 어디 그뿐이겠는가. 박은식은 조선인이었기에 죽어야 했던 이름 없는 사람들을 기리고 있다. 피를 닦아 내고 역사 속에 누였다. 누군가 죽어서 만세시위는 혁명이 될 수 있었다. "저 풀을 보라. 들불이 다 불사르지 못한다. 봄바람이 불면 다시 살아난다."

모든 사람을 다 죽일 수는 없었다. 그렇다면 누군가 죽어서 누군가는 살아남았다. 결국 죽은 자들이 세상을 끌고 왔다. 죽은 자들이 낸 길을 따라 우리는 여기까지 왔다. 그래서 이름 없는 무덤, 허물어진 무덤을 예사로 볼 일이 아니다.

독립투사 후손은 극소수이고, 친일파 자손들도 소수다. 우리 대다수는 현실에 둔감하거나 용기가 없어서, 또는 운이 좋거나 비겁해서 살아남은 자들의 후손이다. 죽은 자들이 대신 죽어서 우리가 살아 있는 것이다.

자신의 무덤을 박차고 나온 사람들이 있다. 바로 일본군 위안부 피해자들이다. 그들은 살아도 죽은 이들이었다. 아픔과 한이 가득했던 무덤을 헤치고 나와 진실을 말하고 야만의 시간을 증언했다. 특히 김복동 할머니는 진정한 용서와 평화가 무엇인지를 우리 가슴에 심어 주었다. 혼자였다면 가능하지 않았을 것이다. 아직 무덤 속에 있는 전쟁 위안부 피해자들을 생각하며 단단해졌을 것이다. 할머니는 그들을 대신하여 주먹을 쥐고 당당히 외쳤다.

산 자들이 김복동 할머니를 묻었다. 이제 할머니는 소원대로 나비가 되어 훨훨 날아갈 수 있을 것인가. 아마 혼자만 저 하늘로 훨훨 날아가지 않을 것이다. 할머니는 말했다. "우리는 아직 해방을 맞지 않았다."

그 말이 어찌 일본만을 향한 것이겠는가. 실상 살아 있는 우리에게 남긴 말이다. 아직도 제 나라와 민족이 귀한 줄 모르는 대한민국에 남긴 말이다. 할머니는 모두가 함께 날아오를 그날을 위해 자신의 날개를 짓고 있을 것이다. 그 날개는 맑고 고울 것이다. 저 차디찬 무덤 속의 할머니들이 모두 나비가 되어 날아오를 날은 언제인가. 수없이 많은 날갯짓으로 하늘이 열릴 날은 언제인가.

봄이 오고 있다. 대한 독립 만세를 외친 후 100번째의 봄, 죽은 자들을 기억하라. 그들의 말을 들으라. 그들이 우리 곁에 있다.

중도주의, 정하룡의 마지막 당부

비상한 책을 접했다. 동백림 사건의 사형수가 쓴 『정하룡 회고록-나의 20세기』다. 사적인 회고록이 아니다. 변혁의 시기마다 느꼈던 사색의 산물이며 근현대사에 대한 관조다. 밑줄을 치면서 읽었다. 통일의 꿈이 멀어지고, 민생이 피폐해지고, 민주주의가 후퇴하는 시점이라 그랬을까. 모진 풍파를 겪었지만 논리가 가지런하고 가식 없는 문장은 고졸하다.

선생은 "전쟁과 이데올로기에 희생된 수백만 인간의 피와 한숨으로 얼룩진" 20세기를 살아냈다. 평생 두 장면을 잊지 못하고 있다. 융단폭격을 당한 평양의 끝없는 폐허 속에서 전봇대 하나만 서 있는 풍경과 한 마을 사람끼리 서로를 죽인 시신이 수없이 뒤엉켜 있는 현장이다. 선생은 전쟁과 이데올로기의 상처를 입고 "절망하는 사람들의 희망"을 찾아 프랑스 유학길에 올랐다. 그리고 북한의 실상을 제대로 살펴 통일의 묘안을 찾아보려 평양을 방문했다.

박사학위를 받고 돌아와 돌연 간첩단 사건에 연루되었다. 영구집권을 획책하던 박정희 정권은 개헌 의석을 확보하려 부정선거를 저질렀다. 이에 분노한 대학생들이 대규모 시위를 벌였고, 이를 덮기 위해 건국 이래 최대의 간첩단 사건을 기획했다. 박정희 지시로 제작한 사기극이었다. 독일과 프랑스에 거주하는 학자와 예술가들이 무더기로 잡혀 왔다. 화가 이응노, 작곡가 윤이상, 시인 천상병을 엮어서 '북괴의 문화계 침투'라는 삽화도 집어넣었다. 1967년 한국을 뒤흔든 동백림 사건은 그렇게 고문과 회유로 완성됐다.

학자 정하룡은 장 폴 사르트르의 앙가주망을 좇는 지식인에서 생각이 붉은 사회의 이물異物로 추락을 했다. 그리고 그가 추앙했던 사르트르, 시몬 드 보부아르, 프랑수아 모리아크 등 당대 세계적 지성들의 구명운동에 힘입어서 풀려났다. 선생은 학자의 꿈을 접고 항공사에 취업하여 국제무대를 누볐다. 박정희가 밀어붙인 '경제개발'에 앞장섰다. 프랑스 정부가 주는 훈장도 받았다. 사회적인 지위가 안정되자 젊은 날의 자신에게 미안했다. 갈고닦은 통일관과 중도주의에 어긋나는 삶이기에 강박관념에 시달렸다. 그가 설파하는 중도주의가 압권이다, 책의 백미다. "중도주의는 그저 중간지점만을 지키는 것이 아닙니다. 상황에 따라 옳고 유리한 쪽을 택하는 '자주'입니다. 좌·우 어느 한쪽에 항시적으로 치우치는 것은 사대주의이며 '예속'입니다."

　돌이켜 보면 우리 현대사는 '나는 선, 너는 악'이라는 이분법이 지배했다. 중간지대가 없었다. 증오감, 복수심을 부추기면 언제라도 유혈참극이 벌어졌다. 가학과 피학의 톱니바퀴가 서로 물리면서 복수극을 되풀이했다. 한반도에서 자행된 대학살, 그 피의 진실을 밝혀내야 했건만 가학의 기억은 국가가 개입하여 이데올로기로 덮어왔다. 선생은 이를 '망각의 죄'라 했다. 선생은 '개혁은 산문이고, 혁명은 시'라고 했다. 우리 근현대사는 민중이 공명하는 시를 쓰지 못했다. 그래서 4·19와 5·16이 혁명일 수 없다. 혁명이란 민중이 부수고 없앤 그 자리에 새것을 세워야 하지만 4·19는 새것을 세울 중심세력이 없었고, 5·16은 민중의 참여가 없었다는 것이다. 아직도 이데올로기를 앞세운 극단주의를 청산하지 못하고 있음이 아프다. 야만의 시대를 벗어나지 못했다.

　선생은 우리 정치를 어떻게 바라보고 있을까. "치졸하고 격렬하고 지리멸렬한 비난과 협박의 연속"이라며 질타했다. 치졸하고 지리멸렬한 이번 총선을 미리 본 것 같다. 사실 이런 극단주의와 허무주의를 조장하는 혐오의 정치는 오래된 것이며 그래서 보지 않아도 보인다. "정치는 근본적으로 타협의 예술입니다. 두 극단을 완화할 수 있는 길이 중도주의입니다. (…) 이런 식의 진영 상황은 정책의 불모지를 만듭니다. 정치 혐오가 만연합니다. 그렇게 계속하다 보면 '나쁜 역사'만 되풀이될 뿐입니다. 중간지대라는 '중심'이 없기 때문입니다."

　20세기를 건너와 91세, 망백望百에 곧 떠나갈 조국을 바라보고 있다. 부인을 먼저 보내고 홀로 고창에서 지난 세월을 복기하고 있다. 자신은 이미 역사라는 바둑판에 사석捨石이 되었다. 마지막 희망은 한반도를 경영할 미래 세대가 그 사석을 활용하여 '민족 대통합'이라는 대마를 낚아주는 것이다. 정치 실종의 시대, 정하룡의 중도주의를 생각한다.

당신들이 바다를 아는가

"우연이 아니다. 오늘, 갚을 거 갚자고 달려들어 사람의 집을 흔드는 저 난행이 어느 때의 계산인가 따질 일이다.// 사람의 일로 저지른 패악의 연보年譜만큼/ 들불처럼 일어나는 폭풍해일!" __정희성 〈태풍3〉

 살아 펄떡이는 바다에 기어이 핵 폐수를 쏟아 내겠다고 한다. 후쿠시마 오염수는 심청이가 빠진 인당수 아래 용궁에도, 인어공주가 사는 궁전에도 흘러들어 갈 것이다. 앞으로는 바다에서 건강한 상상력으로 『노인과 바다』 같은 싱싱한 이야기를 건져 올릴 수 없을 것 같다.
 끝과 깊이를 알 수 없는 생명의 바다, 처음을 생성하고 마지막을 책임지기에 바다는 수평선 너머 하늘과 닿아 있다. 이 신성한 바다에 인간들이 죽음과 공포를 섞으려 한다. 문명사에 이처럼 무도한 일은 없었다. 바다가 핵 폐수를 삼키면 어떤 일이 일어날까. 물이 죽으면 사람이 죽는다. 부정 탄 물에는 재앙이 들어 있다. 칭기즈칸은 초원을 평정한 후 칼보다 무서운 대법령을 선포했다. 대법령 제4조를 보라. "물과 재에 오줌을 누는 자는 사형에 처한다."

일본은 바다에 30년 동안 오염수를 쏟아 내겠다고 했다. 그 30년은 앞으로 '무한정'이 될 것이다. 이 나라 저 나라, 여기저기서 핵 폐수를 버릴 것이다. 전례가 있으니, 그래서 마음이 오염되었으니 거리낄 게 없을 것이다. "너만 버리냐, 나도 버린다." 인류가 숙성시킨 이성은 맥을 추지 못할 것이다.

우리는 앞으로 펼쳐질 비극의 실체를 알 수 없다. 하지만 또렷하게 보인다. 예전처럼 너그럽지 않은 바다가 보인다. 바다에는 칸막이가 없다. 그래서 인류에게 바다는 지구처럼 단 하나이고, 바다의 재앙은 모두에게 닥친다.

다른 나라는 조용한데 왜 한국만 극성스럽게 반대하느냐고 따진다. 우리라도 소리쳐야 하지 않은가. 그것이 생명을 받드는 행위 아닌가. 오염수가 우리 해안에 당도하려면 몇 년, 몇십 년이 걸린다며 안심하라고 한다. 그럼 그때 닥칠 재앙은 괜찮은 것인가. 후손들의 바다를 오염시키고 훌쩍 떠나가면 그만인가. 해류가 수천억 번의 몸을 뒤척여서 방사능 찌꺼기를 떨쳐 낼 것이니 안심하란다. 누가 미래의 바닷속을 보았는가.

말문이 막히면 과학을 들먹인다. 하지만 저들의 과학은 오염되었다. 과학을 선전도구로 활용하고 있을 뿐이다. 한국에 온 라파엘 그로시 국제원자력기구IAEA 사무총장이 말했다. "(오염수를) 나도 마실 수 있고, 그 안에서 수영도 할 수 있다." (유도된 답변이긴 해도) 국제기구의 수장이라면, 과학자들을 대변한다면 이런 말을 해서는 안 된다. 그로시는 뇌물로는 부패하지 않았는지 몰라도 확실히 오염되었다. 핵 공포를 머리에 이고 사는 국민들에게 "오염수보다 북핵 문제를 더 걱정하라"라는 훈수를 했다. 기가 막힌다.

과학은 겸손하다. 과학의 미덕은 자신의 오류를 스스로 교정한다는 것이다. 인류에게 닥칠 핵 재앙을 경고하며 누구보다 지구의 미래를 걱정했던 칼 세이건은 이런 말을 남겼다.

"과학 하기에는 우리가 지켜야 할 규칙이 있다. 그것은 단 두 가지로 요약될 수 있다. 첫 번째는 신성불가침의 절대 진리는 없다는 것이다. 가정이란 가정은 모조리 철저하게 검증돼야 한다. 과학에서 권위에 근거한 주장은 설 자리가 없다. 두 번째는 사실과 일치하지 않는 주장은 무조건 버리거나 일치하도록 수정돼야 한다는 것이다." _칼 세이건 『코스모스』

우주에서 '창백한 푸른 점' 하나를 바라보고 있을 칼 세이건은 지금 어떤 표정을 짓고 있을까. 그의 안색이 지구보다 더 창백할 것 같다.

저 바다가 어찌 인간들만의 것인가. 과학자들의 오만이 두렵다.

뉴턴이 내세운 지고의 '중력 법칙'도 아인슈타인의 상대성이론과 양자역학에 흔들렸다. 정녕 바다를 아는가. 바닷속 어디가 편치 않아 태풍이 갈수록 사나워지는지, 해류는 무엇을 실어 나르는지, 깊은 바다에는 무엇이 사는지, 달빛이 어리면 어떤 어종이 나타나는지, 방사능에 특히 취약한 생명체는 무엇인지….

바다의 안녕을 어찌 1리터의 바닷물에 물으려 하는가. 검푸른 파도가 몰아치는 바닷가에서 자신의 논리를 펼쳐보라. 지식을 과신하고 있는 것은 아닌지, 진영에 팔아넘긴 것은 아닌지, 출세를 위해 타협한 것은 아닌지. 생물학자 폴 에를리히는 "자연의 법칙에 대한 무지에는 용서가 없다"라고 했다. 다시 묻건대 당신들이 바다를 아는가.

서해 끝에 격렬비열도가 있다

주꾸미를 끌어 올리면 고려청자가 딸려 나오는 태안 앞바다, 그곳에서 뱃길로 100리 남짓에 격렬비열도가 있다. 서쪽 바다 끝 섬이다. 가거도보다 중국에 더 가깝다. 아득한 옛날에는 중국 산둥반도의 닭 울음소리가 이곳까지 건너왔다고 한다. 격렬하거나 비열한 섬이 아니다. 북·동·서쪽의 3개 섬과 이에 딸린 9개의 작은 섬들이 늘어서 있는 열도列島다. 그래서 격렬비열도格列飛列島는 이름처럼 '새들이 줄지어 날아갈 듯 떠 있는 섬'이다.

선박 접안시설이 없어서 바다에 일체의 노기怒氣가 없어야만 섬에 갈 수 있다. 다행히 바다가 바람을 재워서 섬을 연모하는 사람들과 함께 북격렬비열도에 오를 수 있었다. 이곳에는 등대가 있다. 가을은 물에 젖지 않고 건너와 11월의 무인도는 군데군데 초록이 지워져 있었다. 그럼에도 청갓과 유채가 지천으로 깔려 있고 우거진 동백, 사철,

산뽕나무가 아직 씩씩했다.

"다양한 난대식물, 수백 그루의 동백나무, 무리 지어 사는 괭이갈매기, 박새, 매, 가마우지 외에도 환경부 지정 멸종위기 야생동식물II급인 '장수삿갓조개'를 비롯해 희귀종과 한국 미기록종이 다수 서식하고 있다." __김정섭『격렬비열도』

격렬비열도는 바닷속도 비옥하다. 조기, 우럭, 전복 등 고급 어족이 잡히는 황금어장이다. 예부터 중국 어선이 몰려들었다. 지금은 떼 지어 노골적으로 영해를 침범하고 있다. 긴장의 파고가 어느 때보다 높다. 죽창, 쇠창살, 해머 등으로 무장한 저들을 단속하는 것은 해전海戰과 다름없다. 또 격렬비열도 인근 해역에서는 밀입국과 밀항이 빈번하게 일어나고 있다. 희대의 사기꾼 조희팔도 격렬비열도를 거쳐 중국으로 달아났다. 경비망을 뚫고 공해상에서 대기하던 배를 타고 유유히 사라졌다. 현지 주민들은 이 같은 해상 불법행위를 응징하기 위해 격렬비열도에 함정이 정박할 만한 전진기지를 구축해야 한다고 입을 모은다.

격렬비열도는 안보, 경제, 환경, 생태에 더없이 중요한 섬이다. 그럼에도 섬 세 개 중 서쪽과 동쪽 섬은 개인이 소유하고 있다. 믿기지 않겠지만 사실이다. 중국은 아주 오래전부터 서쪽 섬에 눈독을 들였다. 2012년 중국인이 조선족을 앞세워 소유주에게 접근했다. 다행히 섬 주인은 '거액의 유혹'을 뿌리쳤다. 그때서야 정부가 나서 외국인 토지거래 허가지역으로 지정했다. 그럼에도 정작 섬은 사들이지 않았다. 백성의 애국심은 바위처럼 묵직했지만 나라의 대응은 공깃돌처럼 가벼웠다. 서격렬비열도 전체의 공시지가는 2020년 기준으로 1억 1099만 원이고, 동격렬비열도는 2억 3909만 원이다(김정섭의 계산). 세 배로 높여서 매입해도 겨우 10억 원이다. 서울 도심의 아파트 한 채만 팔면 섬 두 개를 사고도 남는다.

상상 속의 격렬비열도는 여전히 격렬하고 비열하다. 격렬하게 좋아했다가 비열하게 돌아선 사랑, 그 사랑은 갈 곳 없이 떠돌다 간신히 섬에 닿는다. 아픈 사랑의 최후의 망명지. 그래서 시인은 "내 청춘의 격렬비열도엔 아직도 음악 같은 눈이 내리(박정대)"고 있다며 가슴을 친다. 아마도 섬은 상처 난 사랑을 품어 바닷물에 씻긴 후 괭이갈매기 편에 어딘가로 실어 보낼 것이다. 그래서 마지막 사랑은 누군가의 첫사랑이 될 것이다. 비록 언젠가는 아플지라도 두근거리는 마음이 되고 설레는 가슴이 될 것이다. 뱃길이 열리면 또 다른 연인들이 찾아와 저마다 다른 색깔의 사랑을 빠뜨릴 것이다.

최근 정부는 격렬비열도를 국가관리 연안항으로 예비 지정했다. 다행이다. 그리되면 독도처럼 선박 접안시설이 생길 것이다. 등대는 차디찬 바다만 비추지 않을 것이다. 뱃사람들 마음까지 밝혀줄 것이다. 찬 바다에서 막 돌아온 병사들이 뜨거운 커피로 간밤의 긴장을 녹일 수 있을 것이다. 배들이 섬 그늘에서 쉴 수 있고, 누구나 섬에 들어 지난 세월을 풀어보고 그리운 얼굴을 떠올릴 것이다. 그리되려면 모든 것을 소리 없이, 은밀하게, 신속히 추진해야 한다.

숨 가쁜 일들이 밀려드는데 섬 이름이 좀 길다. 바쁠 때는 '격비도格飛島'로 부르면 어떨까. 뱃길이 활짝 열리면 격렬비열도는 보란 듯이 줄지어 비상飛翔할 것이다. 있을 것은 다 있는데 우리 관심만 빠져 있었다. 이름이 있음에도 불구하고 '서해의 독도'로 불림은 굴욕이며 수치다. 이제 제 이름을 불러주자. 남쪽의 마라도보다 다섯 배, 독도보다는 열 배나 외로운 섬. 서해 끝에 격렬비열도가 있다.

지구 멸망이 아니다

우리는 겨우겨우 가을 속으로 들어왔다. 지난여름은 장대비에 쓸려 나갔다. 그렇게 많은 비가 왔어도 무지개를 보지 못한 것 같다. 우리 네 젖은 가슴이 아직도 마르지 않고 있다. 도대체 우리가 사는 지구에 서는 무슨 일이 일어나고 있는가. 이 가을은 무탈할 것인가. 여름이 떠내려갔는데 무엇을 익혀야 한단 말인가.

모든 것은 예견되었다. 돌아보면 새천년을 앞둔 지구촌의 하늘에 는 불안이 서려 있었다. 모두 지구가 병들었음을 알고 있었다. 그렇다 고 지구가 사라지는 것은 아니다. 재앙은 인류에게 닥칠 것이다. 우리 는 지구를 우리 것이라 여기고 있다. 착각이다. 지구는 호모 사피엔스 의 서식지일 뿐이다. 지구 안에는 인간 말고도 억겁의 생명체가 있다. 그래서 그날이 온다면 지구의 종말이 아니라 인류의 종말이다.

언제부턴지 '지속 가능한 사회'란 용어가 쓰인다. 그 속에는 이대로 가면 '지속 가능하지 않은 사회'가 올 것이라는 절망이 들어 있다. 식자들은 인류에게 닥칠 재앙을 구체적으로 열거했다. 펼칠수록, 계산할수록 새천년이라는 인류의 미래는 어두웠다. 자연히 종말론이 퍼졌다.

노스트라다무스의 예언도 그중 하나였다. "1999년 일곱 번째 달, 하늘에서 공포의 대왕이 내려오리라." 사람들은 1999년 7월을 주시했다. 다행히 지구에서는 큰일이 나지 않았다. 공포의 대왕은 하늘에서 내려오지 않았다. 그런데도 일각에서는 노스트라다무스의 예언이 틀리지 않았다고 주장한다. '1999년 7월'은 종말의 시기가 아니라는 얘기다. 9는 작용의 끝수이며, 7은 분열의 최후단계를 표상하는 숫자여서 인간 문명의 최후단계를 상징적으로 나타냈다는 것이다. 그래서 아직 그날은 오지 않았다는 것이다. 그렇다면 '공포의 대왕'은 언제 어떤 모습으로 내려올까.

우리 시대에도 눈과 귀가 밝은 이들이 있었다. 그들은 지금 당장 무엇인가 하지 않으면 인류에게 미래는 없다고 호소했다. 그러나 인간의 탐욕과 포식은 끝이 없었다. 결국 우리는 전혀 낯선 자연을 보았다. 끝없이 쏟아지는 비는 여름을 찬양했던 수많은 글을 수장시켜 버렸다. 이제 자연의 실체가 드러났다. 자연은 인간 편이 아님이 분명해졌다. 앞으로 인간의 문명은 한나절의 비에도 쓸려 가버릴 것이다. 노스트라다무스의 다른 말을 들어보자.

"세계는 대재난이 일어나기 전에 대홍수가 일어날 것이다. 대홍수는 한동안 지속될 것이며 특정 인종과 지역을 빼고 모든 것을 쓸어버릴 것이다. (…) 그 후로는 많은 지역이 가물 것이다. 하늘에서는 수많은 불덩어리와 돌이 떨어질 것이고 모든 것은 불로 파괴될 것이다."

한국은 '코로나19 방역체제'를 세계에 자랑하고 있지만 다른 한편으로는 지구를 오염시키는 아주 못된 나라다. 한국인의 쓰레기 배출량은 세계 최상위권이다. 해마다 빗물에 떠내려온 쓰레기가 산하를 뒤덮는다. 지옥이 따로 없다.

문득 갑자기 세상을 떠난 생태사상가 김종철 선생이 생각났다. 자연의 비명을 듣고 뼛속까지 아파했던 선생의 울음을 우리는 그저 그런 탄식으로만 여겼다. 선생은 하늘에서 쓰레기 강산을 내려다보고 다시 눈을 감았을 것이다.

"학교로 오가는 버스 속에서 아예 눈을 감고 있는 경우가 점점 많아져 갑니다. 잠깐 눈을 붙이려는 게 아니라, 지나가는 길에서 보이는 산과 들이 마구잡이로 파괴되어 가는 모습을 볼 수가 없기 때문입니다. 도대체 상처 입지 않은 산과 들이 없습니다. (…) 산허리가 허옇게 드러난 모습을 보면 가슴이 미어터지는 것 같습니다. 생명의 서식처가 이처럼 갈가리 찢겨 나가는 데가 여기뿐만 아니라는 것을 너무도 잘 알기에, 나는 여행이고 뭐고 돌아다니는 것이 도무지 싫습니다." _김종철 『땅의 옹호』

여름이면 어김없이 장대비가 쏟아진다. 하염없이 내리는 비는 하염없는 지구의 눈물이라고 한다. 그렇다면 저 눈물이 마르면 어떤 일이 일어날 것인가. 아무도 알 수 없지만 '큰일'이 다가오고 있음은 누구나 알 수 있다. 늦었더라도 하늘을 무서워하고 바람의 말에 귀를 열어야 한다. 다시 말해도 지구 멸망이 아니다. 지구에게 버림받은 인류의 멸망이다. 우리가 돌아갈 곳은 없다.

석유동물 시대의 종말

사흘째 '말갛게 씻은 얼굴, 고운 해'는 보지 못했다. 추위가 물러가자 어김없이 미세먼지가 해를 가렸다. 기상캐스터는 중국에서 스모그가 유입됐다고 웃으며 말했다. 미세먼지가 해를 가림은 이제 웃어넘길 일이다.

나라마다 찬란한 인공의 빛이 새해를 장식했지만 정작 태양은 그 빛을 잃어가고 있다. "산 너머서 밤새도록 어둠을 살라먹고, 이글이글 애띤 얼굴 고운 해야 솟아라"라고 읊던 박두진 시인의 '해'도 미세먼지에 가렸다.

마을 강가(고양시 공릉천변)를 걷다 보면 덤프트럭이 슬금슬금 다가와 흙을 쏟아 내고 달아난다. 흙 속은 오물 투성이다. 나만 목격한 것이 아니다. 공릉천에 살고 있는 왜가리와 오리들도 보고 있었다. 사회관계망서비스에 사진을 올렸더니 친구들이 신고해서 혼을 내주라 했다. 신고하면 쓰레기가 없어질까. 아마도 쓰레기는 더 으슥한 곳에 더 은밀하게 버려질 것이다.

옛날에는 가져가는 자가 도둑이었지만 요즘은 버리는 자가 도둑이다. 요즘 시골 빈집은 쓰레기장이고, 주민들이 한눈을 팔면 쓰레기산이 생긴다. 전국에는 235개의 쓰레기산이 있다고 한다. 120만 톤의 쓰레기가 악취와 가스를 뿜고 있단다. 당국이 뒷짐 지고 헤아렸을 것이니 실제로는 이보다 훨씬 많을 것이다. 한 번 생긴 쓰레기는 결코 흔적 없이 사라지지 않는다. 묻으면 토양이, 태우면 공기가, 버리면 바다가 더러워진다.

지구의 중력은 모든 것을 확실히 가둬놓고 있다. 미세먼지 하나도 중력을 뚫고 우주로 날아갈 수 없다. 업보는 사후의 얘기가 아니다. 우리 생에서 펼쳐지고 있다. 플라스틱 쓰레기는 인류가 지구를 더럽힌, 이른바 인류세를 살고 있는 인간들의 업이다. 외신에 따르면 우리 모두는 일주일에 신용카드 한 장 무게인 5그램의 플라스틱을 섭취하고 있단다. 물과 주류, 소금과 갑각류 생물, 또 북극 바다와 깊은 지하수에서도 미세플라스틱이 검출되고 있다.

지구촌은 석유로 덮여 있다. 석유 에너지가 모든 것을 키우고 있다. 지난 한 세기 동안 현대인들은 석유를 발견하여 풍요롭게 살았다. 우리는 너나없이 '석유동물'이다. 우리의 문명에서 빠져나온 플라스틱이 온 지구를 덮어가고 있다.

모든 재앙에는 '검은 기름'이 붙어 있다. 훗날 지구를 경영하는 생명체는 석유를 파내 찰나의 영화를 누린 기이한 동물로 인간을 기억할 것이다.

"작디작은 오염먼지 안에 무시하지 못할 위험과 갈등을 감추고 있다. 오염먼지는 산업 문명의 실패가 아니라 성공에서 발생했다. 화려한 문명 안에서 축적되는 오염먼지로 우리는 병들고 서로 갈등한다. 작은 먼지가 거대 산업 문명에 근본적인 의문을 제기한다. 이렇게 먹고 쓰고 버리고 사는 게 맞느냐고, 우리에게 질문을 던지는 것이다." __조천호 『파란하늘 빨간지구』

한국인은 세계에서 가장 많은 플라스틱을 소비하고 가장 많은 쓰레기를 배출하고 있다. 보는 순간 소름이 돋아서 따로 보관해 두었던 《경향신문》을 펼쳐본다. 멕시코 남부해안에서 집단 폐사한 멸종위기종 올리브각시바다거북 배 속에서 한국산 플라스틱이 검출됐다는 기사다.

"생명다양성재단과 영국케임브리지대 동물학과가 공동 조사한 '한국플라스틱 쓰레기가 해양 동물에 미치는 영향' 보고서에 따르면, 한국에서 배출한 플라스틱 쓰레기가 해마다 바닷새 5000마리와 바

다 포유류 500마리를 죽게 하는 것으로 나타났다." __2019년 7월 22일 자

    미세플라스틱은 석유동물들이 쓰다 버린 이기심과 욕망의 파편들이다. 그럼에도 잘게 쪼개져 언제 누가 버린 것인지 알 수 없다. 자신이 버렸어도 자신의 것이 아니라고 외면하는 사이에 우리 마음에도 미세먼지가 달라붙는다. 마음거울心鏡이 흐리면 사리事理가 흐려짐이니, 이 땅은 더 이상 중국인들이 오래전에 이름 붙인 '잘 닦인 거울의 나라'가 아니다. 먼지 하나에 산처럼 무거운 것들이 들어 있다.

    지난해 지구촌에서는 기후변화를 직시하자는 거대한 바람이 일었다. 우리 젊은이들도 거리에 나와 지구를 살려달라고 호소했다. 하지만 태극기와 촛불 집회의 함성에 묻혀버렸다. 지구가 성하다면 저들의 구호는 또 다른 미세먼지로 기록될 것이다. 하늘 향해 주먹을 내질러도 정작 하늘은 보지 않는다. 해와 달이 그 빛을 잃으면 무엇이 남을 것인가. 우리가 믿었던 것들이 미세먼지를 뒤집어쓰고, 우리가 사랑한 것들이 쓰레기에 덮여 있다. 시간이 없다. 태양마저 마스크를 쓰면 석유동물의 시대에 종말이 올 것이다.

소나무야 소나무야

지금 우리 땅에서는 소나무와 참나무가 싸우고 있다. 햇볕을 받기 위해 하늘을 차지하려는 전쟁이다. 하늘을 빼앗김이 곧 죽음이니, 소나무와 참나무는 사활이 걸린 처절한 몸싸움을 벌이고 있다. 그러나 승자와 패자는 정해져 있다. 인간의 개입이 없다면 참나무의 일방적인 승리다. 소나무에게는 비극적인 최후가 기다리고 있을 뿐이다.

소나무는 햇볕을 받지 못하면 그대로 말라 죽는다. 햇볕을 차단하는 것은 숨구멍을 막는 것과 똑같다. 그래서 참나무가 곁에 오면 소나무는 제 몸을 비틀어 피한다. 참나무를 피해 다른 곳으로 가지를 뻗는다. 참나무와 맞닿아, 이른바 정면승부를 벌이면 소나무의 백전백패다. 참나무의 큰 잎새가 만드는 그늘은 소나무에게는 곧바로 독毒이다. 한쪽 가지들이 모두 말라버린 모습은 흡사 한쪽 손과 발을 잃어버린 듯 흉측하다. 또 참나무에 포위된 소나무는 오로지 살기 위해 다른 것은 모두 포기하고 하늘로 치솟아 오른다. 그러다 보니 키만 크고 몸통은 가늘어 영양실조에 걸린 것처럼 앙상하다. 참나무의 협공을 피해 아슬아슬하게 목만 빼고 하늘을 보고 있지만 머잖아 참나무의 무성한 잎에 가려 생을 마감할 것이다. 참나무는 음지에서도 잘 견디고 성장 속도가 소나무보다 빠르니 어쩌겠는가.

참나무의 소나무에 대한 무차별 공격은 이 땅 어디를 가도 목격할 수 있다. 지금 우리네 산속에서는 소나무가 비명도 지르지 못하고 죽어가고 있다. 잎 떨군 참나무들은 지금 늘어지게 겨울잠을 자고 있지만, 소나무들은 떨면서 잠도 이루지 못할 것이다. 옛날에는 우리 숲의 60퍼센트를 소나무가 차지했는데 이제 25퍼센트로 대폭 줄었단다. 더욱 충격적인 것은 50년 뒤에는 남한에서 볼 수 없고, 100년 후에는 한반도에서 완전히 사라질 것이라는 학자들의 예측이다. 소나무의 나라에서 소나무가 사라지면 무엇이 남을까?

소나무로 집을 지었고, 그 속에서 아이가 태어나면 금줄에 생솔가지를 꽂았다. 죽으면 소나무관에 들어가 솔숲에 묻혔다. 이승과 저승을 동시에 지켜줬고, 가장 흔하면서도 가장 귀한 나무였다. 소나무는 우리네 시였고, 그림이었고, 노래였고, 이야기였다. 소나무로 배를 만들고, 궁궐을 짓고, 소나무를 태워 철을 만들고, 도자기를 빚었고, 소금을 생산했다. 소나무는 살아 있는 문화유산이다. 그래서 조선시대에는 소나무가 나라의 재산이었고 벌채를 엄격하게 금했다.

지금도 우리 민족이 가장 좋아하는 나무이고, 가장 경외하는 나무다. 소나무숲에는 신비로운 기운이 감돌고 간절한 기도가 서려 있다. 푸른 솔은 지조와 절개의 상징이다. 어떠한 풍상에도 제 모습을 잃지 않고 의젓하게 서 있는 자태는 한국인에게 희망이요, 때로는 믿음이었다. 학이 날아와 울고 솔바람 소리로는 마음을 씻었다. 우리네 삶은 솔밭 속에 있었고, 우리네 정신과 문화는 솔숲 속에 있었으니, 우리 민족에게 소나무는 진정 나무 이상의 나무였다.

힘겨운 싸움을 하는 소나무에게 또 다른 재앙이 닥쳤다. 한번 걸리면 그대로 죽어야 하는 '소나무의 에이즈' 재선충병이 창궐하고 있다. 특별한 치료약이나 천적을 발견하지 못해 이미 일본에서는 모든 소나무가 스러졌다. 이래저래 이 땅의 소나무는 수난의 연속이다. 머잖아 애국가 속의 '남산 위의 저 소나무'도, 성삼문이 죽어서 되고 싶었던 '봉래산 제일봉의 낙락장송'도, 안치환이 부른 '솔아 솔아 푸른 솔아'도 사라질 것이다. 이것이 자연의 흐름이라면 참으로 덧없다.

박경리의 '생명'

"아무도 환경파괴의 심각성을 몰라요. 위정자들도 환경은 지엽적인 걸로 치부하고 말아요. 하지만 환경은 본질입니다. 지구는 지금 큰 병을 앓고 있습니다. 이 늙은이는 그걸 체감하고 있어요. 땅덩이에 열이 있어요. 원주 이곳에도 백일홍이 피고 감나무에 감이 열려요. 이건 머나먼 남쪽에서나 가능한 일이었지요. 물질 위주의 생활이 환경을 죽이고, 환경은 우리 정신을 죽이고 있습니다. 우리는 지금 우주질서를 어기고 있단 말입니다. 우주와 싸우려 합니다. 어림없는 일이지요. 인간에게 가장 위험한 건 문명에 대한 과신過信입니다. 자연에 대한 우월감입니다. 우리는 지구를 하나의 생명 연합체로 봐야 합니다. 우리 마음에 우주가 들어 있습니다. 인간만을 위한 삶은 결국 다른 생물을 착취하는 것입니다. 마음속 우주를 파괴하는 겁니다. 인간이 뭇 생명들을 다 죽인 후에는 그 총구를 어디로 돌리겠습니까. 바로 인간입니다."

2001년 1월 2일, 눈 내리는 날, 박경리 선생은 이렇게 말했다. 당시
에도 선생은 노작가였다. 우리가 어떻게 살아야 할지, 새천년의 지혜
를 얻으러 간 기자에게 선생은 절망하라고 일렀다.

"절망해야 합니다. 우리 사회엔 절망하는 사람이 의외로 없어요.
'어떻게 되겠지'라는 막연한 생각으로 삽니다. 희망, 희망, 하는데 그
거 무책임한 말이에요. 불확실한 가짜입니다. 현실을 직시하면 분명
벼랑 끝에 서 있고 절망뿐인데도 인간들은 좋은 쪽으로 자위합니다.
'다 죽어도 나는 살겠지' 하는 망상에 사로잡혀 있어요. 차라리 썩음
이 가속화되어 모든 것이 정리된 후에 다시 출발하는 것이 빠르지 않
으냐 하는 생각도 듭니다."

담배를 태우며 창밖을 바라보던 선생을 잊을 수 없다. 그의 표정에
서는 절대고독이 묻어 나왔다. 서울로 돌아오는 길에 눈이 내렸다. 눈
발을 보며 그를 유배시키고 우리만 돌아간다는 느낌과 선계仙界에 그
를 남겨두고 우리끼리 지옥으로 들어서는 듯한 느낌이 뒤엉켰다. 생
명이 생명을 죽이는 시대에 생명을 지킬 이 누구이고, 말言이 말을 삼
키는 시대에 절망을 가르칠 이 누가 있는가.

나무에는 영혼이 있다

나무는 땅속, 땅 위, 공중에 뻗어 있는 유일한 생명체다. 흡사 과거의 심연으로부터 돋아나 현재를 거쳐 미래로 뻗어 있는 것처럼 보인다. 그런 나무에 영혼이 있을까. 인간처럼 생각을 할까. 프랑스 수목학자 자크 부로스는 『나무의 신화』에서 식물들도 두려움을 느끼며 기억능력을 가지고 있다고 역설한다.

"나무들은 영혼을 가지고 있다. 하지만 이 같은 믿음은 우리에게 철 지난 미신처럼 보인다. 그러나 버나드 쇼와 앙리 베르그송을 열광시킨, 식물의 심리에 관한 중요한 저술을 쓴 인도의 저명한 학자는 1900년부터 30여 년 동안 실험을 통해 식물에게도 어떤 특정한 기억능력이 동반된 감성이 존재한다는 것을 입증하였다."

꽤 오래전 일이다. 서울 종로구 통의동에 서 있던 300살 백송이 폭풍으로 쓰러졌다. 주민들이 이 백송을 살리기 위해 온갖 노력을 다했지만 더 이상 잎을 피우지 못했다. 마을의 수호목인 백송의 '하얀 주검'을 살피던 사람들은 놀라운 사실을 발견했다. 나이테를 살펴봤더니 백송은 1910년을 전후로 갑자기 성장을 멈췄다. 백송은 1940년대 후반에 가서야 다시 성장을 했다고 한다. 그 기간이 일제강점기와 일치했다. 나무도 나라 잃은 슬픔에 삶의 의욕을 상실했다는 얘기다.

성도成道의 땅, 인도 보드가야 사원에는 우람한 보리수가 있다. 그 아래 엎드렸을 때 형용할 수 없는 감동이 밀려왔다. 중도를 깨닫고 새벽별을 보며 부처님이 세상에 던진 일성은 불교의 시작이며 끝이었다. 그 말을 보리수가 처음 들었다. 사원의 대탑보다, 그 안에 모셔진 불상보다 보리수에 더 끌렸다. 그 여운이 아직도 내 안에 남아 있다.

숱한 수난에도 보리수는 살아남았다. 6세기 말 불교를 핍박했던 뱅골의 왕이 보리수를 불태웠지만 그 자리에서 다시 싹을 틔웠다. 1876년에는 벼락을 맞았건만 기적처럼 새싹이 돋아났다. 그리고 지금 드리운 가지에 잎이 무성하다. 아마 불자들의 간절한 기도에 나무는 최선을 다해 자신을 일으켰을 것이다.

우리네 사찰에도 귀한 나무들이 많다. 고찰이라면 거의가 설화를 품고 있는 명목들이 서 있다. 독경 소리를 듣고 자라서인지 자태가 정갈하다. 또 사찰 주변의 숲은 유독 푸르고 건강하다. 모두가 부처님을 대하듯 성스럽게 돌봤기 때문일 것이다. 사찰의 숲을 지키다 숲속에 잠든 고 김재일 사찰생태연구가는 이런 말을 남겼다.

"우리의 절집은 산막山幕이요, 스님들은 숲지기였다. 숲은 거기에 사는 사람을 닮는다. 도시의 숲은 시민들을 닮고, 산사의 숲은 그 절에 사는 스님들을 닮는다."

숲은 바람까지 정갈하게 빗질하여 사찰로 보내고, 사찰은 말씀을 숲속으로 내보냈다. 속세와 피안, 고통과 구원, 미망과 깨달음은 따로 존재하는 것이 아니다. 절과 숲에는 신성神性과 인성人性이 동시에 들어 있다.

나무와 숲이 있어야 그 안에 모신 부처님이 더 성스럽고 자비롭다. 불교는 숲에서 태어났다. 석가모니는 숲속의 성자였고 초기 불교의 수행자들은 '숲속에 머무는 이들'이라고 불렸다. 숲에서 모든 것을 얻었고 깨달았다. 우리도 예로부터 진리와 생명을 북돋는 청정한 기운이 사찰 숲에서 우러나왔을 것이다.

어릴 적에 자주 찾았던 남도의 고찰이 있다. 경내가 퍽이나 넓었고 오래된 나무가 그 뜰을 지키고 있었다. 얼마 전에 그 절에 들렀다가 깜짝 놀랐다. 불사로 경내의 나무가 사라지고 없었다. 법문을 가장 오래 듣고, 기도하는 사람들 모습을 가장 경건하게 지켜봤던 나무에 누가 톱질을 했을까.

여전히 곳곳에서 대형 불사 소식이 올라오고 있다. 듣기에 불편하다. 그동안 깊은 산속 암자마저도 숲을 밀어 건물을 세우고 산을 깎아 길을 넓혔다. 이제 멈출 때가 되었다. 비록 인간이 세웠지만 사찰이 인간만을 위한 공간일 수는 없다. 그것은 부처의 가르침이 아니다.

나무南無, Namasa라는 칭호가 예사롭지 않다. 귀명歸命이란 뜻이니 마음으로부터 믿고 공경함이다. 나무는 우리 곁에 서 있는 도반이다. 부처나 보살의 명호에 붙는 '나무'란 말이 새삼 경이롭다. 우연히 생겨나지 않았을 것이다.

교회 문을 열어라

신천지 교주 이만희는 코로나19 창궐이 마귀의 짓이라 했다. 그러면서도 마귀는 쫓지 못하고 '박근혜 시계'를 찬 채 큰절로 용서를 빌었다. 그렇게 스스로가 세상의 바이러스임을 인정했다. 그는 '평화의 궁전' 문 앞에 모습을 드러냈다. 하지만 평화는 결코 거창한 궁전에 깃들지 않는다. 결국 그는 예수 이름을 파는 속세의 노인이었다.

기성교단은 당장 사이비집단 신천지를 해체시키라 야단이다. 그렇다면 한국 교회, 특히 대형교회는 이단 논란에서 자유로운가. 한국 교회의 비약적인 성장에는 별난 것이 있었다. 바로 종말론 설파, 개인숭배, 주술적 종교의식, 헌금 강요 등이다. 이러한 물질만능주의, 권위주의, 신비주의를 청산했는가. 아니다, 여전히 세속적이다.

목사가 앞장서 잘살아 보자고 외치고 있다. 교회 다니면서 소원성취 못 하면 믿음이 없는 거라고 몰아친다. 당연히 교인 간에도 빈부의 차별이 존재한다. 으리으리한 성전에서는 여전히 돈 냄새가 난다. 우렁찬 아멘 소리로도, 향기로운 찬송으로도 지울 수 없다.

교인들도 기복신앙에 빠져 있다. 돈 많이 벌고, 자식이 성공하고, 건강해서 오래 살게 해달라 빈다. 헌금 액수를, 통성기도의 부피를 헤아린다. 교회에 바친 게 많다 보니 예수와 성경보다는 목사와 교회를 믿는다. 목사는 어서 천국행 티켓을 예약하라고 하늘을 가리키고 교인들은 박수치며 아멘을 외친다.

예수는 부흥사도 혁명가도 예언자도 아니었다. 가장 소박한 인간으로 살았다. 평생 가난한 사람과 함께 지냈다. 예수는 제자들에게 일렀다. "가지지 말라. 나는 섬김을 받으러 온 것이 아니라 섬기러 왔다." 그럼에도 요즘 교회들은 가난을 잃어버렸다. 그들이 섬기는 신은 가난한 사람을 중심에 두고 섬겼던 부활의 예수가 아니다. 자기들 취향대로 만들어 낸 다른 신, 곧 우상이다. 성전에 정작 예수는 계시지 않는다. 가룟 유다만이 예수를 팔아넘긴 것이 아니다.

이웃의 고통을 외면한 기도 속에 어찌 예수께서 임할 것인가. 하늘 향해 떼를 쓰는 통성기도를 주께서 기쁘게 받으시겠는가. 예수는 그런 기도를 가르친 적 없다. 주의 기도문에는 나 하나만을 위한 기도 말이 없다. 나 아닌 우리의 기도다. 기도는 골방 같은 곳에 숨어서 하고, 금식할 때는 머리를 단정히 빗어 남에게 티를 내지 말라고 하셨다. 하나님의 나라에 어찌 '나만을 위한' 특혜가 있겠는가.

코로나19의 습격에도 주일 교회예배를 포기하지 않겠다는 무리가 있다. 성경을 펼쳐보라. 예수님은 안식일에도 병을 고쳤다. 안식일은 사람을 위해 생겼지 사람이 안식일을 위해 생기지 않았다고 했다. 주일예배를 쉬는 것은 이웃을 배려하는 또 다른 예배다. 대신에 한국 교회가 치유의 예수를 믿는다면 교회 뒷문을 열어 병자들을 가만가만 불러들여야 한다. 지금 병상이 모자라 바이러스 감염 환자들이 두려움에 떨고 있다. 그럼에도 왜 교회는 먼 하늘만 바라보고 있는가. 모든 섬김의 시설들을 티 내지 말고 내어주라.

예수는 사람을 가리지 않았다. 로마 군인 백부장* 부하의 병도 고쳤다. 로마 군대는 유대민족의 원수였건만 중풍을 낫게 했다. 목숨은 누구라도 귀할 뿐이다. 주님의 성전이라면 가장 약한 자들을 누여야 한다. 그러면 주께서 얼굴을 펴시고 치유의 은혜를 주실 것이다.

예수는 자신을 길이요, 진리요, 생명이라 했다. 길이고 진리며 생명이니 어찌 현실을 회피할 것인가. 가장 약한 자들에 둘러싸여 회당이 아닌 세상 속에서 살았다. 이웃을 사랑함이 곧 예수를 사랑함이다. 사랑은 머리가 아닌 실천하는 몸에서 나온다. 예수처럼 십자가를 질 엄두도 낼 수 없는, 성경 밖에서 사는 목회자들은 성경이 가장 두려울 것이다. 사이비는 따로 존재하지 않는다. 주께서 말씀하셨다.

---

* 구약성서에 등장하는 용어로 로마 군대 조직에서 100명 수준의 병사를 거느린 지휘관.

"내가 진실로 너희에게 이르노니 너희가 여기 내 형제 중에 지극히 작은 자 하나에게 한 것이 내게 한 것이라." _「마태복음」25장 40절

김택근의 묵언

268

평화를 원한다면 내가 먼저 평화가 되자

세밑이 얼어붙었다. 지구온난화로 북극의 얼음주머니가 풀린 것일까. 지구가 탈이 난 게 분명하다. 지난 한 해 기후재앙으로 무수한 생명체들이 절멸했다. 종족은 사라지고, 단 한 마리만 남은 새의 마지막 울음을 들어본 적 있는가. 고독과 두려움에 몸서리쳤을, 깃털이 빠진 최후의 둥지를 본 적이 있는가. 상상만으로도 소름이 돋는다.

다시 한 해를 흘려보내야 한다. 추억에는 아직 온기가 남아 있건만 시간의 강물은 차갑기만 하다. 우리는 어디쯤에 있는 것인가. 얻은 것은 무엇이고 버린 것은 무엇인가. 지난해를 펼쳐보고 이를 다시 뭉치면 작고 남루하다. 그럼에도 초록별에서 함께 새해를 맞는 이웃이 있어 얼마나 다행인가. 저 언 땅에 생명들이 있기에, 하늘 향해 팔 벌린 겨울나무가 있기에 봄은 찾아올 것이다.

그렇다. 살아 있기에 우리는 포기해서는 안 된다. 기억할지 모르겠지만 '생명평화'를 얻어보겠다고 길 위에 있었던 무리가 있었다. 생명평화탁발순례단. "세상의 평화를 원한다면 내가 먼저 평화가 되자." 맨 앞에 도법 스님이 있었고 목사, 수녀, 농민, 문인, 활동가 등이 함께 걸었다. 바람이 지리산 골짜기에서 크게 울던 2004년 3월 1일, 순례단원들이 노고단에서 하늘에 아뢰었다.

"어지러운 세상입니다. 이라크에서 끔찍한 군사폭력이 춤을 추고 있습니다. 인종, 종교, 계급, 성, 나이 등 우리는 스스로가 만든 차별로 말미암아 괴로워하고 있습니다. 인간 중심의 세계관으로 만들어 낸 문명은 뭇 생명을 고통의 아수라장으로 내몰고 있습니다. (…) 우리 안에 있는 온갖 편견과 증오와 만나고 우리의 꿈과 절망을 볼 것입니다. 모심과 살림, 섬김과 나눔으로써 생명평화의 새날을 함께 열 것입니다."

걷고 또 걸었다. 순례는 5년 동안 계속되었다. 온 나라 모든 마을을 찾아가 빌어먹었다. 필자도 주말이면 슬쩍 순례단에 끼어들었다. 길 위에서 수많은 사람들을 만났다. 처음에는 모든 사람이 달라 보였다. 시간이 지나자 오늘 만난 사람이 어제의 사람이었다. 하지만 다시 보면 저마다 특별한 존재였다. 물으면 답하고, 답하다가 물었다. 그러다 보니 물음이 곧 답이었다. 그리고 문득 깨달았다. 내가 존재하는 것은 낱낱의 존재에 의해서 이루어졌다는 사실을, 그래서 오늘 이 순간 살아 있음은 모든 것이 관여해서 만들어 낸 기적이라는 점을. 길 위에서 만난 수만 명에게 감사하며 깨달음을 전했다. 그렇게 생명평화의 씨앗을 심었다. 순례의 성과 가운데 하나가 바로 생명평화 무늬(심벌마크)의 탄생이었다. '하늘에 해와 달이 있고, 물 땅 허공에도 생명체가 있다. 삼라만상이 저마다의 개성과 가치를 지니고 있을 곳에 있다. 사람이 이 삼라만상을 제대로 섬긴다면 그대로 생명평화다.' 생명평화 무늬는 모든 생명체는 온 우주가 참여하고 서로 관계를 맺어 존재한다는 것을 형상화해 만들었다.

그렇게 탁발순례를 마치고 십수 년이 지났다. 그렇다면 5년 동안 뿌린 생명평화의 씨앗은 이 땅 어디에, 누구의 마음에 남아 있을까. 놀랍게도 생명평화의 꽃이 카타르 월드컵 경기장에서 피어났다. 축구강국 포르투갈을 이기는 기적 속에는 또 다른 기적이 있었다. 결승 골을 넣고 손흥민 선수를 껴안고 있는 황희찬 선수의 어깻등에 새겨진 생명평화 심벌마크! (경기 후 다음 날 언론에 보도된 사진을 보고 눈을 의심했다.) 어떻게 생명평화 심벌마크를 타투했는지 알 수 없지만 황희찬은 평범한 선수가 아니었다. 그의 우람한 어깨에 새겨진 무늬는 생명평화를 부르는 듯 보였다. 그걸 알리기 위해 웃통을 벗어젖혔을 것이라는 상상을 해본다.

그렇다. 오래전에 이 땅에 뿌려진 생명평화의 염원은 이렇듯 다시 피어나고 있다. 지금 지구촌은 18년 전 순례단이 하늘에 아뢴 상황과 흡사하다. 우크라이나에서는 끔찍한 군사폭력이 춤을 추고 있다. 인종, 종교, 계급, 성, 나이 등 우리 스스로가 만든 차별로 여전히 고통받고 있다. 인간 중심의 세계관이 만들어 낸 문명은 뭇 생명을 죽음의 아수라장으로 내몰고 있다.

우리는 지구를 떠날 수 없는 지구인들, 한 해 마지막 노을이 내려앉는 시간에 손을 모으자. 그리고 새해에 새 꿈을 꾸자. 함께 꿈꾸면 달라질 것이다. 믿을 것은 우리 자신뿐이다. 우리가 바뀌면 세상이 바뀐다. 작은 바람들을 모아보자. 황희찬의 어깻등에 생명평화 무늬가 펄떡이듯 세상 곳곳에서 생명평화 기운이 움트는 '공명의 기적'이 일어나길 소망한다.

"세상의 평화를 원한다면 내가 먼저 평화가 되자."

지휘자 김성진의 '경계 허물기'

과거와 현재, 동양과 서양의 경계에 서 있는 음악인이 있다. 국악지휘자 김성진이다. 서양음악 전공자로는 최초로 국악관현악단장, 예술감독을 맡았다. 그는 '최초'에 늘 부대꼈고, 그의 국악인생은 그 최초를 지우는 것이었다. 나라의 소리를 책임지는 국립국악관현악단 예술감독에 올랐음에도 뒤로 숨던 그가 책을 펴냈다. 바로『경계에서』다. 제목처럼 서양음악을 전공하고 국악에 빠져들었다. 하지만 국악인이 되기까지엔 난관이 많았다.

"양악과 국악, 크로스오버의 세계에서 나는 그 어디에도 속하지 못했다. 국악의 명인들에게 문외한 이방인이었고, 양악을 하는 이들에게는 소통하지도, 이해하지도 못할 저 너머의 괴짜 외계인이었다." __김성진『경계에서』

김성진은 1998년 국악관현악단을 처음 지휘했다. 미국에서 지휘법을 공부하고 돌아와 대학원에서 강의를 하고 있을 때였다. 강의를 듣던 정대석 거문고 명인이 KBS국악관현악단을 지휘해 달라고 불쑥 제의했다. 그는 망설이지 않고 수락했다. 국악은 잘 몰라도 악보가 있었다. 지휘자로서 자신과 약속한 철칙 하나가 있다. "악보에서 답을 찾자." 38세에 떠난 유학이었지만 스승 모리스 페레스를 만난 건 행운이었다. 페레스는 선생을 보지 말고 악보를 보라고 일렀다.

처음 접한 곡이 〈대바람 소리〉였다. 악보와 음원을 받았지만 악보만을 챙기고 음원은 듣지 않았다. 오로지 악보 속에서 대바람 소리를 찾았다. 어린 시절 대밭에서 느꼈던 대나무의 속삭임과 세찬 일렁임을 악보에서 일으켜 세웠다. 그렇게 KBS국악관현악단은 새로운 바람 소리를 연주했다. "뭐 이런 놈이 다 있어." 호평이 쏟아졌다.

그렇게 국악계에 데뷔했다. 하지만 호기심 뒤의 시선은 삐딱했다. 그는 자신의 삶이 '외로움 자체'였다고 술회했다. 시골 학교를 나왔고, 미국의 음악 친구들에게는 이방인이었고, 모국에서는 서양음악이 아닌 국악에 빠졌으니 참 어중간한 인물이었다. 욕도 많이 먹었다. 외로울수록 의지할 것은 악보였다. 악보가 스승이고 친구였다. 김성진만큼 국악관현악 악보를 많이 본 사람은 없다. 그렇다 보니 고독을 즐기게 되었다. 외로워서 맘껏 공부하고, 외로우니까 자신만의 꿈을 꿀 수 있었다.

점차 그를 알아주는 명인들이 생겼다. 황병기, 정대석 같은 이들은 뒷배가 되어주었다. 국악에 빠져들수록 국악기의 음들이 감겨 들어왔다. 소리에서 향기가 피어났다. 그것은 또 다른 득음이었다. 거문고, 대금, 가야금, 해금, 아쟁 등의 농현(음을 흔드는 기법)은 깊고도 오묘했다. 연주자들은 그의 표현대로 "손가락 마디마디가 쓸리고 베여 굳은살이 배고, 피가 나도록 울고 또 울어" 자신만의 소리를 얻는다. 그래서 농현에는 피가 맺혀 있고, 울음이 스며 있다.

　　그런 소리들을 섞는다는 게 얼마나 떨리는 일인가. 알수록 무서웠다. 저마다의 소리가 가슴을 찔러 잠 못 이룰 때도 있었다. 그래도 지휘자는 선택하고 답을 내야 했다. 그는 연주자들에게 곧잘 곡의 느낌을 공유해 보자고 했다. "나팔꽃 위에 이슬 두 방울이 떨어져 있는 모습을 표현해 봅시다." "노을을 보고 와서 다시 해봅시다."

　　관현악단 연주는 수십 명이 내는 소리가 맞아떨어져야 한다. 하지만 국악기의 여음餘音을 양악처럼 잘라버릴 수는 없다. 줄지어 나는 기러기 떼에서 한 마리가 이탈하여 초겨울 풍경을 완성시키듯, 가지런한 음들 속에서 단 하나의 음이 이탈하는 파격을 찾아내야 했다.

　　그의 음악인생은 "왜 국악을 서양 관현악단의 틀 안에 넣는가?"라는 질문에 답을 찾는 여정이었다. 그것은 '오늘날의 우리 음악 만들기'였다. 지금 세계 음악인들이 국악을 K클래식으로 인식하며 영감을 얻고 있다. 그는 머잖아 세계인이 국악을 '사랑할 수밖에 없을 것'

이라 확신한다. 그 한복판에 국악관현악단이 있어야 한다며 단원들을 깨웠다.

김성진은 나라의 소리를 만들고 보관하던 국립국악관현악단 예술감독직에서 물러났다. 이제 다른 무대에서 인생의 4악장을 지휘하려 한다. 젊은이들에게 자신의 모든 것을 전수해 주고 싶다. 그러면서도 스승 페레스가 그랬듯이 '나처럼 하지 말라'고 이른다. "우리의 인생은 저마다의 음으로 연주되고 있다. 감히 누군가에 의해 재단되고 평가되기에는 너무 찬란하고 아름답지 않은가!"(앞의 책) 그는 경계에 서서 경계를 허물고, 그 경계로 많은 이들을 초대하고 있다.

선승의 통곡 '시간의 사슬 끊기'

랜디 포시 미국 카네기 멜론대 교수는 시한부 삶을 살면서도 미소를 잃지 않았다, 그는 『마지막 강의』란 책을 남기고 세상을 떠났다. 인생의 가치와 살아가는 즐거움에 대한 얘기는 나름 울림이 있다. 그는 췌장암 진단을 받고도 절망하지 않았다. 오히려 죽음의 신에 태연하게 맞섰다. 그리고 실제로 남은 시간 동안 잘 살았다.

　그랬던 랜디 포시도 다가오는 죽음 앞에서는 시계를 볼 수밖에 없었다. 한번은 식료품을 사고 셀프 계산대에서 신용카드를 두 번 긁었다. 실수를 했으니 당연히 16달러 55센트짜리 영수증 하나는 취소시켜야 했다. 그러기 위해서는 15분이 걸렸다. 그는 자신에게 물었다. "삶이 얼마 남지 않았는데 환불받기 위해 시간을 써버릴 것인가."

　그는 말한다. "시간은 당신이 가진 전부다. 그리고 당신은 언젠가, 생각보다 시간이 얼마 남지 않았다는 사실을 알게 될 것이다." 우리도 어차피 죽음 앞에 서 있는 시한부 인생이다. 죽음과의 거리를, 죽음에 이르는 시간을 정확히 알고 있다면 우리는 어떻게 생을 마무리할 것인가. 절집에서는 유독 시간이 맥을 추지 못한다. 시간을 토막내고, 가고 오는 시간마다에 의미를 부여하는 행위를 탐탁스럽게 여기지 않는다. 그럼에도 구도의 수행승에게는 촌각을 다투라고 이른다. 시간은 수행승이 가진 전부다. 선방의 죽비에는 째깍거리는 시계침이 들어 있다.

"우물쭈물 날을 헛되이 보내지 말라. 나도 깨닫지 못했을 때에는 깜깜해서 아득했다. 광음을 헛되이 보낼 수가 없어서 배 속은 불이 났고 마음은 바빠서 부산하게 도를 찾아 물었다." __임제 선사

"헛된 몸을 얼마나 살리려고 이 한생을 닦지 않는가. 몸은 반드시 마침이 있는데 죽어서 다시 받는 몸은 어찌할 것인가. 급하고도 급한 일이로다." __원효 대사

경허 스님은 "옛사람이 참선할 때 하루해가 가면 다리 뻗고 울었거늘 어이 방일하느냐"라고 경책했다. 얼마나 간절했으면 하루를 흘려보냄이 안타까워 울었을 것인가. 법전 스님도 수행 중에 자주 통곡을 했다. 참선을 시작하면 절구통처럼 꿈쩍도 하지 않아 '절구통 수좌'로도 불렸지만, 사실은 끊임없이 시간의 습격을 받았던 것이다. 스님

의 고백이 절절하다.

화두를 잡고 있었지만 가슴에 응어리 같은 것이 맺혀서 풀어지지 않았다. 공부가 시원치 않았다. 스님은 홀로 대승사 묘적암 암자에 들었다. 도를 이루지 못하면 생을 끝내겠다고 마음먹었다. 절박했다. 흐르는 시간이 아까웠다. 닷 되 분량의 밥을 한꺼번에 해놓고 찬밥에 김치 몇 쪽으로 끼니를 때웠다. 옷을 입은 채 하루 두세 시간만 눈을 붙였다. 좌복에 앉아 새벽을 맞았다. 그렇게 정진에 정진을 거듭했건만 변화가 없었다.

수행자에게 가장 괴로운 것은 지옥의 고통이 아니었다. 가사 옷 걸치고 도를 이루지 못함이었다.

'마음을 밝히지 못하면 법전이란 존재는 세상 어디에 있을 것인가. 오늘 호흡이 끊어진다면 이 몸뚱이는 어디로 흩어질 것인가.'

울음이 나왔다. 스님은 홀로 통곡했다. 다시 눈물이 스며든 좌복 위에 앉았다. 미동도 하지 않았다. 어느 날은 남긴 순두부를 먹으려 하니 곰팡이가 새까맣게 피어 있었다. 방바닥엔 눈이 내린 듯 먼지가 쌓여 있었다. 해가 뜨자 그 먼지 위로 자신의 발자국만 선명했다. 그것은 마침내 시간이 날카로운 이빨을 감추고 공손해졌음이었다. 시간이 함부로 흐르지 않음이었다. 법전 스님은 자신도 모르게 게송을 불렀다. 세상에 두려울 것이 없었다. 온몸이 환희로 차올랐다. 시간의 사슬을 끊는 순간이었다.

시간의 끝에 죽음이 있다. 아니, 죽음이 우리들의 시간을 끌어당기고 있다. 남은 생을 어림해 보면 갑자기 초조해진다. 그리고 울고 싶을 때도 있다. 남은 시간에서 눈물을 닦아 내려면 내 안의 무엇을 버려야 할까. 완전히 닦아서 더 닦을 것이 없는 도인은 시간을 마음대로 부릴 수 있을 것이다. 그래서 진정 한가하게 지낼 수 있을 것이다. 이는 곧 '곤하면 자고 배고프면 먹는' 경지 아니겠는가. 사찰에 들어서면 시간이 느슨하게 풀어져 있다. 아마도 깨달은 스님들의 시간이 흐르기 때문일 것이다. 숱한 통곡 속을 돌아 나온 맑은 시간 앞에 두 손을 모은다.

그러므로 나는 당신입니다

마스크를 쓴 스님들이 흡사 묵언수행을 하는 것처럼 보였다. 부처님 오신날의 사찰은 고요해서 더 깊었다. 불교 조계종단은 봉축행사를 미루고 '코로나19 극복과 치유를 위한 기도' 정진에 돌입했다. 부처가 계셨다면 바이러스 침공에 어찌 대처하셨을까.

부처는 깨친 사람을 뜻한다. 깨친 사람은 갠지스 강가의 모래만큼이나 많다고 한다. 그럼에도 석가모니 부처가 오신 날을 특별히 챙겨 기리는 것은 고타마 싯다르타라는 인간이 인류에게 처음으로 깨달음에 대한 가르침을 주었기 때문이다. "부처님은 이 세상을 구원하러 오신 것이 아니요, 이 세상이 본래 구원되어 있음을 가르쳐 주려고 오셨습니다."(성철 스님)

석가모니 부처는 태어나 사방으로 일곱 걸음을 걸은 뒤 오른손은 하늘을, 왼손은 땅을 가리키면서 말했다. "천상천하유아독존天上天

下唯我獨尊." 많은 이들이 '하늘 위, 하늘 아래 오직 나만이 존귀하다'고 풀이한다. 하지만 자비의 부처께서 어찌 홀로 존귀하다고 했을 것인가. 그럴 리가 없다. 여기서 아我는 소아가 아닌 대아大我다. 그래서 '나만이'가 아니라 우주의 뭇 생명이 '나처럼' 존귀하다는 뜻이다. 우주의 생명들을 위한 생명존엄의 선언이었다.

석가모니는 새벽별 빛이 내리는 보리수 아래에서 깨달음을 얻고 말했다. "기이하고 기이하구나. 일체 중생이 모두 여래와 같은 지혜 덕상이 있건마는 분별망상으로 깨닫지 못하는구나." 이 말씀이 불교의 시작이다. 사람마다 무한한 능력을 지니고 있다는 사실을 지구라는 별에서 처음 선포한 사람이 석가모니다. 이렇듯 모든 사람이 본래 부처임을, 이 땅이 불국토임을 인류에게 전해주었다.

우리도 마음의 눈을 뜨면 자신의 본래 모습을 볼 수 있다. 마음에 탐진치貪瞋癡(욕심, 성냄, 어리석음) 삼독三毒의 때가 끼어 있어 보이지 않을 뿐이다. 삼독은 모두 '나'라는 것 때문에 생겨났다. 내가 중심이 되어 남을 해치는 삶이 마음의 눈을 가리고 있다. 그래서 삼독을 없애려면 내가 아닌 남을 위해 살아야 한다. '내가 없는 나의 삶無我'을 살면 나로부터 자유로워진다. 교만과 독선이 끊어지면서 존귀한 남이 보인다. 비로소 남을 위해 기도할 수 있다. 남을 도와도 마음에 어떤 자국도 남지 않는다.

일체 만물은 서로 의지하여 살고 있다. 연기緣起의 세계다. 만물은 하나의 뿌리이니 이것이 있어 저것이 있고, 이것이 생겨 저것이 생겼다. 이것이 죽으면 저것도 죽는다. 유마거사는 "중생이 아프니 내가 아프다"라고 했다. 이런 가르침을 막연하게 머리로만 이해했다. 그런데 돌연 나타난 코로나19 바이러스가 우리 모두는 같은 그물망에 들어 있음을, 하나하나가 그물망 속의 그물코임을 새삼 일깨워 주었다.

지구 반대편의 누군가가 아프면 모두가 아프다. 모두가 건강해야 나도 살아남는다. 하나가 모두이고 모두가 하나다一即多 多即一. 코로나19는 인간의 이기적인 삶을 겨냥하고 있다. 탐욕이 숙주다. 악성 바이러스는 흑백논리, 이념투쟁, 빈부격차, 인종갈등, 자연과의 불화, 영토분쟁 같은 분별과 차별 위에서 창궐한다. 성철 스님은 30년 전 부처님오신날에 이미 이런 법어를 남겼다.

"현미경이라야 볼 수 있는 극미소極微小한 먼지가 광대한 세계를 다 삼키는데, 그 세계는 먼지의 일부분에도 다 차지 않습니다. 여기에서는 국토나 인종과 피부 색깔의 구분도 없이 오직 호호탕탕浩浩蕩蕩한 불국토가 있을 뿐이니, 흑백시비와 선악투쟁은 어젯밤 꿈속의 일들입니다." __1990년 부처님오신날 법어

공존해야 한다. "코로나19는 그 자체로 우리에게 탐진치 삼독을 가르쳐 준 대선지식"(원행 스님)이라는 법어가 아프다. 불자들의 맑은 기

도가 모두의 삼독을 씻겨내고, 이 땅에 진정 생명평화가 깃들기를 기원한다. 자비와 사랑만이 인류의 미래를 지켜줄 불멸의 백신이다. 현자들은 이른다. "그러므로 나는 당신입니다."

빈자일등

가난하고 천한 여인이 있었다. 여인은 부처가 왔는데도 드릴 것이 없어 슬펐다. 온 종일 굶으며 구걸을 하여 한 푼을 얻었다. 한 푼어치의 기름을 사고 정성을 다해 등을 만들었다. 부처가 지나가는 길목에 작은 등불 하나를 밝혀놓았다. 밤이 깊어가고 세찬 바람이 불었다. 왕과 귀족들이 밝힌 크고 화려한 등은 하나둘 꺼졌다. 이윽고 여인의 등불만 남아 홀로 타올랐다. 부처의 제자가 끄려 하자 등불은 더 밝게 타오르며 세상을 비췄다. 빈자일등貧者一燈. 부자들의 만 등보다 빈자의 한 등이 더 세상을 향기롭게 했다.

　번뇌와 무지로 가득한 세상을 부처의 지혜로 밝히려 사람들은 등을 단다. 연등은 올해도 곱다. 그 빛으로 세상은 맑아졌을 것이다. 하지만 사찰에 가면 등에도 등급이 있다. 돈을 많이 내야 크고 화려하다. 등 공양에도 빈부의 차별이 있는 셈이다. 돈이 없는 사람은 여전

히 등을 바칠 수 없다. 부처가 세상에 계신 그때나 지금이나 변한 것
은 없다. 부처가 변할 일은 없을 터이니 여전히 정성을 다한, 간절한
기도가 서린 등불을 보고 미소를 지을 것이다. 그런데 우리 사찰들은
변하고 있다. 진입로를 넓혀 찻길을 내고, 도량을 높이고, 요사채를
늘려 짓고 있다. 경내에 모신 부처님의 크기로, 탑이나 석등의 규모로
절이 위세를 떨치려 한다. 산사에서는 종일 목탁 소리와 염불이 들려
온다. 대개는 녹음된 것들이다. 이는 하나의 상징이다. 복제된 것들은
간절하지 않음이니, 사찰 근처의 새들까지 둥지를 떠나가게 만든다.
한국 불교도 다른 종교와 마찬가지로 신도들의 기복신앙과 적당히
타협하고 있는 것은 아닌지.

　가람은 속세와 피안, 고통과 구원, 미망과 깨달음의 경계에 있다.
그런데 요즘 사찰은 그 경계를 허물고 자꾸 인간 쪽으로 내려오고 있
다는 느낌이다. 자신의 복만을 비는 속인들의 어리석음을 꾸짖지 않
고 탐욕의 크기만큼 부풀어 오르고 있다. 넘치면 스스로 절제하고 모
자라면 넉넉해지는 사찰의 본모습이 일그러져 가고 있다.

　부처님오신날이다. 이런 걱정들을 가난한 여인이 밝혔던 '착한 등
불'이 태웠으면 좋겠다.

검은 옷을 입은 백의민족

사랑받던 흰옷은 왜 사라지고 있을까. 하얀 옷을 벗어던지고 유색 옷으로 갈아입으며 우리는 무엇을 버렸을까. 흰색이 사라진 곳에 넘실대는 저 원색들은 무엇일까. 우리 강산에는 무슨 일이 일어났을까.

3·1독립선언 100주년을 맞아 뜻깊은 행사들이 펼쳐졌다. 광화문과 종로, 탑골공원과 서대문형무소는 인파로 뒤덮였다. 오로지 '만세' 하나만으로 일제에 맞선 맨손혁명은 세계사에 빛날 쾌거였다. 그렇기에 수많은 사람들이 참여해서 '그날'을 재현하고 함성을 질렀다.

100년 전의 그날을 오롯이 재현해 내기란 실로 어려운 일이지만 얼추 닮은 여러 행사가 많았다. 하지만 도저히 답습할 수 없는 것이 있었다. 바로 사람들의 옷차림이었다. 100년 전 그날 탑골공원과 서울 거리는 온통 흰 물결이었다. 모두 흰옷을 입고 만세를 외쳤다. 그런데 100주년 행사장의 국민들은 거의가 검정색 옷을 입고 있었다. 거대한 흑색의 물결이 광화문 일대를 뒤덮었다.

우리는 백의민족이다. 민족의 성산도 '하얀 머리白頭 산'이다. 갓난 아기에게도 죽은 이에게도 흰옷을 입혔다. 흰색은 태양 빛이며 불멸의 색이었다. 하늘과 땅을 숭배하는 민족에게 흰색은 귀신도 감히 범접하지 못하는 신령스러움을 담고 있다. 그래서 특히 제의를 거행할 때는 모두 흰옷을 입었다. 그래서인지 임금들은 백성들이 하얀 옷 입는 것을 그다지 좋아하지 않았던 것 같다. 고려·조선시대 여러 왕이 흰옷 착용을 금했다. 하지만 백성들은 이를 잘 지키지 않았다.

전북 부안군에는 해발 47미터의 백산白山이 있다. 비록 야산이지만 역사 속에서는 큰 산이다. 동학혁명 때 농민들이 모여들어 산 전체가 온통 하얗게 물들어 그리 이름 붙였다. 흰옷을 입은 농민들이 죽창을 들어서 '서면 백산 앉으면 죽산竹山'이었다.

구한말이나 일제강점기에 한국을 다녀간 외국인들은 한국인들이 모두 흰옷을 입고 있는 것에 깊은 인상을 받았다. 100년 전 한국에 왔던 아손 그렙스트도 마찬가지였다. 그가 쓴 『을사조약 전야 대한제국 여행기』 속에 수록된 사진을 보면 백성들은 온통 흰옷을 입고 있다. 그는 백성들의 옷차림을 이렇게 묘사하고 있다.

"하다못해 신발까지도 흰색이었다.""조끼, 외투, 오버코트 등 온통 흰색 일색으로 층층이 껴입는다.""군중들도 눈부시게 흰옷을 차려입고 있었는데 마치 수만 명의 군대를 방불케 했다."

어릴 적 사람들이 많이 모이는 운동회나 장터에 가면 온통 흰 물결이었다. 하얀 고무신에 아낙들의 머릿수건도 흰색이었다. 1980년대까지만 해도 직장인들은 하얀 와이셔츠를 입고 출근했다. 하얀 와이셔츠를 깨끗이 빨아 다림질하는 것이 아내의 중요한 내조였다. 속옷도 하얀 팬티에 하얀 셔츠를 입었다.

그러나 지금은 어떠한가. 전철 안에 앉아 있는 승객을 보면, 에스컬레이터에 올라탄 사람들을 보면, 횡단보도 앞에 서 있는 무리를 보면 문득 놀라게 된다. 온통 검은 옷차림이다. 백의에서 흑의로, 우리는 백색의 나라에서 흑색의 나라로 옮겨 왔다. 이제 흰옷은 '별난 옷'이 되어버렸다. 평상복으로는 아무도 입지 않는다. 우리네 옷장에 흰옷이 없다.

그렇게 사랑받던 흰옷은 왜 사라지고 있을까. 하얀 옷을 벗어던지고 유색 옷으로 갈아입으며 우리는 무엇을 버렸을까. 흰색이 사라진 곳에 넘실대는 저 원색들은 무엇일까. 우리 강산에는 무슨 일이 일어났을까. 혹시 하얀 우리네 심성도 변한 것은 아닐까.

5

김대중의 마지막 눈물

김대중을 '3김'으로 묶지 말라

이번 총선(2004년 4월)에서 민주당의 참패가 꽤나 안타깝다. 이미지와 바람이 휩쓸고 간 전장戰場에는 민주당 장수들의 주검이 즐비하다. 나라를 떠받칠 만한 미래의 일꾼들이 힘 한번 못 써보고 맥없이 나가떨어졌다. 정작 지역구에서 '표의 반란'이 진행 중인데도 방방곡곡을 돌며 "민주당을 살려달라"라고 무릎 꿇고 울먹이던 추미애 의원의 모습이 아직도 선하다. 민주당은 김대중 전 대통령(DJ)의 이념과 정책, 그리고 철학을 계승한 적자嫡子 정당임을 외쳤지만 DJ의 추인이 없었기에 구원병력은 오지 않았다. 민주당은 절박했고, 그래서 DJ를 향한 구애는 절절했다. 몸이 대단히 불편한 DJ 큰아들을 앞세우고 다녔다. 하지만 DJ의 입은 열리지 않았고 결과는 참담했다. 아침마다 동교동의 뜨락을 쓸었던 가신들이 피를 흘리며 돌아왔다. 일부 언론은 DJ가 이번 선거 결과에 큰 충격을 받았다고 보도했다.

정 많은 노인네가 측근들이 흘리는 눈물을 보았으니 어찌 슬프지 않겠는가. DJ는 꽃 지는 봄밤에 많은 생각을 했을 것이다. 그러나 그는 이번 선거에서 이겼다. 현실은 노무현, 정동영, 박근혜, 권영길 같은 사람을 승자의 반열에 올려놓겠지만 역사는 DJ를 진정한 승자로 기록할지 모른다. 그는 이겼다. 어쩌면 그의 생애에서 가장 위대한 승리를 거뒀는지도 모른다. 자신을 다스렸기 때문이다. 그는 약속대로 정치판에 다시 돌아가지 않았다.

사실 청와대를 나온 지난 1년여 동안 그에게는 다시 현실정치로 복귀할 수 있는 명분과 기회가 많았다. DJ표 정책들이 후퇴 내지는 폐기되고, 자신의 햇볕 전도사들이 잇달아 구속되고, 동교동계 사람들이 모두 구악舊惡으로 분류되고 있는 시점에 국면전환용 반격의 횃불을 들 수도 있었다. 명예회복을 명분으로, 호남 소외를 구실로 마지막 승부를 걸어볼 만도 했다. 어찌 보면 승산도 있었다. 그에겐 여전히 여러 무기가 있다. 이번 선거만 봐도 여당 대표라는 사람이 주어진 한 달도 버티지 못하고 중대한 말실수를 하고 말았지만, DJ는 아직도 '정제된 입'을 가지고 있다. 여전히 논리적이고 판세를 읽는 안목을 지니고 있다. 그리고 따르는 무리가 있다. 일각에서는 집권세력의 섭섭함, 야당의 무례함을 들먹이며 일전불사一戰不辭를 외쳤을 것이다. 그러나 그는 세상을 정확히 읽었다.

그는 지긋지긋하게 자신을 따라다녔던 지역감정의 망령을 잘 알았다. 본인이 원하지 않았더라도, 어쩔 수 없었더라도 그는 지역감정의 한복판에 서 있어야 했다. DJ는 자신이 나설수록 정치판이 혼탁해진다는 것을 알았다.

DJ는 아무 말도 하지 않았다. 비틀거리며 현장을 쫓아다니는 아들에게 연민의 정이 왜 없겠는가. 추미애 의원의 삼보일배가 DJ 자신을 향하고 있다는 것을 왜 모르겠는가. 하지만 그는 선동하지 않았다. 그는 참았다. DJ 때문에 눈물 마를 날이 없었던 지지자들에게 자유를 주었다. 비로소 선거판에서 DJ가 사라졌다.

그렇게 지지자들로부터 지워짐으로써 인간 김대중으로 돌아왔다. 그도 자유를 얻었다. 이제 목포나 하의도에 내려가 사람들이 내미는 탁배기를 '아무 복선 없이' 받아 마실 수 있게 되었다. 세상사가 정치 아닌 것이 없지만 앞으로는 함부로 '정치인 김대중'을 말해서는 안 될 것이다. 적어도 김대중이란 인물이 '3김'으로 묶이지는 않을 것이다.

그는 복수하지 않았고 대신 고뇌하였다. 그리고 모든 것을 접었다. 그러나 봄밤이 아플 것이다. 봄이 가기 전에 이제는 늙어버린 가신들을 불러 손을 잡아주길 바란다. 소쩍새 울음을 타서 술 한잔 건네기를 바란다. 그들도 떠나갈 때가 되었음을 알 것이다.

김대중 그리고 임동원

김대중은 공직을 떠난 임동원을 주시했다. 임동원은 노태우 정권 때 북방외교의 산물인 남북기본합의서 채택의 주역이었다. 김대중이 보기에 임동원은 강직하면서도 섬세했다. 자신이 설립한 아시아태평양평화재단(아태재단)의 사무총장에 앉히고 싶었다. 1994년이 저물 무렵 비서실장 정동채를 보내 의사를 타진했다. 그러나 임동원은 김대중이 그냥 싫었다. 빨갱이, 과격분자, 거짓말쟁이가 어른거렸다.

김대중은 집요했다. 정동채는 세 번이나 찾아가야 했다. 임동원은 슬쩍 김대중이 어떤 인물인지 알고 싶었다. 1995년 새해 결국 동교동 집에 들어섰다. 두 시간 동안 얘기를 나눴다. 김대중은 자신이 구상하고 있는 통일 방안, 즉 햇볕정책의 핵심을 설파했다. 임동원은 감동했다. 십수 년 동안 남북문제에 매달려 왔는데도 이렇듯 고견을 지닌 인물은 없었다. '거목이다. 저런 분이 대통령에 당선되었더라면….' 임동원은 즉석에서 사무총장직을 수락했다.

김대중은 임동원을 얻은 기쁨을 숨기지 않았다. "100만 원군을 얻었다." "요조숙녀를 소도둑놈이 훔쳐 온 격이다." "그런 인물을 알아본 나도 대단하다." 임동원은 예상대로 유능했다. 아태재단 사무총장으로 '김대중 3단계 통일론' 완성에 매진했다. 김대중과 임동원은 서로의 지식이 넓고 깊어서 서로에게 의지했다. 그러면서도 자신의 논지에 한 치의 양보도 없었다. 최종 원고를 놓고는 호텔방에서 1박 2일 동안 독회를 가졌다. 한 구절 한 구절이 바위처럼 무거웠다.

마지막까지 이견을 해소하지 못한 것이 있었다. 바로 통일 단계 설정이었다. 김대중은 남북연합-연방제-완전통일을, 임동원은 화해협력-남북연합-연방제 통일을 주장했다. 임동원은 남과 북의 화해협력이 통일을 향한 중요한 과정이라고 보았다. 숱한 대북접촉에서 체득한 것이었다. 김대중에게도 자신의 통일론은 1970년부터 다듬어 온 자부심 자체였다. 결국 임동원은 김대중을 설득하지 못했다. 그럼에도 김대중 3단계 통일론에는 임동원의 체험과 숨결이 스며들었다.

1997년 12월 김대중은 대통령에 당선되었다. 대통령 김대중이 곧장 북녘을 바라봤다. 그 곁에 임동원이 있었다. 그는 누구보다 대통령의 의중을 잘 읽었다. 김대중은 정상회담을 앞두고 임동원을 특사로 북에 보냈다. 김정일 국방위원장이 누구인지, 북측은 무엇을 원하는지 알아야 했다. 새벽에 집을 나서려니 아내가 성경을 읽어주었다.

"너는 두려워 말라. 내가 너를 구원하였고, 너를 지명하여 불렀으니 너는 내 것이다." 칠흑의 어둠 속에서 한 줄기 빛을 찾는 여정이었다. 순간순간이 벼랑 끝이었지만 최선을 다했다.

김대중은 관저에서 임동원을 기다렸다. 특사는 늦은 밤 청와대로 들어섰다. 임동원은 김정일에 대한 인상을 말했다. "식견이 있고 두뇌가 명석하며 판단이 빨랐습니다." 김대중의 얼굴이 펴졌다. 77세 대통령이 67세 특사의 손을 잡았다. 한반도의 산하가 어둠에 잠겼지만 대통령 집무실만은 환했다. 분단국가의 특별한 날은 그렇게 잉태되고 있었다. 임동원은 자정이 지나서야 등을 보였다. 유독 키가 작아 보였다. 김대중은 한없이 미덥고 또 한없이 미안했다.

김대중과 김정일은 임동원을 통해 얘기를 나눴다. 임동원의 말과 표정 속에 김대중이 있었다. 김대중의 진심이 그대로 전해졌다. 마침내 김대중의 햇볕에 김정일이 외투를 벗었다. 2000년 6월 정상회담이 열렸고 '남북공동선언'을 채택했다. 해방 이후 남과 북의 정상이 서명한 최초의 문건이며, 이를 실천에 옮긴 최초의 합의서였다.

임동원은 외교안보수석비서관, 국정원장, 통일부 장관, 청와대 통일외교안보담당 특보로 대통령 곁을 지켰다. 자리가 바뀔 때마다 임동원은 애원했다. "이제 쉬고 싶습니다." 그때마다 대통령은 붙잡았다. "미안합니다. 하지만 민족을 생각해야지요." 두 사람 사이에는 어떤 사邪도 없었다.

"그를 만난 것은 나의 행운이었다." <u>__2009년 1월, 김대중의 일기</u>

"행복했습니다. 그러나 바칠 것이 눈물밖에 없습니다." <u>__2009년</u>

<u>8월, 김대중을 떠나보낸 후</u>

6·15공동선언 20주년이다. 역사에 가정은 없지만 김대중에게 임동원이 없었다면 6·15선언도 없었을 것이다. 김대중이 뼈라면 임동원은 살이었다. 역사는 두 사람의 동행을 길이 기억할 것이다.

성공한 대통령이 있었다

2008년 10월 주성영 한나라당 의원이 대검찰청 국정감사장에서 김대중 비자금 의혹을 폭로했다. 100억 원짜리 양도성예금증서CD 사본을 흔들며 김대중 비자금의 일부로 추정된다고 수사를 촉구했다. 퇴임 대통령 김대중은 다음 날 일기에 이렇게 썼다.

"한나라당 검사 출신 국회의원이 내가 100억 원의 CD를 가지고 있다는 설이 있다고. 간교하게도 '설'이라 하고 원내 발언으로 법적 처벌을 모면하면서 명예훼손의 목적을 달성코자 하고 있다. 나는 그동안 사상적 극우세력과 지역적 편향을 가진 자들에 의해서 엄청난 음해를 받아왔다. 그러나 나는 개의치 않는다. 하느님이 계시고 나를 지지하는 많은 국민이 있다. 그리고 당대에 오해하는 사람들도 내 사후에는 역사 속에서 후회하게 될 것이다." __2008년 10월 20일

그런데 정말 '사후에 역사 속에서 후회'하는 사람들이 나타나고 있다. 그중 한 사람이 바로 국감장에서 김대중을 할퀸 주성영이다. 그는 책을 펴내 용서를 빌었다.

"과거 필자가 국회의원 시절 폭로한 김대중에 관한 내용은 모두 허위 날조된 것이었다는 사실을 알게 되었다. 이것이 이 책이 나오게 된 결정적인 이유다. (…) 무엇보다 우선 김대중 전 대통령에게 용서를 빈다." __주성영 『한국 문명사의 두 거인-박정희와 김대중』

주성영은 김대중을 겨냥했던 무기를 버리고 수첩을 꺼내 들었다. 김대중의 삶과 사상을 추적했다. 김대중의 업적을 문명사의 관점에서 탐구했다. 진영의 그물을 찢고 편견의 사슬을 끊었더니 비로소 김대중이 보였다. 김대중은 지구적 민주주의와 지구 공동체에 깊은 식견을 지니고 있었고, 이를 바탕으로 미래를 설계한 비범한 지도자였다. 주성영은 김대중이 제3차 정보화 혁명을 성공시켜 현재 진행 중인 제4차 산업혁명의 기반을 마련했다고 결론지었다.

"김대중은 민주주의 혁명을 완수하였다. 그렇다면 김대중 민주주의의 내용과 실체는 무엇인가. 필자는 그의 보편적·긍정적 문명관과 인권, 화해와 통합의 정치, 그리고 일본 문명과의 대승적 화해와 문화

자신감, 이 세 가지를 꼽았다." __앞의 책

주성영은 한국 정치의 당면과제인 양극화 해소와 국민통합을 하려면 '김대중의 길'로 가야 한다고 주장한다. 온갖 수난에도 용서와 화해로 상생의 길을 모색했던 김대중을 본받자고 했다. 나아가 10만 원권 지폐에 김대중의 얼굴을 넣자고 제안했다. 앞으로도 주성영처럼 김대중에게 투항하는 사람들이 나타날 것이다. 또 한 시대가 완전히 저물고 새 주인들이 한반도를 차지하면 그들은 편견 없이 역사 속에서 김대중을 불러낼 것이다.

흔히 해방 이후 모든 대통령은 실패했다고, 불행했다고 싸잡아 매도한다. 동의할 수 없다. 우리에게 성공한 대통령이 있었다. 국민의 정부 5년은 역사 속에서 빛나고 있다. 이번 대통령 선거에서도 각 진영에서 가장 많이 찾은 정치인은 김대중이었다. 하지만 나라 경영에 실패한 무리는 성공한 김대중 정부와 자신들을 견주기가 부담스러울 것이다. 그래서 김대중의 유산을 구체적으로 계산하지 않고 추상적으로 평가하고 있는 것은 아닌지.

우리 정치사도 이제 제대로 정리해야 한다. 대통령의 공과를 정치精緻하게 규명해야 한다. '정치' 없이 어찌 민주주의가 발전했겠는가. 동강 난 나라지만 현대사를 들춰보면 역사에 길이 남을 불멸의 순간과 감동적 일화들이 들어 있다.

그럼에도 여전히 외국 사례만 들먹이며 국내 정치를 무조건 비하하는 얼치기 지식인들이 많다. 자기 집 안에 금은보화를 쌓아놓고도 깡통을 들고 구걸만 하고 있다.

선거가 끝났는데도 정국이 지뢰밭이다. 들어오는 자들은 왜 그리 뻣뻣하고, 떠나는 자들은 왜 그리 말이 많은가. 갈라진 진영에서 뿜어 나오는 혐오와 증오의 살기殺氣에 앞이 보이지 않는다. 큰일이다. 국민들 갈라치기는 여전히 진행형이다. 그렇다 보니 자신도 모르게 진영논리에 함몰되어 구호를 외칠 때가 있다. 무서운 일이다.

설렘이 사라진 정권교체를 보면서 다시 김대중을 떠올린다. 국민에게 버림을 받으면서도 끝까지 국민을 믿었던 김대중, 그는 대통령이 되어서도 자신을 거부하는 무리에 끊임없이 다가갔다. 지금 그가 있었다면…. 김대중은 퇴임사의 맨 마지막에 쉰 목소리로 이렇게 당부했다.

"우리 모두 하나같이 단결합시다. 내일의 희망을 간직하고 열심히 나아갑시다. 큰 대의를 위해 협력합시다."

국민의 정부 정권 재창출

국민의 정부는 역대 최약체였다. 자민련과 공동정부를 꾸렸고 의회 권력은 여소야대였다. 그럼에도 대통령 김대중은 뛰어난 개인기로 많은 업적을 남겼다. 외환위기 극복, 남북정상회담과 6·15공동선언, 금융·기업·공공·노사 등 4대 부문 개혁, 한류를 불러온 대중문화 개방, 정보기술IT 강국 건설, 전자정부 완성, 국민연금 등 4대보험 실시, 의약분업 실현, 4대강국과 선린의 외교망 구축, 국가인권위원회·여성부 출범, 국민기초생활보장법 제정.

그럼에도 업적 중에 간과되고 있는 것이 있다. 바로 정권 재창출이다. 이는 정당사에 길이 남을 금자탑이다. 헌정사상 처음 수평적 정권교체를 이룬 국민의 정부가 국격國格을 높였다는 평가를 받았다. 진보진영이 불온한 세력이 아님을 증명해 보였고, 국민들로부터 다시 정권을 맡겨도 되겠다는 인증을 받은 것이다. 진보와 보수가 번갈아 집

권하는 명실상부 양당제를 확보한 쾌거였다.

김대중 후보가 대통령에 당선된 날 단골 목욕탕에 갔었다. 충청도 출신 주인이 신문을 치켜들며 어두운 얼굴로 말했다. "어쩌다 이런 일이… 나라가 걱정이네." 자신이 빨갱이로 믿고 있는 사람이 대통령이 되었으니 참으로 큰일이었을 것이다. 그런 사람들이 얼마나 많았는가. 김대중은 준비한 대로 나라를 경영하며 그런 우려를 지워나갔다. 그리고 자신을 지지했던 집토끼들을 여당 후보에게 인계했다. 정권 재창출이야말로 가장 빛나는 업적이다.

그렇다면 김대중 정권의 마지막 1년은 어땠는가. 시련의 연속이었다. 자민련과의 공동정권이 붕괴되었고, 수많은 권력형 비리가 터져 나왔다. '게이트 공화국'이라 해도 할 말이 없었다. 아들들이 비리에 연루되어 여론의 뭇매를 맞았다. 검찰은 '지는 권력'을 짓이겼다. 죽음 앞에서도 지켜온 지조와 명예도 손을 탔다. 민심은 무섭게 돌아섰다.

이때 김대중이 선택한 길은 '민심에의 복종'이었다. 돌아선 민심 앞에서 고개를 숙였다. 몇 번이나 사과했고 내용 또한 절절했다. "지난 몇 달 동안 저는 자식들을 제대로 돌보지 못한 책임을 통절하게 느껴왔으며, 저를 성원해 주신 국민 여러분께 마음의 상처를 드린 데 대해 부끄럽고 죄송한 심정으로 살아왔습니다. 제 평생 많은 어려움을 겪었지만 이렇게 참담한 일이 있으리라고는 생각조차 못했습니다.

이는 모두가 저의 부족함과 불찰에서 비롯된 일입니다. 거듭 죄송하다는 말씀을 드립니다."

임기를 1년쯤 남긴 시점에서 개각을 단행했다. 장관급 아홉 명을 교체하며 의원 겸직 장관들을 물러나게 했다. 검찰의 중립성을 훼손한다는 여론이 일자 민정수석실에 파견된 검사들을 돌려보냈다. 대통령 후보가 확정된 직후에는 당적마저 버렸다. 김대중은 자신이 이룬 치적을 내세우거나 자랑하지 않았다. 김대중도 할 말이 많았을 것이다. 돌아선 민심이 야속했을 것이다. 그럼에도 대통령 선거를 앞두고 자신을 지웠다.

문재인 대통령도 정권 재창출을 할 수 있을 것인가. 임기 1년을 남긴 시점의 문재인 지지도는 김대중과 거의 같다. 김대중 33퍼센트, 문재인 34퍼센트(갤럽 조사). 앞으로 하루하루가 정권 창출의 중요한 순간들이다. 과연 성난 민심을 달래서 진보진영의 두 번째 정권 재창출에 성공할 것인가.

우선 문재인 대통령은 스스로 치적을 자랑해서는 안 된다. 그런 면에서 취임 4주년 연설과 회견은 실망스럽다. 지난 4·7 재·보궐 선거에서 표출된 민심과는 동떨어졌다. 실정에 대해서도 제대로 사과하지 않았다. 행간에서 투정과 억울함이 묻어 나왔다. 또 야당이 부적격이라며 지명 철회를 요구했던 장관후보자도 보란 듯이 임명했다.

요즘 청와대와 여당의 행태를 보면 참여정부 말기가 떠오른다. 대통령 지지율이 속절없이 떨어지는데도 지휘탑은 보이지 않고 이곳저곳에서 정제되지 않는 말들만 무성했다. "이명박·박근혜가 집권해도 나라가 망하지 않는다." 지금도 여기저기서 위험한 발언들이 난무하고 있다.

김대중은 민심을 이렇게 판독했다. "국민이 언제나 현명한 것은 아니다. 하지만 마지막에는 가장 현명하다." 민심은 재빠르지 않다. 하지만 어느 날 갑자기 벼락을 내리친다. 그래서 민심은 천둥이 으르렁거리는 하늘이다. 인의 장막을 뚫고 민심을 따른다는 것은 비범한 일이다. 청와대가 고요해져야 한다. 그래야 성문 밖의 먼 북소리를 들을 수 있다.

김대중의 마지막 눈물

"오늘은 나의 85회 생일이다. 돌아보면 파란만장의 일생이었다. 그러나 민주주의를 위해 목숨을 바쳐 투쟁한 일생이었고, 경제를 살리고 남북화해의 길을 여는 혼신의 노력을 기울인 일생이었다. 내가 살아온 길에 미흡한 점은 있으나 후회는 없다." __2009년 1월 6일 일기

2009년이 밝았다. 전직 대통령 김대중은 몸이 아팠다. 훗날 발견했지만 생일에 쓴 일기가 예사롭지 않다. 삶을 정리하고 있었다. 새해에도 정국은 난마처럼 엉켜 있었다. 그럼에도 대통령 이명박은 폭주를 멈추지 않았다. 전 정권에 대한 정치보복을 자행했다. '국민·참여정부 10년'을 지우고 있었다.

1월 20일 철거민과 경찰관이 사망한 '용산참사'가 일어났다. 그날 김대중의 일기에는 분노와 슬픔이 가득했다. "참으로 야만적인 처사

다. 이 추운 겨울에 쫓겨나는 빈민들의 처지가 너무 눈물겹다. 국민을 적으로 아는 정권, 권세 있고 부자만 있는 정권이다. 반드시 국민에 의해 심판받을 것이다.”

한국은 아시아에서 유일하게 국민들이 민주주의를 쟁취했다. 김대중이 보기에 중국은 아직 ‘못 하고’ 있고, 인도는 영국에 ‘배워서’ 하고, 일본은 패전 후에 맥아더 장군이 ‘시켜서’ 하고 있었다. 김대중은 국민의 힘으로 평화적 정권교체를 이룬 나라의 대통령을 지냈다. 그렇기에 민주주의 후퇴는 견딜 수 없는 고통이었다.

“아내와 같이 다짐했다. 우리가 정치에서 은퇴한 지 오래지만 오늘의 현실, 즉 반민주, 반국민경제, 반통일로 질주하는 것을 좌시할 수 없다. 50년간의 반독재투쟁에서 얼마나 많은 사람이 사형, 학살, 투옥, 고문을 당하면서 얻은 자유이고 남북화해였던가! 그 자유와 남북화해가 무너져 가고 있다. 늙고 약한 몸이지만 서로 비장한 결심과 철저한 건강관리로 우리가 할 수 있는 일을 다 하자고 다짐했다.” _2월 23일 일기

5월 23일 노무현 전 대통령이 몸을 던졌다. 권력이 어른거리는 정치적 타살이었다. 5월 29일 영결식이 있었다. 볕이 불처럼 뜨거웠다. 후임 대통령 영전에 꽃을 바칠 줄은 몰랐다. 김대중은 권양숙 여사의

손을 잡고 깊이 울었다. 다섯 번의 죽을 고비를 넘긴 투사가, 노벨 평화상을 받은 거목이, 민주화의 상징이 입을 벌리고 울었다. 그 울음 속에는 어떤 위엄도 없었다. 민주주의만 있었다.

6월 11일 6·15남북공동선언 기념행사가 열렸다. 김대중은 휠체어를 타고 연단에 올랐다. 원고지를 든 손이 떨렸다. 갈라진 목소리로 혼신의 힘을 다해 이명박 정부의 역주행을 꾸짖었다. 마지막 연설이자 최후의 당부였다. "만일 이명박 대통령과 정부가 지금과 같은 길로 계속 나아간다면 국민도 불행하고, 이명박 정부도 불행하다는 것을 확신을 가지고 말씀드립니다. 여러분께 간곡히 피 맺힌 마음으로 말씀드립니다. 행동하는 양심이 됩시다. 행동하지 않는 양심은 악의 편입니다." 여당과 청와대 그리고 일부 언론은 전직 대통령이 현실 정치에 관여한다며 비난했다.

7월 9일 동교동 집에서 그를 뵈었다. 대통령은 내게 자서전을 마무리해 달라고 부탁하셨다. 초췌한 모습을 보니 가슴이 서늘해졌다. 그는 슬픈 영웅이었다. 빛을 받을수록, 높이 오를수록 자신에게는 엄격해야 했다. 세속의 재미와 멀어져야 했다. 그날 따라 무척 고독해 보였다. 화제가 시국으로 옮겨 갔다. 얘기가 몇 번 끊기더니 대통령이 울었다.

"지금이 꿈만 같습니다. 50년 동안 얼마나 희생이 많았습니까. 사

람들은 날 보고 가만있으라 하지만 어찌 그럴 수 있습니까. 민주주의
가 저렇게 후퇴하는데 어찌 가만있겠습니까. 의사, 열사들이 지하에
서 통곡하고 있는데 뭐라도 해야지요. 아무도 없으면 나라도 나서야
지요. 힘없고 병든 몸이지만 나는 죽을 때까지 싸울 것입니다.”

대통령의 눈물이 가슴으로 흘러들었다. 김대중은 나흘 후 입원했
고, 끝내 돌아오지 못했다. 그는 최후의 순간까지 민주주의를 붙들고
있었다. 지금 우리에게 닥친 국난은 이명박·박근혜 정부에서 벌어진
민주주의 역주행에서 비롯됐다. 민의를 무섭게 여겼다면, 국민들에
게 길을 물었다면 나라가 이리 흔들리지 않았을 것이다.

민주주의는 인류가 발명한 정치 형태 중에서 가장 빼어나다. 가장
좋은 것은 가장 취약하다. 진정 백성이 주인인 세상은 위태롭다. 조그
만 바람에도 흔들린다. 그래서 아침저녁으로 보살펴야 한다. 국민에
게 버림을 받아도 다시 민심밖에는 기댈 곳이 없었던 정치인 김대중,
그는 마지막까지 역사와 국민을 믿었다. 주어진 생을 한 점 남김없이
태웠다. 온몸을 바쳐 평화를 만들고 그 속에 들었다. 그가 우리 곁을
떠난 지 10년이 됐다. 오늘, 그의 눈물이 스며든 우리 민주주의는 안
녕한가.

김대중 100년

김대중 대통령의 생가를 둘러본 사람들은 알 것이다. 간척지에 있는 생가는 한눈에도 배산임수의 명당과는 거리가 멀다. 그래서 그의 삶이 바다를 메워 길을 낼 만큼 험했을까. 2006년 가을 하의도 생가를 다녀왔다. 김대중은 필자에게 둘러본 소감을 물었다. "대통령께서는 혼자만의 힘으로, 혼신의 노력으로 오늘에 이른 것 같습니다." 김대중은 희미하게 웃었다. 그 미소엔 자부심이 아닌 다른 것이 서려 있었다. 자신의 삶을 연민하고 있었다. 파란만장한 삶에 슬픔이 고여 있었다.

피가 맺혀 있는 얘기 하나를 해본다. 1980년 권력을 찬탈한 신군부는 장남 김홍일을 잡아가 모질게 고문했다. 살고 싶으면 아버지가 빨갱이라고 털어놓으라며 짓이겼다. 홍일은 죽기로 했다. 의자 위로 올라가 감방 바닥에 머리를 박았다. 찧고 또 찧었다. 피범벅이 되었는데도 죽지 못했다. 그 후유증으로 파킨슨병에 걸렸다. 아버지는 사형수에서 대통령이 되었지만 아들은 몸을 제대로 가누지 못하고 말도 할수 없었다. 김대중은 장남을 찾아가 입가를 닦아주고 단추를 채워주었다. 병든 아들 앞에서 아버지는 죄인이었다.

다섯 번의 죽을 고비가 있었고, 6년 넘게 옥살이를 했다. 두 차례 망명길에 올랐고, 55번이나 가택연금을 당했으며, 숱한 협박과 회유에시달렸다. 빨갱이, 과격분자, 거짓말쟁이라는 비방이 따라다녔다. 김대중이 출마하면 상대 측 선거 전략이 뻔했다. 김대중을 전라도에 가두고 지역감정에 불을 지피면 그만이었다. 민주화 동지 김영삼도 대통령 선거전이 치열해지자 김대중을 빨갱이로 몰았다. 지역감정을선동한다고 할까 봐 고향에도 갈 수 없었다. 이처럼 기구한 운명의 정치인이 있었던가.

지지자들도 슬픔에 감염되었다. 조마조마하게 김대중을 바라보았다. 김대중을 부르면 목이 메었다. 제발 살아 있어 달라고, 부디 꺾이지 말라고 기도했다. "대흥사 아래 여관 동네/ 술 파는 할머니/ 막걸리와 도토리묵 차려주고/ 앞치마에 눈물 찍는다// 우리 선생님/ 고생도 징허게 많이 허신 양반/ 떨어져도 눈물 나고…/ 되야도 눈물 나고…"(심호택 〈1997년 겨울 해남〉) 이렇듯 눈물 젖은 사람들을 두고 환히웃을 수 있겠는가. 대통령 취임식장에서도, 노벨 평화상 수상식장에서도 김대중은 활짝 웃지 못했다. 그가 남긴 사진들 중 파안대소하는 장면은 찾아보기 힘들다.

김대중은 마지막까지 역사와 국민을 믿었다. "국민은 나를 버려도 나는 국민을 버릴 수 없다. 국민은 나의 근원이요, 삶의 이유이기 때문이다." "내게 가장 두려운 것은 역사의 심판이다. 바르게 산 자에게는 영원한 패배가 없다." 그렇기에 자신에게 엄격해야 했다. 따르는 무리를 놔두고 홀로 영광을 독차지할 수 없었다. 변함없는 지지자들이 있어 행복했지만, 그들을 웃게 할 수 없어서 쓸쓸했다. 어쩌면 가장 고독한 사람이었는지 모른다.

지난 6일(2024년 1월)은 김대중 탄생 100년이 되는 날이었다. 김대중은 청년사업가, 국회의원, 사형수, 야당총재, 대통령으로 살았다. 한국을 인권과 민주주의가 숨 쉬는 곳으로 옮겨놓고 그가 믿고 의지했던 역사 속으로 들어갔다. 주어진 생을 남김없이 태워 척박한 현대사를 갈아엎었다. 하지만 시국이 엄중해졌다. 그가 생애 마지막까지 마음을 졸이며 조심하라 일렀던 3대 위기(남북관계, 서민경제, 민주주의)가 도적처럼 닥쳐왔다. '김대중의 평화' 위로 포탄이 날고 있다. 이에 많은 이들이 김대중을 떠올린다. 진보도 보수도 길을 묻고 있다.

총선을 앞두고 정치인들이 김대중을 부르고 있다. 하지만 그는 이제 특정 지역의 맹주가 아니다. 어느 세력에도 속해 있지 않다. 따라서 역사 속의 김대중을 초대할 때는 예의를 갖추시라. 아무 때나, 또 함부로 그의 이름을 부르지 마시라. 개인의 영달을 꾀하려, 또는 특정

세력의 진영논리를 위해서 그를 부른다면 김대중을 파는 행위다. 인연을 내세워 본질을 흐리거나 작은 일화를 부풀려 전체인 양 포장하지 말았으면 한다.

　김대중의 길은 따로 존재하지 않는다. 지금 우리 국민들을 제대로 섬기고, 역사에서 답을 찾으면 그것이 김대중의 길이다. 이 땅에서 많이 슬펐거늘 더는 그를 슬프게 하지 마라. 김대중이 있어 행복했던 사람들을 슬프게 하지 마라. 김대중을 지역이나 이념의 사슬로 묶지 마라. 작은 것에 그를 매달지 마라. 김대중 100년, 그의 생은 그 위에서 빛나고 있다.

黙言

"취재가 깊어야 형용사를 자를 수 있어"

독자들이 궁금해하는 내용은 크게 두 가지인 것 같습니다. 어떻게 하면 이런 글을 쓸 수 있을까. 김택근 작가는 어떤 사람인가. 독자를 대신해 묻고 김 작가의 답을 들었습니다.

문 김택근 작가의 글은 단문입니다. 거침이 없고 곧바로 본질에 다가갑니다.

답 단문은 대학 때부터 쓰기 시작했어요. 소설 등에서 만연체의 구체적인 묘사가 군더더기 같아 싫었습니다. 시 공부를 한 영향도 있는 것 같습니다. 단문은 읽는 동안만큼은 독자에게 다른 생각을 할 수 없게 만들지요. 단도직입입니다. 그래서 몰입도를 높이는 효과가 있지요.

문 단문을 잘 쓰려면 어떻게 해야 합니까.

답 단문은 취재가 잘돼야만 쓸 수 있어요. 단순히 긴 문장을 자르는 단문은 오히려 더 산만해집니다. 짧은 문장들이 이어지면서도 맥이 끊기지 않아야 합니다. 깊게 알아야 형용사를 잘라 낼 자신감이 생깁니다. 가령 '아름다운', '살가운', '외로운' 같은 형용사를 쓰기 전에 왜 그런가를 살펴서 마지막에 형용사를 생략하는 것이지요. 막연함을 없애야 합니다. 또 상황을 충분히 설명했을 때는 마지막에 형용사를 사용합니다. 그럼 그 형용사에 공감을 하게 되는 거지요. 하지만 의식적으로 또박또박 그렇게 따져가며 글을 쓸 수는 없지요. 살펴보니 그렇다는 겁니다.

문 흡인력 있는 첫 문장, 여운을 남기는 마지막 문장, 구체적이고 참신한 비유, 비결을 알려주십시오.

답 답하기가 쉽지 않군요. 첫 문장은 이미 정해진 경우가 많아요. 글의 주제를 한 번에 알려줄 때가 많거든요. 아주 편하게 시작하는 편입니다. 마지막 문장은 생각을 많이 합니다. 마지막 문장에 만족하면 그 글은 잘 풀렸다고 봐야 합니다. 시적 상상력을 동원할 때도 있습니다. 거창한 얘기는 아니고요. 이 글을 시로 풀면 어찌 마무리할까 궁리하는 것이지요. 아직 시집도 못 낸 시인이지만 시의 도움을 많이 받고 있습니다.

문 글의 제목은 어떻게 정하십니까.

답 편집 기자를 하면서 숱한 제목을 달았습니다. 제목을 다는 것은 매번 어렵지요. 제목은 '유혹하는 설명'입니다. 결국 왜 이 글을 쓸까 하는 물음에 답하는 것입니다. 그렇기에 가장 인상적인 대목을 찾아 그 물음과 어울리는 언어를 찾아내야겠지요. 독자들에게 울림을 주기 위해서는 은밀한 작업이 필요합니다. 자기 글에 제목을 달기가 가장 어려운 것 같습니다. 자기 글에 빠져 있고, 모든 문장에 애착이 가다 보니 객관적인 안목을 상실하기 쉽지요. 그래서 스스로 독자가 되어봅니다. 그러면 언어들이 걸러지지요. 좀 다른 얘기지만 요즘 언론과 사회관계망서비스에서는 너무 쉽게 제목을 붙이는 것 같아요. 충격과 흥미만을 강조하며 뒤틀고 부풀립니다. 독자들을 현혹하는 낚시 제목이 범람하여 제목 자체가 불신을 받고 있습니다. 제목은 창작입니다. 정확하면서도 창의적인 제목은 그 자체로 생명력을 지닙니다.

문 김 작가의 글은 구체적이고 개인적입니다. 그리고 개인의 경험이 사회와 역사로 확장됩니다. 결과적으로 추상성과 보편성을 갖습니다.

답 그런 생각은 안 해봤습니다. 생각해 보면 글이 보편성을 획득하여 설득력을 갖게 하려고 그랬을 겁니다. '나만 그런 생각을 했을까'라는 물음이 주변을 돌아보고 역사를 찾게 되는 것 같습니다. 경험의 확장이라 말할 수 있겠네요. 책을 비교적 정독하는 편인데 그래서인지 인상적인 대목은 기억을 잘하는 편입니다. 그러다가 어느 땐가 불러내는 것이지요.

문 아버지, 어머니, 누님, 이웃집 아무개 등이 글에 등장합니다. 따듯하면서도 아프고, 웃기면서도 슬픕니다. 감정이 절제돼 느낌이 더 진합니다.

답 지난 일들은 감정들이 세월에 바래서 객관적으로 바라볼 수도 있을 겁니다. 제 주변의 모든 것들은 실로 평범했습니다. 그런 어쩌면 볼품없는 것들 속에서 자랐습니다. 그런데 그것들이 어느 순간 비범하게 느껴졌습니다. 도시에 와서는 별을 헤아린 적이 없습니다. 하늘 볼 일도 거의 없습니다. '잘 사는 게 무엇인가'라는 회의가 들었어요. 우리가 그렇게 달려왔지만 우리는 지금 어디에 있으며, 부모들보다 더 잘 살고 있는가 묻고 싶었습니다. 어떤 때는 도시에 유배되어 있다는 생각도 듭니다. 돌아보면 시시하게 느껴졌던, 아주 작은 사람들의 사소한 걱정들이 평화였습니다.

문 한국 사회를 설명하는 키워드 중 하나가 급격한 도시화에 따른 이농입니다. 고향을 떠나 도시(서울)에 정착한 사람들의 고단한 삶이 글에 녹아 있습니다.

답 고향을 떠나는 것은 엄청난 일이었지요. 그럼에도 젊은이들은 고향을 떠나와야 했습니다. 돈 벌러 낯선 도시로 나왔어요. 당시 유행가는 거의가 망향가였습니다. 노래 가사처럼 '초라한 골목에서 뜨거운 눈물을 먹어야' 했지요. 어머니가 보고 싶고 고향 산천이 어른거렸습니다. 누나, 형들이 명절에 풀어놓는 선물보따리에는 눈물이 들어 있었어요. 그럼에도 열심히 살았습니다. 그런 사람들이 급변하는 시대 조류에 적응하지 못하고 시대의 난민이 되어가고 있습니다. 휴대폰이나 첨단기기에 익숙지 못해서 자식들에게 배워야 해요. 부모 생각에 여전히 눈시울을 적시고 자식들에게는 핀잔을 듣는 사람들이지요. 많은 것들이 사라지는 시대에 살고 있는 사람들, 그런 사람들의 얘기를 많이 풀어낸 것 같습니다.

문 **쇠락하는 고향, 〈신태인 100년〉 칼럼 내용입니다. 언론의 기획 기사(국토균형발전, 지방분권 등의 주제)보다 논리적이고 설득적이었습니다.**

답 과찬입니다. 모든 것들이 도시로 빨려 들어가는 우리 시대 슬픈 삽화이지요. 누구나 느끼는 것을 제가 대신 써본 것뿐입니다. 제가 자란 신태인읍은 유민들이 많아서 거칠었습니다. 철도가 놓이고 기차역이 생기면서 사람들이 몰려들었지요. 뿌리 없는 사람들이 뿌리 내리기 위해 열심히 일했지요. 읍내는 그래서 들뜨고 어수선했습니다. 그런데 이제 100년이 지나 쇠락하여 고요해졌습니다. 돌아보니 신태인읍의 영화는 섬광 같은 것이었습니다. 아마도 많은 도시와 마을들이 그런 운명을 맞고 있을 것입니다.

문 사회의 병리현상, 인간의 탐욕, 문명의 야만성을 가차 없이 비판합니다. 그렇다고 '사회 구조'나 '개인' 탓으로 몰아가지 않습니다. 비판의 차원과 관점이 다른 것 같습니다.

답 문명이라는 것이 그 자체에 야만성이 들어 있는 것 같습니다. 우리가 아무리 이성을 갈고닦아도 전쟁은 일어나고 더 잔인한 살상극이 벌어지고 있습니다. 그래서 문명의 가면을 벗겨보려고 했습니다.

문 신천지·전광훈·무당들에 대해 준엄한 비판을 가했습니다. 종교 비판은 용기가 필요합니다.

답 항의는 있었지만 논지에 대한 논리적인 도전은 없었습니다. 요즘 종교는 신도들이 성직자들을 걱정하는 시대가 되었습니다. 종교는 가난한 사람들을 품어야 하는데 요즘은 부자들이 독차지하고 있어요. 종교의 세속화가 결국 종교를 망치고 있는 것이지요. 앞으로도 계속 관심을 가져보려고 합니다.

문 〈먹방이 슬프다〉를 읽고 유튜브 먹방이 정말 슬퍼졌습니다. 〈도시의 술꾼들〉도 웃픈 얘기입니다.

답 먹는 것은 참으로 중요합니다. 음식을 앞에 두고 기도를 올리는 모습은 얼마나 보기 좋습니까. 한데 음식에 대해 너무 예의가 없어요. 즉 음식에 깃든 하늘의 축복과 땅의 자비, 농부의 정성을 잊고 있다는 것입니다. 먹을 것을 모독하는 행위들은 자제해야 마땅하다고 봅니다. 제가 술을 좋아해서 술자리에서 많은 일들이 있었습니다. 그럼에도 술꾼들의 뒷모습은 쓸쓸하기만 했습니다. 언젠가는 술 이야기를 한번 써보고 싶습니다.

문 〈봄날 살처분〉은 만물이 소생하는 시기 인간에 의해 죽임을 당한 동물들을 위한 진혼가입니다. 인간의 야만을 감추는 '살처분'이라는 완곡어법euphemism을 언론이 쓰면 안 되겠다는 생각을 했습니다.

답 살처분은 사전에 없는 말입니다. 오로지 인간만을 위해 존재하는 동물들이 무더기로 생매장을 당하는 시대를 살고 있습니다. 그러고도 우리는 아무런 죄책감을 느끼지 않는 현실이 무섭습니다. 우리 곁의 동물들이 가축이 아닌 '공축(공장식 축산)'이 되어가고, 동물들의 피 울음이 스며 있는 땅에 과연 평화가 움틀까 하는 두려운 생각이 들어요. 따져보면 그 뜻이 살벌한 신조어가 너무도 자연스럽게 유통되고 있음은 우리가 많이 변했다는 반증일 것입니다.

문 사람은 평생 배워야 합니다. 가장 큰 배움은 죽음이고, 죽음은 인간의 완성입니다. 〈네 죽음을 기억하라〉에서 배우 강수연과 시인 김지하의 죽음을 언급했습니다.

답 죽음 앞에서는 모두 지난 세월의 옷을 벗어야 합니다. 그때 자신의 모습을 미리 보는 것이 곧 죽음에 관한 이야기일 것입니다. 죽음은 인간의 완성이라는 말에 동의합니다. 덧붙여 죽음은 인간의 재탄생이기도 하지요. 소멸과 소생은 서로 꼬리를 물고 있음이니 현자들이 죽음을 일으켜 세웠을 것입니다.

문 김대중 전 대통령 관련 글을 많이 쓰셨습니다.

답 『김대중 자서전』을 6년, 『김대중 평전 — 새벽』을 2년, 그래서 8년 동안 김대중 대통령의 일대기를 집필했습니다. 김대중 대통령은 6년 옥살이를 했는데, 저는 8년 동안 '김대중 글 감옥'에 갇혀 있었습니다. 그 세월이 쇳덩이를 이고 있는 것처럼 무거웠는데 요즘은 그때가 그립습니다. 아마도 정치인 김대중 대통령이 구축했던 민주사회의 기반이 자꾸 가라앉기 때문이 아닌가 생각합니다.

문 2024년은 김대중 선생이 태어난 지 100년 되는 해입니다. 우리가 계승해야 할 김대중 정신은 무엇일까요.

답 김대중 정신은 크게 세 가지로 꼽을 수 있겠네요. 첫째 긍정적인 사고, 둘째 화해와 용서를 바탕으로 한 상생의 정신, 셋째 민본의 정신입니다. 진부한 것 같지만 그의 생애 전반을 살펴보면 이해할 수 있습니다. 김대중은 사망의 골짜기에 떨어졌어도 내일은 새로운 태양이 뜰 것이라 믿었고, 자신을 죽이려 했던 무리들을 용서하여 국민 통합을 이루었고, 언제나 국민의 편에서 무도한 권력에 맞서 싸웠습니다. 정치인 김대중이 기댈 곳은 오로지 민심의 언덕뿐이었습니다. 김대중을 위대한 김대중으로 만든 것은 위대한 국민이었습니다. 바로 우리 시대 초록별에 살고 있는 우리들입니다. 엄혹한 시절에 이름 없는 이들이 김대중을 살려달라, 시련을 이기게 해달라고 기도하며 눈물을 흘렸습니다. 그 눈물들이 모여 강을 이루고, 그 눈물의 강을 타고 거슬러 올라가 대통령이 되었던 것입니다. 그런 다음 김대중은 국민들의 성원을 잊지 않았습니다. 당신의 말대로 심산유곡에 피어난 한 떨기 백합화가 아니라 세상에 부대끼며 진흙탕에서 피어난 연꽃이 되려 했습니다. 결코 현실을 외면하지 않았습니다. 재임 기간에 혼신을 다해 한국을 인권과 민주주의, 그리고 평화가 숨 쉬는 전혀 다른 나라로 이끌었습니다. 근현대사에 많은 영웅들이 있지만 자신의 원대한 꿈을 실현했던 인물은 김대중이 유일하지 않을까요.

문 큰스님들의 책을 많이 내셨습니다. 성철·용성 스님 평전, 석전 박한영 스님 평전을 쓰셨고요. 도법 스님과는 생명평화 순례를 같이 하며 『사람의 길』을 내셨습니다. 동국대에 진학하신 것도 불교와 관련이 있습니까.

답 불교와는 전혀 관계가 없었습니다. 당시 국문과에 좋은 문인들이 있어서 지원했습니다. 불교는 성철 스님에 관한 글을 청탁받으면서 공부하게 됐습니다. 하지만 아직 멀었습니다. 불교에서는 문자승을 제일 경계하는데 저 또한 문자에 매달려 본질을 못 보고 있으니 문밖에 머물고 있는 겁니다. 도법 스님 등 순례단과 함께 뭇 생명들의 생명평화를 기원하며 길에서 길을 찾던 때가 있었습니다. 전국의 산하와 마을을 찾아가는 뜻깊은 여정이었습니다. 그때 걸었던 길들과 만난 사람들이 아직도 눈에 선합니다. 나를 내려놨던 시간들이었습니다.

문 경향신문 기자 생활을 하셨습니다. 정지용이 시인이면서 경향신문 기자(논설위원)였습니다. 시인이나 작가, 기자 직업은 뿌리가 같다는 생각입니다. 김 작가는 이 모두를 경험하셨고요.

답 깊이 생각 안 해봤습니다. 과거에는 문사들이 빼어난 글솜씨로 시대를 풍미했음은 사실입니다. 저는 그 범주에 낄 수가 없습니다. 더 열심히 일해서 뭔가를 이룬 후라면 한번 생각해 보겠습니다.

문 묵언黙言의 사전적 의미는 '아무런 말도 하지 않음'입니다. 말이 너무 많은 시대입니다. 도처에 말이 넘쳐납니다. 우리 시대 묵언의 의미는 무엇일까요.

답 우리 시대에서 묵언의 의미를 찾는다면 말로 지은 삿된 것, 헛된 것들을 부수자는 것이겠지요. 말이 극도로 오염된 시대에 묵언은 정화이자 성찰이 아닐까 합니다. 결국 바른말이 세상을 끌고 간다고 믿습니다.

문 어떻게 해서 묵언을 칼럼 이름으로 정하게 되셨습니까.

답 묵언이란 칼럼 이름은 깊게 생각하고 정한 것이 아닙니다. 낮에 첫 칼럼을 송고했는데 해 질 무렵이 되자 신문사에서 연락이 왔어요. 기명칼럼으로 할 테니 제목을 정해달라는 거였어요. 잠시 고민하다가 묵언으로 정했습니다. 그런데 어떤 때는 묵언이란 제목이 '제대로 써보라'며 저를 내려다보기도 합니다. 제가 감당하기에는 묵언이란 이름이 버겁고 무겁습니다.

문 기타를 치며 노래도 하시고, 풍류에 일가견이 있으십니다. 두주불사에 술친구도 많으시고.

답 풍류는 좀 거창합니다. 장소를 가리지 않는 편입니다. 편한 술자리가 좋습니다. 술은 좋으면서도 취하면 다른 세계로 빠져들지요. 그 다른 세계에서도 상대를 배려하는 사람이 고맙고 미덥지요. 그래서 술친구는 좀 가리는 편입니다. 똑같이 시간을 내서, 같은 공간에서 대작을 하는 순간은 생각할수록 귀하지요. 술잔 속에는 많은 것들이 들어 있어요.

문 취미가 무엇인가요. 배구, 농구, 배드민턴 실력도 뛰어나십니다.

답 어렸을 때 저보다 나이가 많은 조카가 사내라면 세 가지를 잘해야 한다고 조언했습니다. 운동 하나 잘하고, 악기 하나 잘 다루고, 바둑을 1급 정도 둬야 한다고 했습니다. 그런데 살다 보니 이것저것 맛만 보고 제대로 하는 것은 없습니다. 초등학교 때는 축구, 중학교 때는 농구, 기자생활을 할 때는 배드민턴을 열심히 했습니다. 골프만 빼놓고는 거의 해본 것 같아요.

문 골프는 왜 안하셨나요.

답 솔직히 하고 싶었어요. 기자로 일할 때는 유혹도 많았어요. 하지만 하지 않았습니다. 잘 참았다고 생각합니다.

문 향후 계획이 있으시면 알려주십시오.

답 '시집 없는 시인'이란 소리를 더 이상 듣지 않겠습니다. 꼭 시집을 내려 합니다.

문 마지막으로 〈김택근의 묵언〉 독자들에게 하고 싶은 말씀 있으신지요.

답 말하지 않아도 통하는, 친구가 되었으면 합니다.

— 인터뷰어 : 오창민 경향신문 논설위원

2023. 12. 15.